毛 卓◎著

底线之上

第二部

中国长安出版传媒有限公司
中 国 长 安 出 版 社

图书在版编目（CIP）数据

底线之上．第二部 / 毛卓著．-- 北京：中国长安出版传媒有限公司，2025. 2. -- ISBN 978-7-5107-1153-4

Ⅰ. I247.5

中国国家版本馆 CIP 数据核字第 2024KC1575 号

底线之上（第二部）

毛　卓◎著

出版发行　中国长安出版传媒有限公司
　　　　　中国长安出版社
社　　址　北京市东城区北池子大街 14 号（100006）
网　　址　www.changancbcm.com
邮　　箱　capress@163.com
责任编辑　李　涛
电　　话　（010）66529988-1323
印　　刷　北京博海升彩色印刷有限公司
开　　本　710 毫米 × 1000 毫米　1/16
印　　张　19
字　　数　210 千字
版　　次　2025 年 2 月第 1 版
印　　次　2025 年 2 月第 1 次印刷

书　　号　ISBN 978-7-5107-1153-4
定　　价　88.00 元

目　录

第一章　精神刻录

大神庙是远古留给滨江的一大遗产。神迹之地，早有飞来之石悬蹲在此，都说它是上天落下的一枚棋子，那上面残留着诸神的指纹。这神庙建于何年何月，所有遗存旧物均难推开记忆之门。当地老人说：既有飞来之石在此候场，又何必为飞来之庙存疑。半个世纪以来，这大神庙能够神气十足，还是源于深藏在当地百姓精神世界里的三件传奇——

这第一件传奇，发生在那年夏天，是滨江老百姓对诡异天象的一场恐慌。恐慌的方向来自天上。天上的太阳不按常理发光，不按规矩发热。谁也不相信那是太阳，更愿意相信那是一饼滚烫的热铁悬在空中。这饼热铁上面，一簇簇紫色火苗飘忽不定，淅沥滴落的乳白色熔液，一眨眼，就消失在浊空深处。万物接近燃点，散发出一股焦煳味。灼烤之下的树木早已风干成了泡沫，一些树枝轻轻一碰，便扬起粉末。不出一月，滨江大小河流堰塘，全部见底。横七竖八的裂纹，像天书一样写在田间河道。江湖一站式信息发布平台——悬壶楼茶庄，因为缺水，只卖座不卖茶。茶客们罕言寡语，省着那点儿残留的口水，去浸润干裂的咽喉。

天呈异象，必出异人。这天，一个辫子盘头的乞丐来到悬壶楼下，见大门两边悬挂楹联——“听风听雨听潮声且听且悟，观山观水观人世尽观尽察”，便哼了一声说，“有风无雨，有山无水，假！早该掌嘴了。只可惜两块楠木板，用中无用，不如拿来垫脚！”然后，就朝里面探头探脑。一个当过教书先生的老茶客正在发泄，“我今儿算是闹明白了，那个箭神为啥要留个太阳，原来是想给大家留条死路哇！”那乞丐说，“没有一盏灯指引去天堂的路，那就只能下地狱，下那个拒绝光明的地狱！身在地狱，最大的不幸是见过光明。”他用竹杖使劲敲击那门槛，“天要收人，地狱开门。不怕死人，就怕屠城！”转身就走。一个茶客说了句“不像是个乞丐”，追了上去。“师父留步！”那茶客怎么也没追上。两腿发软，摔了两跤，跛着回来了。而在太子山西边的陈家湾，村民为争夺枯井石缝里渗出的一碗水，发起血拼，使刀弄棍，伤兵满营。陈家湾紧邻陈塘关，传说当年李靖当总兵时，防守的就是对面蠢蠢欲动的势力，他们一旦越境掠地，李总兵就会领着守军杀过去。这天，三百六十五号陈家湾村民到村主任陈宪章门口请愿。曾经当过族长的陈源老人，将那瘦长脖子高昂起来，怒斥陈宪章：“看到漫山遍野的新坟，你还有勇气活着！放血祭神，才可结束旱灾！”陈宪章想到祖上祭祀确有此种定制，又见族长身后立着两个杀猪的屠夫，横着刀，瞪着眼，便吓得他双腿打闪。但他又很快回过神来，不就是逼他带领村民到大神庙求雨嘛。陈宪章也耍起横来，眼一闭，凛然把头伸了过去，指了指自己的脖子：“把刀架过来，动手，放血！”村主任无惧族长威逼。族长继续问：“你到底带不带？”陈宪章说：“不带！带这帮目无王法、为一碗水打得头破血流的悍民，糗大了！还有，我一个村主任，带头去搞封建迷信？”陈源“哦”了一声，说：“原来是保帽子！”请愿村民一个个摇着头走了。

结果就在当晚，数十个村民自发带着香蜡纸钱，翻过云雾崖天门洞，直奔大神庙。领头的竟是陈宪章的儿子陈令人。这些村民路过天门洞时，他们还看到那洞里发出七彩之色，煞是耀目。一时大家都感受到了什么叫祥瑞之气，转身便聚在飞来石下。依偎在硕大“棋子”旁，谁都感到震撼。它直径十二米，厚有三米。夜幕之下，仍然泛着光洁明亮之色。在硕大的“棋子”面前，大家真的觉得自己渺小如蚁。他们先让两人蹲下来，用脊梁托举一人，然后人踩人、人举人、人传人，就那样搭起了人梯，你拉我攥，竟一个不落地进了神殿。此间，大家手中燃了香，正要拜神。一低头，瞅见村主任陈宪章就跪在那里，嘴里正嘟嘟囔囔说些什么。陈宪章是化装而来的。他抹了一脸的锅灰，如张飞，似李逵，更像一个挖煤人。可不管如何变脸，大家还是认出了他。村民一阵惊愕，都“嗵”的一声齐刷刷跪在神像前。陈宪章知道未能瞒住大家，就会意地摆摆下巴，将那额头磕在坚硬油光的青石板上，一阵又一阵的闷响在大厅震荡。这时，殿外吹进热风，响雷也由远及近在神庙顶部滚过。大家扭头望天：“怎么干打雷不下雨呀！”大家又“咚咚咚”磕了三个响头。陈宪章瞅了瞅大家额头的血迹，说了句，“礼数到了，撤！”大厅响起杂沓的脚步声，你拉我扯、成群结队到了太子山山梁上。这时大家才发现，刚才在大神庙的那番举动，让大神果然显灵在太子山西边的陈家湾。那里正哗哗下着大雨，润泽庄稼呢！以太子山为界，东麓滨江这座正在刨泥取水的城市，却只是听到几声闷雷了事。空欢喜一场。此事传开，陈宪章丢了官。

第二件事更离奇。陈宪章的儿媳艾碧篱破了十月怀胎这个定律，蹿出了一个多月肚子无丝毫动静。啥叫一朝分娩呀，等得一朝来又复一朝去。更不可思议的是，那艾碧篱整日长发飘飘，步履生风，说话办事还带几分豪气，不像孕妇。那兆头似还要将纪录破下去。陈家湾老秀才陈明仁对陈宪章说：“有史记载，嬴政在娘胎里待了十二个月，你家媳妇怀的怕是一个开天辟地的人物呀！”陈宪章哪里能信秀才的话，他宁可相信鬼神——他想起三太子在殷夫人肚里待了三年零六个月，结果生了一魔童，这让他质疑起儿媳怀的是一块魔胎。这哪了得？假如生下来，重蹈了魔童惹是生非的覆辙，再来个割肉还母、剔骨还父，谁还受得了这个血淋淋的生死劫呀？无论她艾碧篱如何豪壮，怎有西王母之后青莲公主的神力？许多传说都是悲剧。

陈宪章越想越后怕，就想请大神庙里的大神们助她一助，让道士为其写符施法，破除妖瘴，为童子开路。

那天，他带着老伴姚蓉蓉、儿子陈令人，翻过太子山，来到山门前。还未望见云雾崖，就被一个路边歇脚僧人堵住了。陈宪章问：“这是道观，你一个僧人在这干吗？”那路僧说：“想必施主是上山问子嗣命理运势的！”陈宪章见是一位老僧，两眼红浊，却能看出别人藏着的心事，随口就问：“你知道在娘肚子里足月还不出来，这是为啥？”那路僧竟卖起了关子：“请施主抬头往上看。对，再往上，看那天门洞上面，见到摩崖字没有？”陈宪章朝路僧指的方向，踮起脚，两眼睁得溜圆，用力张望起来，说：“我……我没看见什么。”那路僧盯着陈宪章，又问：“真没看见？”陈宪章还是摇头。这时，路僧自己伸长脖子，也往摩崖望了一眼，三次逼问：“还是没看见？”这路僧盘马弯弓，引而不发，吊足胃口也没“吊”出个所以然来，就不想再耗下去，将褡裢往肩上一甩，一副煞有介事的样子：“走啰，足月不见童子，不是凡夫俗子。儿奔生来娘奔死，生死只隔一层纸！”言及生死，路僧转身开示：“我说呀，都是到尘世历劫的，不如认了吧！想开些，赢了命，也未必能赢得运，最终也会因运丧命！”

次日，艾碧篱临盆阵痛，挣扎中产下陈大善。一落胎胞，艾碧篱崩血过多，死了。这场母子生死拔河赛，儿子太使劲赢了命，母亲只好一头撞进另一个世界——这叫那拦路僧人给逮了个准。

多年后，陈令人一遇不顺心的事，就想念妻子艾碧篱，想多了，就来到云雾崖，左看右瞧，怎么也看不出天门洞上有摩崖文字。他急忙攀上天门洞旁边的云鹤亭，再仔细瞅瞅，也未发现任何摩崖刻录的痕迹。那上面的字，许是被风吹雨蚀了。

这是第二件猜不透的怪事。

第三件事算是奇中之奇。陈家湾世称长寿湾，长期以来，这里存续着老人守着寿棺辞别人世的古老习俗。世上难逢百岁人，那陈宪章已九十六了，觉得期颐之路太累，便从了这古俗。从此开始日食一餐，守着棺材等着死。哪想，一日减掉两餐，反而活得更加精神，身板也越发硬朗。他觉得，这种状态还守着寿棺干啥，浪费生命。还不如收起死的念头，帮助儿孙干些活儿。儿子陈令人看他闲不住，无须守着棺材过日子，就跟其他村民一道，上太子山修路挣工分去了。留下陈令人的儿子陈大善和陈大善的堂兄陈大宽、陈大年，以及比陈大善至少还小七八岁的堂妹陈妙香、陈妙季。他们的学校停课，无甚书念，也乐得在院子里整天跟老人打趣逗玩。

两年过去了。这天，宪章老人对几个孙儿讲："我梦见族长陈源了，这死鬼，在阴曹地府还当族长，抖他的威风。他也不想想，就我这资格，要走，也不靠他来接我。你们先给我洗个澡，然后再给你们说说往下咋弄……"大善守着爷爷未离半步；大宽、大年则拿着水桶到井里打水；妙香、妙季还小，就去柴屋抱柴火。一起烧好洗澡水，接下来，小家伙们开始涮盆的涮盆、宽衣的宽衣、撩水的撩水、搓背的搓背。老人舒舒服服洗完澡后，坚持要穿上大红寿衣。这时，陈大善看出了什么，想要阻拦，但爷爷执意要对他交代说："穿完寿衣，就给我请十二仙鹤、十二仙客送我上路！现在，你们开始烧倒头纸吧！"说到这，老人吊起气来。那陈大善不知咋弄，也不知啥叫倒头纸，在场的其他孩子同样发痴卖呆。曾经，有人说这群孩子是太子山葫芦坡的葫芦精转世的。葫芦王应当是陈大宽，是扛事大哥，他也亲历过为自己爷爷打丧火的事。他将宪章爷爷所嘱的"双十二"写在信笺上，表明遗言有据。尔后，就观察老人还有啥后续吩咐。只见宪章爷爷拄着拐杖来到棺材前，自个儿一踮脚，翻身进了棺材。他躺在里面，以为没事了，正想闭眼，但还是忘了一事，老人叫了一声："快，把拐杖递进来！"陈大善将拐杖放了进去，老人这才闭上眼睛。这些举动，在场孙辈无不目瞪口呆。葫芦王陈大宽急忙叫陈大善：“快，倒头纸烧起来，你爷爷路上要打点、要花销的，你没听人说吗，阎王好见，小鬼难缠？”转身又对大年、妙香说：“你们跑到太子山去，叫令人叔快下山回家。”随后，又向妙季交代：“赶快告诉你的父母，让他们分头通知伯伯、叔叔全都过来！”陈大宽像指挥一场战斗，定事果决。陈大善这个宪章爷爷的亲孙子，反倒觉得自己是多余的，心里生起堵来。

不多时，陈宪章的儿子陈令人赶回来了。他听说要请十二仙鹤、十二仙客引灵超度，一下子犯起愁来：“仙客容易，仙鹤咋请？”陈令人点上香、燃上纸，朝那寿棺磕了三个响头，便开始说操办的事。他告诉陈令天父子负责接待来客，又对妙香的父亲陈令定、妙季的父亲陈令胜说：“带着娃儿到地里收割蔬菜，多刨些地瓜！”然后，当着陈大年的父亲陈令子面说：“你这陈大年，嘴角痣上的毛越长越长，不听招呼就一根根拔下来！”说着，用手晃了一下陈大年嘴上那撮毛。陈大年用手捂着，陈令人说：“紧张啥，未到拔毛的时候！你们父子俩，专门办理酒类、肉类的事情！”这时，陈大宽觉得自己大材小用，竟然说起了反话：“太难了！我跟父亲接待客人，我们哪懂迎来送往呀？干脆让妙香、妙季配合一下！”陈大善觉得时机来了，说：“妙香、妙季的爷爷在水库里救过你的命，你怎么还惦记人家帮你做事啊？现在，他们一个在床上，一个在坟里，你不觉得有愧？刚才，一会儿呼这个，一会儿叫那个，跟江边舵爷似的，好像大家都是废物！”陈大宽两眼睁得溜圆，心想，我帮给你张罗大事，你过河就拆桥！陈令人对儿子陈大善的话不作评价，只是说：“不说了，拜托各位！”这便带上水壶直奔大神庙去了。翻过太子山，到了云雾崖，便见一群又一群仙鹤在茫茫林海上空盘旋起舞。呀呀鸣叫，好不热闹。见此气象，陈令人大摇其头：“我的天呀，怕是只有神仙才有可能把它们请到咱陈家大院！”过了天门洞，翻过飞来石，到大神庙，住持李道长拄着拐杖迎了出来。听说“老人九十八仙逝”，李道长答应安排道士为其诵经，做填库功德。陈令人问：“能否帮忙请十二只仙鹤？”李道长说：“不知仙鹤有道修，愿与附缘！”那陈令人听闻此言，不解其意，又不便深问，递上几包茶叶就告辞了。

次日，十二道士如约赶至。一坐下，便鼓乐齐鸣，念起了往生咒。陈大宽对陈令人说：“宪章爷爷交代两件事，你只办了一件啊，干脆用纸糊上十二只仙鹤吧，以了却老人所愿！”陈令人说：“用纸糊啊，这叫弄虚作假！你难道不知老人一生有‘三恨’：一恨害虫装死，二恨花开无果，三恨酒里掺水。他最瞧不起庄稼人在田里插上稻草人，以为能吓唬麻雀，其实是虚头巴脑的‘假把式’，三天就被鸟儿戳穿，在稻草头上肆意拉屎。别以为他躺进棺材闭上了眼睛，其实在天上盯着你呢！”陈大宽浑身打了个冷战，未敢接话。正说着，人们看到太子山方向有好些白点在晃动，紧接着，十二只仙鹤就从那里飞了过来。灵界之灵，接灵送灵。它们到院子上空盘旋一阵。声声鸣叫，回荡四野。大家正惘然无措，却见仙鹤已合起翅膀，依次优雅地下落，就在陈家大院又高又长的老屋脊上，站成了一排。云中之君，真有仙姿绰约之美。它们一个个伸长脖颈，舒展着洁白的羽毛，煞是神奇炫目。陈令人见之，慌忙朝家人呼喊：“全都出来，全都跪下！”陈家大院上百口老小一下子挤满院子，向这群仙鹤行了大跪之礼。礼数尽毕，陈令人仍惊魂难定，转身又向诵经道士下了跪：“请法师明示，我怎么像是在做梦，那仙鹤是咋回事？”道士告诉他：“它们是接引使者，是住持安排的！”又问：“这些使者明天还会再来吗？”道士说：“做完头七才回太子山！”果然，之后连续七天，只要道士奏起鼓乐，念起经文，仙鹤便如约而至。至今，“十二仙鹤接灵”被誉为大神庙最为神奇之事！

有了陈令人此番送灵之举，陈令胜、陈令天、陈令定等几个堂兄弟家的老人仙逝时，也想去找大神庙住持帮忙做填库功德，邀请仙鹤前来接灵送灵。遗憾的是，那李道士早已羽化，列了仙班。现任住持说：接引使者只能在云雾崖迎候，余者不受。之后，过往信众不时见到云雾崖上，有大量仙鹤在烟霞中进入，在白雾中钻出。这一进一出，似隐似现，非常壮观。人们都说，此番情形，肯定是在完成接引使命！

精神刻录，神迹存照，不过是往事流转，让岁月带走了曾经，湮灭了回忆。而今，到大神庙主殿去朝拜，首先要过一段陡峭的石埂路，须手脚并用，匍匐而上。造物主在此斧斫刀削的用意，是希望信众在拜神时，必须拿出五体投地磕长头的朝圣姿态。倘若不以身敬表达意敬，你就拜不到真神。过完这段不平路，能消心中不平事。更重要的是，此路可很快抵达飞来石。那飞来石无滨江岩石的矿物成分，地质专家们称它是“来自星际飞落的棋子”。一个“飞”字，形象说出了此石动态的一瞬。上天手中的爱物落于此，让信众只能用身体的形态，去告白内心的世界。他们用火热的胸膛，紧贴冰凉的石头，摩擦而上，蹭蹬共力。此诚此态，也证实了此地点燃的，不仅是灵验的香火，还有精神世界的烛光。这些年，旅游部门为给大家带来方便，从远山运了数十车青石，填在飞来石前面，拉长窄长的石径。将陡坡变为缓坡，以省却信众腿脚之力。谁想，这路修一次毁一次。那些青石不是被山洪冲掉，就是被当地百姓刨去修房造屋。那庙里的道士对这一情况倒是很淡定，特别是对老百姓的行为从未责怪。他们解释说：“那些石头，是大自然赐给众生的礼物，不是拿来砌墙，就是用于垫脚。老百姓挖走了，喜欢上它，这说明他们那儿比我们这里更能发挥作用。万物有灵，石头也无例外。它要在哪里安身，都是宿命，谁会追查一块石头落于何处！”飞来石是大神庙的一个重要符号，轻易上去了，就不是真正的信众。虽说上天手中的棋子成了弃子，但在众生面前却依然是块神石。再说，一些云游高僧以佛入道，就在这个符号下歇歇脚，为信众圈点命运。在这里，你会接受“出家人，不打诳语，以石为证”的信誓，心里也很踏实。假如没了歇上一脚的灵魂驿站，哪还有多少度脱尘缘的故事？

很多年过去了，当年亲历十二仙鹤接灵的陈大善，也亲历了如何攀高结贵，如何官场避险，如何接力借力。也不知是何方神圣对他有了接应，暗中助他，让他破浪前行，顺风顺水当了副市长。只要他起心动念，他就能顶风冒雨，扶摇直上。都说他儿子陈天歌运气不好，惹了不少麻烦事，但大都没有麻烦过他，没有累及他。但又有人讲，陈天歌这小子，不是不懂事，而是太懂事，懂得飙车炸街的扰民事，这让陈大善很不省心。其实，发生在陈天歌身上的事，是些传闻，被人渲染、夸大之事，上升不到道德层面。好在这小子被生活抽打了几回，负过伤、流过血、有过痛，这两年改得藏锋敛颖、洁身寡过了。

陈大善叹道："早些年，天歌要是听我的，他要少走好多弯路啊！"妻子陆娣轻蔑一笑，问他："你知道高铁、高速公路为啥不修成直的？"陈大善眼一睁，哑了。她告诉说："弯路教会你警惕性，直路培养你麻痹心。哪有什么为了环境和景观？都是顺势而为。少走了多少弯路，其实就错过多少风景，遭遇多少翻车事故，你懂吗？"陈大善有话却被噎住了，脖子也红了，好半天才说："把路走稳当，就是风景，就是安全！"二人没法继续讨论下去。

那天，关于路的话题，又延伸到陈天歌这里。他问父亲："你凭什么把当官的路走得这样稳当呀？"

"稳当？你这问号钩住的都是要命的问题，你听着：远离商人、防备恩人、断了女人，你一定就会把官当得稳稳当当！"

"为什么？"

"扔包袱呀，当官最怕包袱！第一，要了钱袋子，你就只能做龟孙子。想当官，就别乱了辈分。官老爷，官老爷，那是排在爷爷辈的，儿孙们要是不认这个账，那你八成是你被人吃定了、咬死了。所以，别以为你头上是官帽子，没人扣屎盆子，真的扣来，你照样躲不开。第二，我的无数忘恩负义的做法，都是为了避坑防套。无论如何也要记住，戴着面具的恩人最具杀伤力。第三，女人围着你，全是为了掏空你。你如果让女人唾手可得，组织对你也会一夜突破。想想看，你不远离，你还睡得安稳呀？”

“看出来了，你不跟这些告别，你是怕没有脸面出场，容易见光死，所以这才干脆一脚踢开！”

“一脚踢开，踢出了平安，有啥不好？这叫官场避险！”

“这番话让我豁然开朗，就是说，这官当到一定位子，要下得了‘洗’的狠功夫，毫不留情地把这三种人洗成陌路人，这是职场上的远防断。他们要是成为你的同路人，你就真完犊子了，你就不可能是一个高尚的人、一个纯粹的人……”

“你们年轻人，总喜欢把这层纸捅破，我告诉你，在今天我们这个社会，基本上容不下水晶这种物质的存在，你要是把自己整成一个透明的水晶人，对不起，你离粉身碎骨不远了，现实就这么残酷！告诉你，我们挥别这三种人，这叫知进退、明得失、懂取舍！”

“哦，这叫稳当，不会犯错！但我听到一个说法，叫作允许青年人去试错，组织上要能容错，稳不稳当、可不可靠呀？你解释一下。”

“试错、容错，释放了领导的包容与善意，其实就是在为犯错寻找正确的边界。这当然很好，但这里面很复杂。可以试错，这要看你能否碰到容错的人。一旦没有容错的人站出来为你说话，错就是错，谁让你试的，有错必罚，决不容忍。再说了，有些不该试的错你一旦试了，即使容错的人站出来又怎么样？比如，砍脑袋的事试错了，容错的人能让你起死回生吗？既然不可能，还是别去试错，试错的代价往往就是生命。这一点，你不得不信！”

儿子再不吱声了。这是陈大善跟儿子的一次最深刻对话。很快，陈天歌有了当地年轻人最流行的“理想”：当一个权力的消费者。

有了父亲接贵、避险、借力，还有什么“洗人”高论，让陈天歌看到了在风浪上逗玩的官员很刺激，消费权力的官员最风光，觉得自己也应当成为权力的消费者。有冲动就有行动。他发现一些培训机构公考公务员上岸率很高，就反复参加他们的培训，花高价参加了二十四堂“公考秘笈”的小课，练就了他扛鼎拔山的笔力和语惊四座的口才。是内在的动力，让他如此用心和用功，小伙子似乎成熟了！

转眼到了全面起底姚氏集团涉黑涉伞问题。专案组用了梁剑欲擒故纵的一招：放风、放人、放水。放起用涉姚干部的风，放涉姚留置干部的人，放涉姚干部权力的水。那些“撑伞官员”信以为真，就把“伞”换成了众人仰视的“热气球”，大张旗鼓为人站台、为人挡事，毫无顾忌，丑行败露无遗，坐实了大量证据链，零口供拿下了“保护伞”。滨江老百姓说：梁滚刀刀起刀落，全是“杀丑”大招。从此，梁剑留的不是剑名，却留下了“刀哥”美名。至此，涉黑涉“伞”的姚氏集团才算彻底灰飞烟灭、分崩离析。也只有在这时，人们才真正看到什么叫惊弓之鸟，什么叫狼奔豕突。这期间，一些涉伞官员找不到方向，就只能乱冲乱撞。很多人为了避险，来不及一脚把那帮人踢开，可路又在哪里？大多还是慌不择路，只能四处找人问路。陈大善也很苦恼啊：跑，还是不跑呢？是洗干净了跑，还是跑了之后，再慢慢洗？这还真是个问题。一到夜间，他就无法入眠。反复折磨煎熬着他的，就两句话："要是留在滨江，容易关起门来打狗，堵住笼子抓鸡！""如果选择逃离，又容易被说成是挤出去的脓疮、放出去的祸水，一旦留下这种印象，挨得更惨，伤得更深！"

何去何从？那阵子，陈大善连死的念头都有了。是灵魂中最原始的信仰，把他引到了一个能够通天达地的地方。

这天，不止一人碰见陈大善在飞来石前跪地向一位云游高僧讨教。有眼力的人发现，这高僧就是早些年那位喜欢在路上拦人开示的"路僧"。上了年纪，才喜欢坐在飞来石下面渡人。此时，飞来石真的就成了陈大善掩护的垛子。不巧的是，公安局梁剑副局长在那山上布防设卡，正好在云崖山天门洞一带。这样的活动，公安机关总是把自己伪装成担风袖月的游人。游人自有游人的雅兴。梁剑看见一门巷写着"述古俞今文无妄作，观天察地人不虚生"，就哎哟了一声，说："我说嘛，这两句太没意思了，翻译过来竟然是：不准乱写乱画，小心手板；切莫空跑空转，要打屁股！"一位兄弟哈哈大笑，哈着腰，指着梁剑说："天哪，土得叫人抠脚！"正笑着，将手指的方向改变了，缩了回来，反指着自己的嘴，定格了。他两眼凝固，久久不动。原来，这天门洞口可以俯视飞来石下面的一切。这位小兄弟看见了一位重要人物正在飞来石旁边办事，悄悄贴近梁剑的耳根，说：“眼光向下，五点位置——飞来石下面，就那人，后脑勺，你擅长的，看看像不像陈大善？”梁剑往这小兄弟手指的方向睨去一眼：“知道了，我眼睛又不瞎，不过，神迹之地乱发杂音不好，百姓礼神更不可指指点点。你小子记着，不看、不听、不说，这才叫不惑，回去好好补课！”梁剑扭头打了一个唿哨，一帮兄弟很快遁迹在游人之中，他们最擅长用障眼法把游人的眼光分散掉。可也有人饶有兴味地继续在那里偷窥着，见证了陈大善接受开示的全过程。他们看到，陈大善双手将一签恭敬地递给高僧，那高僧只略略瞥了一眼，双手合十，眼睛一闭，念了几句什么，便字字珠玑点化起来——

“心在哪里安放，缘在哪里蒂结。送给施主一个秘方：心堵了，是头上的原因，换个发型，一扬头，就通了；心死了，是脚下的原因，换种步伐，一脚跨过沼泽地，秒获新生。路，都在一个‘换’字！”

陈大善呆住了，这原因找得离奇，这换法也很怪异。他眼睛一亮，脸上出现恍然大悟的表情：“就这么简单，我要是不换呢？”

那高僧一听，更加气定神闲，说：“若信我，就不要怼我。若要伐我罪我，那你注定东藏西躲。我要跟你说，滨江不适合躺平。躺平，就是心甘情愿被碾压。腾挪，就是闪转，就是距离。挣脱它，跳出去，才能跳出你想要的高度，时来运转，别忘这里挣的就是一炷香！”高僧进一步开示引导。陈大善两眼更加明亮起来，急忙说：“我不躺平，我要闪转。我换，我换！我宁愿被人看成是挤出去的脓疮、放出去的祸水！”

这个世界就这么怪：心中有事，事中藏事；心中有鬼，鬼会缠鬼。其实，人间诸事哪有多少秘笈守得住的？谁也想不到，陈大善与高僧这场神秘对白，却让立于身后的陈大宽听得真真切切，渐渐心神不定起来。陈大善付完钱，辞别高僧，甩开两腿向前走了。那陈大宽生怕被他甩掉，噌噌噌地紧随过去，喊道："老弟，老弟呀！"陈大善转身一看，吓了一大跳："怎么是你？"陈大宽说："离开之前，把南山会所残房那笔砖瓦钱，过问一下！"陈大善生气了，连鼻子都抖动起来："问个球哇，我怎么觉得你是幽灵在跟踪我，要附身也不要附在我身上！"陈大宽满腹冤屈："你呀，出口就伤人。我来这里是庙子要了一批仿古砖，用于补墙，刚刚结完账，路过这里，我也不是故意想要碰上你！"陈大善说："告诉你，你还是让府滨娲羌仿古砖瓦厂作古吧。以后，你我少碰面，碰你一次我骂你一次！"陈大善正要离开，转过身来又说："你别给我提南山会所那笔钱的事，那残房，全是残事。难道你不知道残房有人私设公堂？难道你不知道杨伯告反复上告，告的就是那里？"说到这里，陈大善凑到陈大宽耳边，从牙缝里挤出几句话来："你娃听不到雷声、测不到风雨，就是一头蠢猪。姚氏集团的账务被专案组接了。你要过问，就是飞蛾扑火，把你小子烧成灰，一阵风吹没了！"陈大宽也凑近陈大善的耳根，说："老弟，小心啊，就在刚才，上面有滚刀路过，他可是首席捕头。"陈大善一惊："梁剑？他的强项就是后脑勺识人，我戴个口罩也没用呀，咋办？"陈大宽安慰他："也不用怕，靠后脑勺吃破案这碗饭，你也信？反正我不信，除非是神仙呀！"陈大善说：“他就是神仙！”

陈大善怎么也没有想到这里有梁滚刀出现。当初，一些“问题官员”觉得梁剑是他们弄权路上的炸弹，决定采取“拆除式提拔”的办法拆除掉，结果呢，引发了滨江官场大地震。这梁滚刀对别人出狠刀，他自己却回回躲过乱刀。为了让这人识得时务，成为瞎子和哑巴，三个月时间，把他“双规”了二十四次，此兄竟次次从容不迫，无所畏惧。都说他是一块滑溜的滚刀肉，反腐利剑怎么也刺不着他，他因此挣得了在民间流传的“双规硬汉”和“双规专业户”的名声。他并不觉得双规对他伤害有多大，只是说：“弄来弄去，我这枚炸弹最终还是没被拆除，只是可惜了，该双规的人没弄去双规，让我反复占用这个资源，浪费啊！”

陈大善觉得自己是不是被人盯上了，愁眉苦脸地望着灰蒙蒙的天，真是旧愁未散又添新愁，转身踏上石埂路，刚走几步，像是又忘了什么，回过头来，对陈大宽说：“妙香、妙季，她们大学毕业都好些年了，闲在那里，你宁可装聋作哑，也不扶上一把。你拉她们，可以轻松把她们从坑里拉上来。我拉她们，会把我带进坑里去，你怎么啥也不懂呀？别什么事都指望我。我就是发暗力，也是很有限的。别忘了，她们的爷爷救过你的命！”

陈大宽心里一悸：这事要讲一百年，救我一命，负债一生。这回他无论如何要驳回去，省得他总拿这档子事压制人，说：“我从小到大，没吃过他们家一口饭，也没喝过他们家一口水，平时见到他们，哪一次都会塞给他们红包，这么多年了，不说报恩，就是还账，也差不多了……”

陈大宽还想继续说下去，陈大善做了一个暂停手势：“羞死人了。”陈大宽的嘴角不停抖动，说：“陈大宽呀，陈大宽，堂堂男子汉，你愧对这个壮阔又有正面感的名字。我说你应当改叫陈狭窄，你的心胸就像你们家门口那个池塘，连几条鱼都养不出来！”

次日，陈大宽丢下府滨娲羌仿古砖瓦厂的活儿，退掉经开区几个月未曾有过的青砖订单，委托人接待一所大学几个见习的学生。有人专门给他打了招呼，说领队的那个学生很重要，陈大宽说，仿古砖瓦厂都快成历史了，来客又有多重要！陈大宽一路哼着小曲，回到陈家大院。百年大院，几经翻新，古风犹存。走进院子，如同走进悠远的历史。这是陈大宽的大手笔。院子紧挨一方池塘。一群天鹅见有贵客来访，正觉无趣，瞬间全在池塘里拼命扑打起翅膀，嘎嘎嘎地鸣叫起来，热烈欢迎陈大宽，大有掌声雷动的味道。陈大宽哪里受得了这种热情飞扬的场面，拉长嗓门，紧张地喊道：“哎，五嫂子，五嫂子，赶快出来把这些欢迎的队伍安顿一下！”五嫂子应了一声，就提了一桶鱼虾，抛向池塘。那群天鹅得到奖赏，深觉欢迎有功，有一种说不出的得意劲儿，很快又让水面归于平静。陈大宽接着对五嫂子讲道：“劳你的大驾，去叫一下大年、妙香、妙季他们几个，到鹤鸣亭来尝尝新采的云雾芽茶！”五嫂子应了一声：“好嘞！”就将腰间的围裙一摘，挂在厨房一角，摇摇晃晃喊人去了。说起云雾芽茶，其实就是一种古树茶，是陈大宽专门雇人到太子山悬崖峭壁上冒着生命危险采摘的。他曾经将此茶命名为“天门山——仙茗暗能量”，跑到省城印制了隐藏宇宙图案的烫金外包装，拿到他的生意圈子四处做人情。特别是拿去打点官场要人，把这茶吹得神乎其神。可是到头来，他并未收获生意场上该有的甜美果实。几年过去，觉得将这茶再送下去，也很丢人，便收了此等事务，不再操作。这些年来，陈大宽不再用“最贵的盒子装最廉价的茶叶”拿去打点什么人，倒有另一层原因——他听说他的客户抠掉里面的茶叶，留下盒子让那些粉面情人拿去装金银首饰了。得知这一情况，他认为失算了，人情场上有种挫败感。不过，这种古树茶比普通茶还是生态得多，也就乐得自己饮用，不再买茶。有识货者求得一点，反而觉得珍贵。至于维持生意场上的人情世故，有了副市长陈大善的影响力，陈大宽也根本用不着处心积虑，就易如反掌地在姚氏兄弟那里擦到足够的油水，能有这种效果，这也就知足了。陈大善自然也装作浑然不知。不足挂齿之事，自有不足过问之理。而姚氏兄弟也不会将这点小事，拿到陈大善面前讨好卖乖，邀功请赏。真要问起来，陈大善也绝对不会说陈大宽的生意跟他有什么关联，只是心照不宣而已。就靠这些，陈大宽把陈家大院打理得跟别墅一样，足见此兄在外的确挣了不少钱，在姚氏兄弟那里到底“擦”了多少油水。据此而论，陈大宽算是陈家的一大功臣。而今，姚氏兄弟黑了心肠、干了黑事、进了黑屋，那笔“砖瓦尾款”尽管不可能全部收尽，可眼前新的活水源头才是大头呀——陈大善就要到异地广宁市任职了，都说领导干部也有一个“潜规则”，那就是“新地新蛋糕，未到有一刀”。说实话，陈大善要的就是切蛋糕的感觉。而陈大宽心里也很明白，无论如何，他陈大善到了广宁，怎么也得分得一块蛋糕呀。到了这个时候，他陈大宽还用得着揪住那点“砖块钱”不放吗？眼光哪怕抬高一寸，也算是一种格局在提升。其实，陈大宽先于陈大善本人知道异地任职的事。因为他在省城早有“天线”搭在那里。

那“天线”非常肯定地告诉他：“陈大善就是到广宁任职，领导之间已经通了气，没什么问题。眼下，你们应尽快成立先遣队，下好先手棋、打好主动仗，在广宁占领商业前沿阵地！”

官场人娴熟商界语，这也算是官商呼应的一种默契表现。没多大会工夫，堂弟、堂妹到齐了，陈大宽当仁不让地坐在鹤鸣亭的上方，严肃认真地讲道：“前面没有先手棋，后面难有连环招。宁输数子，勿失一先。先把‘根据地’建起来。眼下，大善老弟算是在滨江华丽转身，马上到广宁闪亮登场。大善的命就是好——涉黑的事，他有洗白的功夫；打‘伞’的事，他有规避的本领。最关键、最紧要的是，他手上拿的也有伞呀，是一把光鲜无比的伞——为老百姓遮风挡雨的伞。他呀，‘爱民书记’的形象早已深入人心。大家不妨想想看，风雨来了，如果把一个为民撑伞的人推进泥坑，老百姓怎么会答应呀？再说了，他是党和政府宣传的典型，要是把他往贪腐上靠、朝黑恶里拉，这岂不打了党和政府的脸呀？我要是党委、政府，是不会干的，打自己的脸让老百姓看笑话，是脑袋被驴踢了！”

陈大年说：“是啊，要不我说他走得光鲜、走得从容、走得无牵无挂呢，组织安排的，那梁滚刀就是追杀，也没有任何理由。时也，运也，命也，感谢祖上积德！就地域概念讲，他这一走，也把我们的‘商战半径’拉大了几百公里呢。虽说距离很远，但依然在我们的射程之内。只要他在，就是一颗可靠的北斗星。这里，我要说的是，陈家商务远程精准打击时代，已经到来！”

陈大年颇有慷慨激昂的味道。可陈大宽听了却不高兴，伸出指头朝陈大年点了一点，说：“八字没有一撇，就嘚瑟了！我说陈大年啊，陈大年，商战不是高科技，北斗星只是跟我们那几台车有关，过段时间你得跟大家一道，去广宁过大年，这才叫陈大年。要看懂自己是哪个级别的人物——你我坐在这鹤鸣亭只能议事谋事，要是到了悬壶楼只能看事听事，而到了大神庙就只能问事求事。你要是不到广宁，就不可能立事成事！”

陈大年一听“因地处事”觉得大有学问，就说：“我算服了，陈大宽，你不愧是当今混江湖的隐形大侠。你可以不露面，但我觉得一旦有你的操纵，我们谁也轻松不了。原想到了广宁，一壶清茶许流年，看你这种劲头，肯定会把我们变成一头头牛，到时别忘了给我们喂草！”

妙香、妙季品着云雾芽茶，享受着清香、品味着茶气。她们品着品着，也慢慢品出大宽、大年二人对话的来头。妙香说：“到了这个时候，我才听明白了，大宽兄这会儿请我们到鹤鸣亭喝茶，原来是让我们来听故事，给我们灌迷魂汤，有点我们大学辅导员费白嘴的味道。那费白嘴光说不练，鸡肥不下蛋，一点都不干脆。如果广宁那边没有咱姐妹什么事，恕不奉陪，我们就此告辞！”

妙季看到妙香这般一说，也跟着说：“我早就想走了，我最怕大年哥嘴上那撮毛，瞅着就想吐！”

陈大宽说：“别别别，你们多虑了，哪敢呀？没有你们，我们在广宁还真的出师无名！我说大年，以后一块喝茶，还是把你那张嘴打理干净一点。你以一撮毛扮酷，别人以一毛不生为美。不要把自己搞成另类，要整得光滑透亮，省得有人看了翻肠搅肚，我们没备有止吐药。接下来说正事，陈大市长，我们的大善老弟，向我专门问起妙香、妙季两位小姐姐的情况，关怀备至呢！你们去广宁，肯定会有大戏！”

说到这里，林荫深处走出一个人来。体态神韵，不似陈家湾人。蹁跹袅娜，步履轻盈，其风情把大家给看呆了。这位神仙姐姐径直到了鹤鸣亭，才让大家看清竟然是陈妙来。只见这陈妙来往亭里探头瞅了瞅，撇嘴说：“都在这儿喝茶呀！”

陈大年很勉强地回应说：“来呀，来呀，请进来坐吧！”

陈妙来一听是客套话，就摆摆手，一副矜持的样子，绕道走了，身后留下丰腴的背影。陈大宽久久盯着陈妙来的体态，眼珠子亮了起来，呀呀呀地发声，惊异地说：“这妹子，咋出落得跟神仙妹妹一样呀。她要是肯跟我们走，那就是一把打开广宁门户的金钥匙！”

陈大年顿悟：“哎呀，把她叫住，怎么轻易让她过了呢？”

说着，就三步并作两步追了上去，一把拉住陈妙来：“请不进，喊不住，一步三摇就想走，做给谁看呀！咱可不是只看背影的，小小年纪，放老实一点！”

陈大年的话显然是在挖苦讽谏陈妙来。陈妙来冷眼看他，有种委屈的样子，顺从地坐下了，却又心神不宁起来。

陈大年看她那副样子，就问：“凳子上有钉子？要不要换一换？”

陈妙来一听，更不知咋坐了，直呼：“不换，不换！”

哪里是她没坐好！此女从小家境窘迫，很少有人跟她走得近的。见有三三两两的同龄人打堆，她便瞅着机会就想凑上去亲近，没想经常是热脸贴冷屁股。人群中为了引人注意，她便习惯了晃晃身姿，时不时动动这、摸摸那，对人引导什么，寻找存在感。她把自己装扮成水晶心肝、玻璃人的模样，让人一眼看出她的心思很重。有人说，她在人前的一举一动，大多还是自卑的做法。如果社交环境得不到改善，同龄人对她不认同，陈妙来极易患上心理疾病。可现实很残酷，即使有人发现她有这种危险，也不可能有谁去降低交友标准跟她做闺蜜。因为谁都清楚，谁要交了她一人，准会失去一群朋友。今天，要不是她的曼妙身段吸引了陈大宽和陈大年，她哪有幸运跟大家坐在鹤鸣亭这样一个高雅的地方喝茶，真真切切养在深闺人未识，更不可能被大家看成多年求不得的标致人物！

陈妙来被同龄人冷落，主要还是因为她是六叔陈令壮的养女。家庭观念总是这样的，没有血缘关系就没有任何关系，更谈不上投缘不投缘的问题！说来也奇怪，六叔小时玩火药枪，别人都是朝天打，就他玩的那枪朝天偏偏就打不响。放下来，就听得砰的一声，把裤裆里的蛋蛋给打掉一个。有人调侃陈令壮：“那些年不时兴过洋节，要是像今天这样热烈狂欢，这剩了一个蛋蛋的陈令壮必然就是一年一度的偶像，把他捧上天，欢呼雀跃起来！”陈令壮的另一个蛋蛋虽说保住了，但产的都是死精子，配不成对。婚后经年，无子无女。那陈妙来是怎么来的？这又是一个尴尬而又无奈的话题，她是六叔从人贩子那里买来的。当时，六叔手中不宽裕，原本一万元就可以买一个男孩，可他手中只有六千，就只好买了一个女孩。满世界都知道的事，就她陈妙来当事人还被蒙在鼓里。也难怪，她到陈令壮家里时，还不到三岁。这个年龄，前世今生都在一片混沌之中，是一个恍恍惚惚的年纪。很自然，陈妙来能记得的，也只能是恍恍惚惚的事。请问长大之后，谁又把恍恍惚惚的事当真呢？在成长过程中，大多还是稀里糊涂把身边的养父母说的当了真，暗淡了往事，模糊了曾经。只有一些不经意的微妙举动，隐约中还原出个体的强大基因，让人看出端倪，泄漏一点天机来。不信，你看陈妙来落座的姿态，与正宗血统的陈氏家族相比的确存在很大差别。她坐姿端庄，头正颈直，双手扶膝，分明就代表着一个画面上的民族。就这姿态，陈大年真的越看越生疑，越看越喜欢。他再次拧起嘴上黑痣那撮茂盛的汗毛，陈妙季也就再次皱起了眉头，陈大宽再次想听陈大年的高见……可陈大年欲言又止。

陈妙季问陈大年：“多年不见，你在哪里充电呀？”

陈大年说：“你不待见鄙人，并不影响我去拜见圣人。啥叫圣人？圣人当然要先声夺人，俯仰乾坤，审己度人，反正他们都不是一般的人！”

陈妙季说：“摆玄龙门阵，还一套一套的，让人觉得又油又滑，你这种人找不着媳妇，再出色的妹子也会防着你！”

陈大年说："相信这个世界上，总有对我不设防的佳丽！话又说回来，作为出色的女孩子，防是必须的，攻也是必然的，你们就是要攻防兼备。你知道'防'的学问在哪里？耳朵旁要求的是听力，方字边要求的是目标。要听别人给你们指引方向。所以，人这一辈子不得不重视一个'防'字。这个字修炼好了，才谈得上'攻'。攻什么？一攻人，二攻业，三攻心。攻人就是要攻下托付终身的人，攻业就是要干出一番事业，攻心就是要学会利箭穿心、瓦解敌人。你们只需这'三攻'，就会成为人生赢家。要把自身磨砺成'三攻'的利器，宝剑的刃，戈矛的尖！"

听陈大年这么一讲，陈妙来搭讪过来了。她说："攻什么都可以，哪敢攻人呀！攻人就是夺人，我没这个胆子！拿自己去冒险，这事儿太大，我不会听你的。我还小，我不想嫁人。哎，我这儿少了一攻，还是两位姐姐你们先成为人生赢家吧，我现在只能认输！两位哥哥要理解我，你们要是真的关心我，就请准许我跟你们一道出去学学，看看你们是咋攻的！"

"想学呀？那你得交学费！"陈大年说。

"如果是这样，那就不去了，我还是继续到大神庙打工！"陈妙来有些失望。

"大年，你什么生意都敢做呀？妙来，你别听他的。"陈大宽不高兴了。

陈大年说："这不是做生意，我在下一味药引子，矫味、解毒，以便治病救人！"接着，陈大年把话题扯得很远："任何赢家，都有淘汰地域的情感跨越。地域是一种选择，选择就是一种淘汰。先要淘汰陈家湾，再淘汰滨江市。你们的归宿，就是选择让你们成为座上宾的地方！”

“绕了一圈，你直说广宁不就得了！还淘汰这淘汰那，我们生长在这里，为啥子还要淘汰掉它？口气比脚气还大！”陈大宽说。

“你打啥岔呀，我给三个美女规划未来，点拨他们，涉及他们一生的幸福呢！刚才，我说学会‘三攻’，就能成为人生赢家，其实管用的只需一箭开天门！”陈大年开始说干货。

“什么箭？”大家齐问。

陈大年说：“是一支特殊的箭，看不见、摸不着，却很有杀伤力！”

陈妙香顿然想起什么箭了，说：“看你这胃口吊的，难不难受？你为啥不找根绳子直接上吊呀？难道我们还不清楚是什么箭吗？”

“姑奶奶，容我把话说完。情场跟猎场差不多，见到不一般的猎物，就千万不要犹豫。一嫁成为人上人啊，嫁对人，是女人一生的追求，择对业也是为了嫁对人。重塑自身形象就更不一样了，是为了让灰姑娘变成天鹅。天鹅自有天鹅的命运啊。这些话很直白，但很受用。这世界就是这样的，再丰满的理想，都要回到骨感的现实，美女们到了广宁，各自要拉开一场婚姻争夺战，占据那里的制高点，击垮那里极品男人的所有防线，你们获胜的标志是：妙香嫁给山神大帝，因为你现实；妙季嫁给区委书记，因为你精明；妙来嫁给官员，因为你神秘！会议到此为止！”

“呀！你这叫攻城略地！也不让我说几句？”陈大宽皱起眉头问道。

啪的一声，陈大年打了一下自己的嘴巴：“该死，断人言路，等于堵人财路！”

陈大宽说：“知道就行了。你野心勃勃，其他都好理解，你说这‘山神大帝’到底是何方神圣？”

陈大年说：“我说大哥，广宁在大山深处，‘山神大帝’就是那里跟土地相关的人物呀。我认为，要想顺利达到目标，等到广宁的公司注册完毕，三个美女全都到韩国巴诺奇整形外科去，重塑自己，把自己的鼻子、眼睛、小嘴这些关键地方，统统重新勾勒一遍。”

妙香朝陈大年瞥了一眼，鼻孔哼了两声，嘴唇一撇，咬着牙说：“小瞧咱们，糟蹋姐妹，我们三大美女还用得着去韩国，就在自家镜前稍稍那么一抹，就会让广宁人神魂颠倒，往来行人一点也找不着北！”

陈大宽急忙补充说：“都知道你们已经够靓的了，只是想锦上添花。把你们这种限量版，整成升级版！都升级了，你们岂不更加稀有了！当然，如果这种锦上添花一不小心整成画蛇添足，那就真的糟蹋各位了。一旦弄成这样，我就坚决反对！”

妙香舒了一口气，说：“这还差不多！我们要民主，安排做任何事情，必须征求意见。否则，我们就学烈女造反，把你们消灭掉！”

陈大宽叹了一口气：“还没坏事，就要造反，厉害啊！”

“不厉害怎么行？你们得对我们好一点！”

陈大宽说："岂止好一点！我把话搁到这里，如果哪位小姐姐有到韩国的需求，所有费用由广宁注册的公司支出，列为投资项目。记清楚，公司为你们投资，你们用'美'来投资。既列入成本核算，也纳入股份。现在所有开支先由我来垫付！"

陈大年听如此说，眼睛一亮，将正在嘴角拧动的手突然放了下来，说："此处应当有掌声！"说着，就带头呱叽了几下。这一呱叽不打紧，回应的竟是对面池塘里的那群天鹅，它们啪啪啪拼命拍打翅膀，好不热闹。

妙季说："听听，有回应了！不过，公司可以为我们设立一个'芳华基金'。凡是用青春赢得的每一笔生意，都应事先付给青春护理费，事后给予青春奖励金，再提取一部分为芳华'充值'。经年累月，只要'冻'不住青春，就得对'芳华损失'给予评估。这个基金是专门用于赔偿的，谁也不许挪用。同时，只能将基金越做越大，不能整成一口涸水井！"

陈大年眼一睁，说："妙季啊，妙季，三十六计，再加一计，就叫'充值计'。为芳华充值，连同'陈妙计'这个名字，必将载入滨江文化词库，千古流传！"

陈妙季一本正经地说："少卖古董，季不等计。一个说的是时间，一个说的是心眼，这都不懂，还跟我掰这掰那！"

陈大年觉得自己掉进了一个坑，两眼滴溜溜地不知转了多少圈，才张大嘴"噢"了一声，说道："女人厉害啊！要不人们都说，女人发起狠来，全世界都让路。我终于懂了，男人赚钱为什么要交给女人，陈妙季就给了我们答案……"

陈大宽也想听听，他问："什么答案？"

陈大年一副狡黠的样子："做女人的生意，赚男人的钱！"

"手段下作，扮猪吃虎！"陈大宽用一种蔑视的眼光盯着陈大年。

陈妙季真的扮了一个老虎的嘴脸，说："没门！"

陈妙来一直未吱声，一句"做女人的生意，赚男人的钱"让她感到这里面充满了算计。她虽说中途而来，一些半截子话也让她听得更加明白了。她没有更多插言，芳华照水，静坐一旁，搓着手，心里倒是反复琢磨——这广宁之名，咋就这么熟悉？这帮神通广大之人，咋就让她心神不宁起来？她眉头紧皱，拼命搜索记忆，蒙眬的眼睛望得很远很远，她怎么也觉得这个远方有她想要的东西。

又过了两天，这五个陈家后人就要北上广宁了。两台奥迪车早在前一天就停在那株百年芙蓉树下的芙蓉茶庄旁。芙蓉树遮天蔽日，是一个重要标志。它的下面，是当地老百姓文化和信息中心。都说那里有陈大宽的什么窝点，还听说陈大宽在那里传出去的诨名很多，但普通老百姓却叫不出一个来。进进出出做生意频繁了，陈家后人北上广宁，也勿用谁来送别。只有陈妙来的父亲、大家称作六叔的陈令壮，要到芙蓉树下送陈妙来。六叔为闺女准备了一晚上。大家都要上车了，他还说不急，说还有点老屋基的泥巴抠不动，正在用力抠泥巴。

不多会儿，六叔扛了一个鼓囊囊的蛇皮口袋，气喘喘地走过来。在车旁聊得正欢的大宽、大年、妙香、妙季、妙来几人，好像没看见似的，谁也没有上前接过六叔脊梁上的东西。六叔是个地道淳朴的庄稼人，他抹了一把汗，打开蛇皮口袋，就给陈妙来交代起来："看到没有，这是两种祖辈传下来的法器：一把锅铲，在家用来炒菜，出去用来炒人。对付流氓，特别管用。这是一根竹筒，里面装的是辣椒粉，放在厨房调味，遇到坏人就是火药枪。看好，机关在这儿，一按就喷出去了，可以喷出簸箕那么大，过去叫'惹不起'。两种法器一定要收好！这边是两种解药：一筐煮熟了的鸡蛋，是太子山野鸡下的，吃了野鸡蛋才不想家。这个罐子装的是老屋基抠出来的泥巴，泡水喝可以防水土不服，没有病痛！"两种法器、两种解药，让陈妙来脸色霎时变得很难看。其他人的脸也在跟着发生变化，变得最滑稽的还是那个"一撮毛"的陈大年，只见他转过身去，把手机铃声摁响了，假装在打电话："嗯，你不要哇，你不要我也不要，都不要看他咋办！"陈大宽一眼识破陈大年的表演，狠狠地一把抓过手机，放进自己口袋。陈妙香则捂着鼻子，蹲下身来，看了一眼六叔的礼物，起身说要去上厕所。陈妙季远远地看到了这一切，也不吱声，悄悄上了车。陈大宽觉得这帮人太无情，如此瞧不起六叔，让人心里很不是滋味。陈大宽把陈妙来拉到一边，说："我的妹子，这些东西，非常珍贵！当年，我的父母也送我这些很不起眼的东西。他们想尽法子能拿出的也就这些，也只有看到这些，你才知道我们的父母真的不易，你也才知道啥叫养育、啥叫感恩！现在，你觉得伤了面子是不是？我告诉你，要是我的父母还活着，要是他们依然这样送我锅铲、喷枪、一筐野鸡蛋、一捧老屋土，我会兴奋得要死、幸福得要命，我会努力让他们长脸的。妙来，这个感觉，你以后会懂的。现在，你一定要把这些收下！"陈大宽讲这通话时眼圈都红了，他将后备箱打开，把六叔的“四件套”统统放了进去。一转身，就看到陈妙来与六叔拥抱在了一起。两肩使劲耸动了起来，她哭了。这时，陈大年为刚才的举动后悔死了，等到妙来告别六叔，跑过去拉住六叔的手，说：“不要牵挂，很快会回来的，放心妙来吧！”陈大宽也过来对六叔说：“到了哪里，都是挂在一根藤上的葫芦娃，谁也不会掉下来！”六叔只是咧嘴笑着，这样做了弥补性告别后，大家才上了车。

奥迪车甩过一座座大山、一条条沟壑，是速度让梦也飞了起来。梦做完了，广宁也就快到了。只有在这时，他们才发现这座城市果然就在一片深谷中，道路两边醒目的标语牌提示他们，这里是国家重点扶贫地区。他们在一个名叫凤椏口的山梁上停了下来。野风拂面，有另样的感觉。大家下车看风景时，才蓦然发现，这是一片人迹罕至、飞尘不到之地。斜晖照来，烟霞分明，非水墨不可滃染。他们一个个嘻嘻哈哈，乱呼乱叫起来。他们的到来，为这里的青山绿水增添了无限生机。那陈妙来不知哪来的兴致，一纵身，轻猴般上了一棵黄桷树，躺在偌大的枝丫上，哼起了一种无名散调。让人难以置信的是，那呕哑难懂的散调，竟让几只喜鹊听懂了什么，叽叽喳喳绕着她盘旋，久久欢叫不肯离去。陈妙来有些心烦意乱，她想赶也赶不走。她下得树来，三步并作两步钻进车里，可那喜鹊不肯罢休，扑打着翅膀也跟着往车里钻，这就更奇了。此番情景被陈大年瞅见，大惊失色起来：“不得了，不得了，鸟儿缠人了，难得一见的人鸟之好！”陈妙季也惊愕起来：“好怪啊，这鸟儿对妙来竟这么亲热，是不是上辈子是一家人啊？”陈妙来寻思，没准真有沾亲带故，不然，哪有这么亲热！陈大宽无心观赏风景，很不耐烦地对着那群鸟儿吼道：“哎哎哎，好了好了，下回再见！”他用树枝轻轻在空中舞动着，赶走了鸟儿，关了车门，上了路。

路上，大家又开始睡意蒙眬起来。陈大宽并无多少困倦，他在回味、探究刚才路人告诉他的一些话：这里的民间有议论，说外面的人来这里做生意，“玩的就是扶贫款，一纸批条来回转。只要知道一有领导来视察，这里的官员做得最多的就是搞图展，发大屏广告”。还说，“一方水土养不起一方人，他们全都盯上‘易地搬迁脱贫’新增项目，这些项目全是做指标、做数据的”。

之前，陈大宽在广宁搞过一次调研，发现当地政府做了四个连环动作——搬得出，把根移出来；稳得住，把心留下来；能脱贫，把财招进来；聚人心，把爱带回来。这“四来”的每个环节，都是政府精心策划的。陈氏兄妹首先在广宁市成立了手拉手搬迁公司。陈大宽一门心思想把公司的成功寄托在陈大善的身上，说：“只要大善兄弟到广宁任职，肯定就少不了巩固脱贫的相关项目，而易地搬迁的后续项目，将备受老百姓的关注。‘四来’的连环动作，少了我们这一‘来’就不完美，这是一块不小的蛋糕！”大家用惊讶的眼神盯着这位老哥。

第二章　逢错别躲

“心堵了换个发型，心死了换种步伐。”飞来石下那个高僧一语成谶，让人一换改命。没过多久，换过之后的陈大善与儿子陈天歌果然一扬头，风轻云淡跨过沼泽，踏上命运坦途。更让人觉得神奇的是，父子俩“换”的还是相同去处——广宁。尽管如此，后来还是有人编排讥诮那个高僧，说他对其他人也讲过相同的话。谁知那高僧竟哈哈大笑起来，说：“相同就对了，那不是一两个人的命，是天下所有人的命！”听了这话，让人心里不禁凉了半截。要是陈大善听到这个高僧的笑声，他一定会哭！还在两月前，陈大善就在为自己的工作调动四处找门路，组织部门得知他找上门来请求调动，也打算做个“顺水人情”，说他来“找”就对了，我们正想“腾笼换鸟”呢。陈大善获得“暗示”后，又规划着陈天歌的职业发展。那陈天歌在省城整天最上心的一件事，依然是研习公务员“公考秘笈”的各种战法。除此之外，便是琢磨福尔摩斯探案悬疑。福尔摩斯是他孩童时的梦，那些闲书不知耽误了他多少功课，现在又死灰复燃。就在这个时候，陈大善见到一则广宁市公招人民警察的广告，是面向全社会的招考，无地域之限。陈大善急忙把这信息转给儿子陈天歌，建议他尽快向单位递上辞呈，到广宁考警，机不可失，从头再来。陈天歌这回听了父亲的劝告，认为有了这张“入场券”，就能办一张可以消费和透支的“权力信用卡”，也圆了小时候的侦探梦。这小子真的走了狗屎运，在广宁应考，从文化、体能，到最后的面试，就像坐了直通车一样——他考上了。更让陈大善喜出望外的是，省委组织部一纸任命，将陈大善安排到广宁市任职。巧中还有巧中事，要求陈大善到广宁报到的日子，恰好就是陈天歌到广宁市公安局报到的同一天。父子俩在电话里为此等喜事、巧事乐呵不已。那陈天歌心里犹如烟花在绽放，他拿着手机，就在原地砰砰砰地做了十二个前空翻。陈大善在手机里听到了声音，紧张地问：“噫，动静这么大，咋了？”陈天歌说：“我心里在放烟花！”陈大善手机开的是免提，妻子陆娣也在听，她落泪了。

一大早，陈大善戴上大大的帽子和口罩，背上香蜡纸钱，就往大神山赶去还愿。在半山腰一个石亭处，有几个陈家湾人一眼认出是他在往山上走，就颇有些好奇，便站定细瞧他的一举一动。发现他刚刚爬上几级台阶，就被一个女子给拦住了，有些纠缠不休的样子，大有阻止他上山的味道。陈大善在女孩面前踟蹰着、犹豫着，最后像是给了那个女子一沓钱，然后就往回走了。对于陈大善到半山腰又折回去的这个举动，后人有一种解释，就是那个梁滚刀经常在那山上带人秘密侦探什么，陈大善很可能是担心碰到刀哥，怕挨了误伤，而那女孩极有可能是前来给他通风报信的。不管是什么情况，反正陈大善此行没有在大神庙烧香蜡纸钱，还愿落了空。由此，有人就有了预感：高僧一语成谶，一换改命，那陈大善会不会一念成空，半途而废呢？

陈大善也有这种顾虑，但眼下只好顺其自然。回到家，他与妻子陆娣一道收拾了简单的行李，叫司机加了满满一箱油，往广宁赶去报到。父子二人同时来到广宁，他们非常珍惜这来之不易的异地岗位。为防这种碰巧让联想丰富的自媒体人拿到网上去恶搞，父子俩约定在广宁市报到四个月后才见面，各自起好步、开好局。陈大善到广宁后仍然是副市长。陈天歌算是从头干起。一个柳暗花明，一个绝处逢生。橘生两地，果真大不一样，淮南淮北真的是两重天。他们喜欢广宁明朗的天、绿色的山。据说陈大善一去就有一套公房。这也没有必要大惊小怪，组织分配，没特殊化可言。按理，陈天歌也可以去沾沾光，住公房也在情理之中。但陈天歌非常厌倦跟家人住在一起，他讲："我到哪里都不会跟我们家的领导住在一起，一旦朝夕相处，相当于有人拿着鞭子整日抽打，谁情愿傻乎乎地'送揍上门'呀，我才不干！"

没去过广宁，就不知道什么叫见多识广，什么叫心神不宁。

联想，是一艘不用成本的飞船。这是一场穿越创世、高维空间和宇宙的未来之旅。视界承载灵魂，只有大跨度的位移，才能洞悉大时空的神奇。它让人一不留心，就穿越了千山万壑、春夏秋冬。

"广宁市手拉手搬迁股份有限公司"刚刚在广宁清河路走马街上墙，这块招牌还散发着油墨香，公司负责人陈大宽就从网上捕获到陈大善到广宁任职的讯息。这讯息验证了陈大宽多年经营的“天线”的可靠性和及时性。陈大宽心里热血涌动，往那办公桌上啪地击了一掌，起身叫道：“曲比，曲比，通知各位股东，开会！”外面一个女孩很快应道：“好呢，几点呀？”陈大宽说：“马上！就在隔壁会议室。”很快，走廊传来一阵杂沓的脚步声，大年、妙香、妙季、妙来，包括当地入股的股东尔呷、曲比等十多人，全部进了会议室。大家坐定，很快就静了下来。他们等着陈大宽发话。而陈大宽则一直盯着电脑，半天不吱声。足足沉静了五分钟，他才跟大家讲道：“今天是学习日。从现在开始，学习活动每周一次，要成为常态。我们还要成立党支部，把党建最后一公里在我们公司铺设起来！这样，我们才能沐浴到党的阳光雨露。公司不讲政治，永远难成大事！”接着，他开始给大家解读中央关于巩固脱贫攻坚的相关要求、省委的政策，最后他提高嗓门，一字一顿地念道：“省委组织部发布近期人事任免，……任命陈大善为广宁市副市长。”现场，陈氏兄妹们发出同一个声音：“哇！”陈大宽正色道：“打住，就到此为止。散会吧！”尔呷、曲比二人如在梦中，未去深问大家为何感叹、为何蓦然散会。当地的二股东一走，陈大年像是解放了似的，表演了一段最酷的翻身舞，然后一屁股坐在会议桌上，玩起了野性。都说此兄赖皮惯了，恶习难改。在老家时，他喜欢穿一些大套衣服，属于地滚龙那种。此时，他习惯地摸了摸嘴角上那颗黑痣。陈大宽剜了他一眼，说：“静下来，别摸了，正经一点。那撮毛还在呀？”陈大年坐下来，手也从嘴边拿下了，激动地说：“好事成双，成双好事呀！我也给大家发布一条喜讯——陈天歌也到广宁了，明天去单位报到。知道他是谁吗？他就是陈大善的公子呢，一个晚辈、一个晚辈啊！”那妙香对陈大善一家人并不生疏，她问：“父子俩都过来了，那陆娣嫂子呢？是不是也是暗度广宁啊？她是公务员，恐怕没有那么容易哟！”陈大年说：“这就不好说呐，据可靠消息，陈天歌是考过来的！”妙季惊愕：“我们还是想听听真相！”陈大年说：“这就是真相！陈氏家族有许多不为人知的真相，代代都有谜团，谁也没有拿出来解释过。好多解释就是掩饰，也就干脆不说，但不说并不是没人知道。”说着，他用手又开始寻找嘴角上那撮毛，开始吊起胃口，妙香上前抓起他的手指，往那黑痣上一摁，说：“别找了，在这儿呢，赶快讲，不讲我就把它拔掉！”陈大年继续说：“暴力催债似的！不过，我只说我想到的情况。我最近研究咱们陈家的姓名，就说咱上辈人，按照年龄来排，应当是陈大善的父亲陈令人为老大，接下来便是妙季的父亲陈令胜、大宽的父亲陈令天、妙香的父亲陈令定、我的父亲陈令子、妙来的父亲陈令壮。之所以取这些名字，据说都是曾祖父找了大师算出来的，大有‘必须执行’的意味，谁也不可擅自变化。这是礼义廉耻、孝悌忠信。此‘令’一出，如日月经天、江河行地，穿透了阴霾，谁敢去变？但那后面的字，却不为陈家长志气，它应景不应时，应亲不应人。为什么呢？你看看，当年已经发明了‘人定胜天’这个词，就这么一个豪迈的词儿，怎么可能整成‘人胜天定’了？有些‘信天不由人’的味道！至于我跟妙来的父亲，无非就是期待‘子壮’而已。这又有什么好的？贾谊有言：家富子壮则出分，家贫子壮则出赘。意思是说，一个人家如果富有，等到儿子长大成人后，给他娶个媳妇，就跟爹妈分居；一个人家如果贫穷，等到儿子长大后，就把他送给人家做女婿。这太俗！咱这一代，只因父辈成婚时间拉开了距离，未讲个先来后到、起承转合，让大宽抢了先机，大善屈居老二了。排列下来，可能就是‘宽严相济’。我听上辈人讲，只有那‘善’字是令人叔坚持的。婶子艾碧篱怀上他时，二人就商量好了。生儿就叫大善、生女就叫妙善。生陈大善，婶子痛不欲生，主动放弃活着的希望。陈令人坚守此名，也是一种念想。‘大善若水，泽及万物。’后来，新闻媒体宣传陈大善时，要定调为人民的好书记，也是在他名字上做文章。说他是大爱无疆、慈心为民、善举济世，如此等等，不一而足。宣传他的那些年，陈大善的确为父母给他取的这名字而骄傲无比、称心得意！”陈妙季听得入神，托腮讲道：“别看祖先在陈家湾守着庄稼过活，靠天吃饭，拜神祈福，测字取名，生生不息。他们呀，也有精神谱系呢！”陈大宽说：“家谱，本身就是家族的精神谱系，是血脉的记载，是家风、家训、家规的流传因袭！”

陈妙来不喜欢这个话题，觉得自己怎么也走不进这个谱系中，兴致不高，听着无味，好半天憋出一句话来：“我要出去遛遛！”陈大宽说：“遛遛？要遛就得小心，别滑倒了！这里复杂。”陈妙来嫣然一笑，说：“你以为溜冰呀？”说完，就向大家挥挥小手：“拜拜！”大家相望无言。哪想，陈妙来这一“拜拜”，三天之后才回到公司，让人两天两夜没能合上眼，闹得大家疲惫不堪。陈妙来缘何失踪三天？大家无论怎样逼问，她都只字不讲。陈妙来年龄小，天真烂漫跟这群人来广宁，六叔陈令壮也是心里打了一阵鼓的，他千叮咛万嘱咐，要求他们以大带小，多给照顾。两种法器、两种解药的“四件套”，至今让大家记忆犹新。

到了广宁，大家也都对她多给了许多关照。可是，三天时间成为真空，断片了，谁也不知道发生了什么，这怎么行？作为公司老大的陈大宽只好亲自“审问”陈妙来。结果提问一次，陈妙来哭一次，怎么也问不出来。之后，再也无人敢去询问“断片”的事了。陈妙来睡觉了，另外几个兄妹坐在一处闲聊。陈大年喟然长叹：“只因六叔供她念书太少，没多少文化，懵懵懂懂，说不得，碰不得，反而让人不知道怎么做了。都说她漂亮，漂亮又怎样？说来说去，上天待人公平，不会让你全赢：送你粉妆玉琢，断你耳聪目明！”陈大宽有些不高兴了，说：“老弟，你这话太毒，跟诅咒似的。我告诉你，陈妙来这女子，我从来不认为他是水晶心肝、玻璃人，她并不透明，她模糊得很。我还告诉你，在我们陈家湾，一个初中生也算是个高才生了，是秀才，是知识分子。而在广宁这个地方，放得更宽，这里的党政机关相当一部分岗位招不到人，曾经一度有拿着初中、高中文凭就可以报考公务员的历史。你能说陈妙来没有文化？她陈妙来自专科毕业后，就到大神庙当义工糊口去了。她要是在广宁，完全可以当公仆。眼下，这小美女此举，恐怕还不是上学多少的原因！我在想，是不是有人告诉了她什么？”陈大年说：“哎呀，就她的出身呀？六叔的家境谁不知道，陈氏家族每一个懂得的，能够告诉她的就是陈氏谱系，还有谁去多嘴多舌制造是非呀？”

陈大善的公子陈天歌到广宁公安局报到了。报到的当日，他参加了一个被他冠名的“诉苦会”。这个独特的会议是广宁公安局政治部主任阿查主持召开的。他要向二十二名新警介绍本地情况，检视大家的心理准备，考核大家的意志力。这个会差点让陈天歌对人生选择发生动摇，让大好机会失之交臂。

新警刚刚坐定，听见有人叫：“闪开，闪开！”门口便走过几排担架，其中一副担架上的伤员还“哎哟哎哟”地呻吟着，跟在后面的一个女护士举着吊瓶，小心翼翼地迈着步子。带队民警跑来向阿查主任报告：“这几个战友，是在调解草场争端中被误伤的，没有生命危险！”阿查主任说：“好样的！没有伤着群众吧？”“没有！”“好好养伤，不能留下残疾，更不能留下终身纪念！”这番对话，让人听懂了一切。当然，也有不懂的，现场有人窃窃私语：“啥叫终身纪念？”“就是疤痕之类，找对象更难了！”阿查主任向伤者敬礼，转身对全场新警说：“大家看到了，这里的警察就是这样的，负伤已经成为常态！”阿查主任的话是沉重的，接下来是更沉重的声音，空气加速凝重起来。他说：“还有比这更令人受不了的事情，就在昨天，我们有一位战友为给留守在悬崖村的同胞送物资，一不留心掉入深谷。他用生命写就了忠诚的本色。人被找回来了，通体却是冰凉冰凉地，千呼万唤，怎么也叫不醒！”

新警的心一点一点地受到触动，静静听着阿查主任讲话，眼睛须臾未能离开过他，心里也像水墨一样滃染开了——这是什么地方？他们是如何待下去的？台上这位主任又是怎样一个人物？其实，他们顾虑最大、纠结最多的，还是自己对大山的选择，而对台上这位人物不会去了解更多。阿查主任是广宁地区最本地、最原始、最土著的代表。所谓最本地的自不必说了，那些置于层峦叠嶂、悬崖峭壁上的一块块墨绿的大石板上，刻录了他们那一张张古老的脸谱。至于原始到什么程度、土著到什么成色，每个人都有不同的解读和判断。站在新警面前的阿查主任，五官苍劲有力，睫毛浓长粗壮。少有的鼻正口方，轮廓分明。讲起话来，两眼会打着双闪，难得地帅气。相处久了才知道那两眼扑闪的背后，都是一些不为外人所知的灵感。从“一步跨千年”到“跑步奔小康”，因为速度太快，一时半会儿还改变不了他那张野风刮过的耳朵和烧土豆熏黑的额头。只要你静心聆听，他的讲话语调随时还泄浸着远古歌谣的韵味。跟阿查一道入警的战友都叫阿查“八哥”。一声“八哥”，多半是因为他们都有一种兄弟情怀。他在家里排行老八。老大因赤贫而饿死，老二因吸粉而病死。从老三开始，一直到他这里，侥幸活了下来。而今这六兄弟全在政府部门工作，在各自岗位上干得风生水起，个个都有好口碑。在阿查的后面，原本还有一个老九，叫羊子，是唯一的妹子。不幸的是，这个妹妹不到三岁就被人贩子给拐了，找遍十沟八梁，未能找到一丝踪影。母亲一口一个“九妹”，叫得声嘶力竭，悲痛至极，肝肠寸断，最后她哭瞎了眼。世界的黑暗，必将把能见的一切全部吞噬掉。它让人更加疲惫不堪，更加焦虑不安。压抑、失落、难过，在一点一点剥离着鲜活的生命。没多久，这位瞎子母亲、这位英雄母亲，就从一个黑暗世界走向了另一个黑暗世界。义无反顾，没有一丝犹豫退缩。有一首歌叫《九妹》，阿查一听到这首歌，就像直接戳开了他内心的悲怆，瞬间就会痛得捂胸而泣。公安内部搞歌曲联赛，有歌手选了《九妹》上台。当歌手深情吟唱“九妹，九妹，心中的妹妹”时，台下的阿查早已泪流满面，很多人都以为他被感动了，觉得他太脆弱，泪点太低。直到阿查实在控制不了，跑步离场，跌倒在门口，大家这才知道他不是为歌手的深情演绎而感动，而是这歌引发了他失去亲人的无尽感伤。在大家知道九妹的故事后，即使《九妹》这首歌红遍大江南北，可在广宁上千的警营队伍里，谁也不敢吟唱这首歌。有好事者考察过阿查六兄弟在广宁的职业情况，发现他们都获得过“爱民模范”称号。都说这与他们幼时经受的磨难有直接关系。苦难与遭遇根植了六颗善良的本心。正是这样，阿查经常对招警部门说：“新警进来，标准就是我这个样子：吃老百姓的苦，让老百姓少吃苦；为贫困户找尊严，让贫困户活得有尊严。这一切做到了，这就够了！”他最爱说的一句话是——“向自己叫板，让群众叫好！”

眼下，你听听他对新警是如何说道的：“在我们这里，经过全民族参与的攻坚战，老百姓虽说脱了贫，可我们的民警依然很苦，而且在未来十年、八年都不可能尝到甜滋味。昨天永别了一位，今天又负伤了几位。你们，我的兄弟们，都准备好了吗？别回答得那么爽快，没有那么轻松。每一批新警前来报到时，总是信誓旦旦，他们压根儿就没做什么准备。所谓准备，全都是小九九。因为他们并不了解，我们要去的地方是一个怎样的环境。这些地方，我告诉你们，就连警服也不够穿。每年下发的执勤服，几乎全都会被磨破，需要自己动手去缝补。爬山越岭，最费的就是胶鞋。那些地方平均每人每年要穿破五六双胶鞋，哪里得够呀！我每次去看望他们，总能见到一些民警的脚趾丫子，露在鞋子的破洞外面，鞋面还有血迹。他们不是跟鞋子过不去，而是跟挡在老百姓面前的难事苦事过不去。他们每个人都会准备一盒刀片，随时都要削去脚上一块块老茧。那些硬疙瘩要是不修掉，就会变成‘跛足道人’，走起路来一高一低，像个残疾。若是因为这个影响了公安威严的形象，那是不允许的。没办法，为民服务‘最后一公里’，靠的就是脚板去完成的。你们知道吗，外地在这里的帮扶干部留下过这样几句话：岩石刻着先祖，被窝常进老鼠，地质灾害不断，清水熬着地薯。最令人心痛的是，曾经这里有不少妇女儿童被拐卖，甚至还闹过烟土。贫与毒，循环往复，人与人见面就哭。有的民警家庭也是支离破碎呀，他们为无数失散的家庭实现了团圆梦，可他们却未能找回自己的亲骨肉。这里的民族通今达古，语言已成化石，仍然有着难改的习俗。苦，自然也留下了许多与贫穷抗争的英雄谱。前面一旦倒下，你们就得替补。这些年来，他们的名字如果不出现在光荣榜上，也会刻在公安英烈的碑林里，归宗认祖。明白了这些，不愿意吃这里的苦，今天就可以离开。过了今天，不，就是现在，你就没有选择了，你得跟我一道，去吃完这里的苦！”

接下来，就是新警表态。

“对不起！”一位新警举手站了起来，说，“我选择不报到。喏，入警通知书还给你们。”说着，就向大家摆了摆手，离开了。

“记下来！”阿查话语干脆，“收回他的入警通知书！”他认真对工作人员这般讲道。

“也把我记下来。我选择不报到！”又一位新警表了态，话语同样果决，没有含糊。

“再记下来。我们尊重选择！”阿查再次讲道。

现场一张张稚气未脱的脸，写满彷徨、犹豫，不知道该作何选择。

“还有没有？”阿查用一双锐眼凝视现场每一位新警，严肃地对大家讲道，“请大家不要急于作决定，我再给大家半个小时考虑——黄金三十分钟！”

阿查主任的话，把现场空气直接抽成真空，静得有些不正常。墙上挂钟的声响，在大家的思考中敲打得特别响亮，特别有力。一下又一下地撞击着这群年轻人躁动不安的灵魂。嘀嗒，嘀嗒。一颗颗年轻的心就在这时钟的敲击下，紧张、焦灼、踌躇。谁都看得真切，现场弥漫着患得患失、徘徊不定的气氛——有的偷偷用微信咨询亲朋好友，请他们帮忙拿主意；有的则把分配的地方用手机搜索出来，反复咀嚼那上面的公开资料，想象那个被阿查主任妖魔化的地方；还有的干脆听“上天安排”，竟在下面抓起“阄儿”来。那情景，令人想起平时的抽奖、转盘和摇一摇。半个小时，挂钟一千八百声敲击，显得特别漫长，但终于敲完了最后一下，也敲定了他们的选择。

时间到点。阿查主任说：“没有了吗？请问，是不是没有了？”

现场，死一般的沉寂。不相信沉寂的，只有一颗颗年轻的心。因为在他们的胸口下面，怦怦跳动着一颗不安的灵魂。

阿查主任说：“好！黄金三十分，这是大家金子般的选择。今天，二十二名新警，有两名提出离开这里。我代表局党委，尊重二位的选择。请后勤部门派我们局里最好的车，把二位送出广宁，欢迎今后来广宁做客！”

两位新警做了离开的签字登记，摇着头，走出会议室。

接着，阿查主任又让大家发言：“你们为什么要选择留下来？这么多人，只有两人选择不报到。我还告诉大家，也许真理掌握在少数人手中呢！是不是只有两人识得庐山真面目，剩下的却仍要从南走到北、从白走到黑呀！大家说说看！”

阿查主任用起了心理矛盾刺激法，推深心理冲突。

有工作历练的陈天歌并非等闲之辈。他想，既然选择留下，就要留得言词灼灼、光光鲜鲜、不同凡响。开弓没有回头箭，放箭要放中敌箭。他举手说：“我要发言！”机不可失，见兔撒鹰。阿查朝他点了点头，示意他讲。陈天歌说：“各位领导、各位战友，我叫陈天歌，但我不是带着牧歌的闲情来这大山深处的。事实上，我们一路冲刺，应对了无数大考，决战到临门了，却把脚收回去了，忘记了为什么出发？我认为，今天不算是报到，而是一场考试，是一场灵魂的考试。刚才，阿查主任给我们发的这份考卷，虽说只是一道‘去留选择题’，但它是一份最现实、最艰难、最有分量的灵魂考卷。来自担架上的呻吟，写在墓碑上的生命，自然环境的艰辛，所有这一切，让我们听出来了——今天的‘报到会’其实就是一个‘诉苦会’，它考验我们的选择、检视我们的意志、鉴别我们的内心。阿查主任的讲话是一阵咚咚直响的鼓声，听进去的就是进军鼓，患得患失的就是退堂鼓。我认为，这个‘诉苦会’好——‘诉’公安之苦，‘动’拳拳之心。请放心，我们作出了在这里从警的选择，一旦挑起了担子，就没有放下的理由！”

陈天歌不愧是官员之后，他讲的是一通“官话”，难说这不是陈大善对他的耳濡目染。他的表态令现场所有参会人员投去诧异的目光，引来长时间的掌声。一位新警说，陈天歌的话让大家记住了一段“世说新语”，也只有陈天歌把一个“报到会”界定为“诉苦会”。从此，阿查主任召开的“见面诉苦会”成为社会青年步入广宁公安的一大关口。当然，在场其他十九名新警、七名广宁公安部门领导只是觉得陈天歌考得出色，谁也不知道这位出众的小伙就是新任副市长陈大善的公子。整个广宁公安机关，相信除了干部人事档案的管理人员外，陈天歌深埋的背景到底有多深，无人知晓。而那帮管理人员呢，个个都是无言的守密者，他们深深懂得什么叫保密安全阀，什么叫工作生命线。他们从来就是牛嘴套了篾篓子，哪有开口的可能？

在吉克丹局长办公室，阿查主任报告：“我说老哥啊，新警一脚踏进门来，就有两人被烤得焦煳。我担心呀，这两个嫩小子到了别的地方，也吃煳饭！年少不知人生味，读懂已是过来人。少年失志，焦头烂额，全是一股煳味！”吉克丹听出了来头，淡淡一笑，说：“咋说不是呢！禁不住烤，就扛不住事。扛不住事，多半都是少不更事呀。我说啊，既然像鹰一样放飞了，就别牵挂是艳阳天还是雷雨天。命运好坏，都是他们自己的造化！”

说到这，打拐专案组组长邓作峨敲门进来了，这老兄一脸喜悦和神秘。邓作峨见到阿查主任在场，谨慎地问吉克丹：“吉局长，我可以报告吗？”吉克丹说：“我们三人在一起，还有什么密级吗？阿查主任是你们的老领导，打了一辈子的拐，有啥密可保呀？”邓作峨说：“我只报告几句话，二十年前被拐的那十二个女子，回来了六个。没有回来的也都结婚生子，有的还儿女成群呢，生活得很好，留下的这些女孩没有一丝找回从前的意愿。不仅如此，她们有的还非常反感提被拐的说法，觉得歧视了她们、侮辱了她们！”吉克丹说：“这是一个人的脸面问题，咋不反感？不过呀，有这种感觉也很正常。应当肯定的是，她们当中也不排除有嫁对了人的，内心那些阴影早就被岁月冲淡了。那么，现在的人贩子弄清楚没有呀？这些人反复转手，一再伪装，连草蛇灰线、蛛丝马迹都没留下，让这个案子长期被困住，走不下去！”邓作峨说：“人贩子都找到了，只可惜全都过了起诉期！”原本不该插言的阿查主任听到这里，站了起来，忍不住问道：“我家羊子呢？难道连她的蛛丝马迹也没有呀？”邓作峨摇摇头，表情像个苦行僧。阿查主任伤感地说道：“我说邓作峨啊，邓作峨，你知不知道？羊子三岁时我当公安，眼下二十年了，要是把她找回来，都二十三了。我这个当哥的，有愧啊！现在讲初心，她就是我从警的初心。都别说入警动机纯不纯，我那时就这动机。为了把她找回来，才穿上这身警服的！我在打拐办干了好几年，找回了上百个妇女儿童，就是没有她的线索！”阿查讲到这里，眼眶红了。邓作峨说：“阿查主任别这样，线索还是有的，只是不知是否可靠，也不好讲！”吉克丹逼了一句：“你快说！哪怕是一丁点儿影子也讲一讲！”邓作峨坐下来说：“我讲的也许真的就是一个影子！”邓作峨静静地望着阿查主任，问道：“阿查主任是否记得你乡下还有一处老宅子呀？”阿查说：“咋不记得？好多年了，没空打理。我二哥吸毒死后，是二嫂一家人在那里住着。没人住，恐怕已是破旧不堪。”

邓作峨不停摇头，似乎想卖什么关子，好半天才说：“最近你那老宅子出了一桩事情，是那里的所长俄的伍日告诉我的。这样说吧，你家老宅去了一位不速之客——一个二十三岁的女孩。她是坐三轮车去的。”阿查主任听到这，来了精神，急切地问：“怎么样？”邓作峨也来了情绪，调动了他认为最诱人的表述方式，说：“看你急的，那女孩跳下车来就站在那里。有个词儿叫什么？亭亭玉立。哎呀，她就‘立’在你家大院门口，停在那里，愣了好半天就进了院子，有种仙鹤翩翩的感觉呢。接着，就在你们院坝中间那棵百年杨树下，一圈又一圈地转着。你们二嫂一家五口人，竟无人察觉呀。这个女孩巡视院坝周围，很是诧异、好奇。那表情、那举动，显得特别兴奋和激动。随后，竟然抱住了那棵老杨树，像拥抱久别的亲人。她双肩耸动，一阵又一阵地耸动，从背影上看，像是伤心地哭了。与树相拥一会儿，就在旁边石凳上坐了下来。女孩靠着那棵老杨树，竟然呼呼入睡了。阿查主任，我再没文化也知道名家笔下的‘海棠春睡图’，那场景想象中的不过就是眼下这种了。足足一个多小时，那女孩才醒来。阿查主任啊，我说这些，不要以为我是在讲故事，整个过程是有视频佐证的，监控记录了这一切。第二天，这女子又来了，重复头天的举动，监控同样可以调看。”

听到这里，阿查主任久久凝视邓作峨，脸色有种受骗的无辜。他不屑一顾：“邓作峨呀，邓作峨，你就此打住！我那老宅值得安监控吗？谁安的？靠谱吗？”邓作峨理直气壮地说：“安监控当然不值得，但却很靠谱。就在上个月，你二嫂家相继两次被盗，头次丢了查尔瓦，第二次丢了两块玉。她报案后未能追回物件，就在派出所又哭又闹，担心继续被盗，这才安了监控。第三天，这位女神又飘至你家宅院。这一次，就被你们家二嫂给盯上了。她以为是小偷进院作案，就报了警。这几天，派出所都去走村入户了，所长俄的伍日亲自出警。一到现场，见那女子仙姿玉色，这小子竟被吓得后退了几步。我通过这事才明白，美也是一种冲击力，难以阻挡，要不你瞅那所长后退干什么？那女孩见警察手中拿着手铐，也不知哪来的底气，镇定自若，威而不怒，不仅矢口否认自己是小偷，还一再质问：‘有我这样的小偷吗？’你家二嫂子见她嘴硬，箭步跳了上去，奋力挥起巴掌就要抽这女子。结果，你猜怎么着？你二嫂子的巴掌在空中像被什么控住了，怎么也没有扇下来。她左看右瞧，惊叫了起来：我的天哪，这不是羊子吗？对，是九妹，耳根上这颗痣不偏不倚就在这个位置。当时，你二嫂子一口咬定是羊子。这女子不知在场人说什么，很懵然。俄的伍日叫来社区医生，告诉这个女子：‘你因涉嫌犯罪，要抽血验证！’见穿白大褂的，还有警察见证，这女子也就配合了！”

阿查主任顿然情绪高涨，问：“眼下这个女孩在哪里？叫什么名字？”邓作峨说：“她在手拉手搬迁公司工作，滨江人，叫陈妙来！喏，这是她的身份证复印件。”阿查主任不由自主地淌下泪来：“我的天哪！二嫂子都认出来了，肯定是羊子。基因比对啥时出来？”邓作峨说：“明天！”阿查主任双手用力压住胸口说：“邓作峨，告诉你，我等不及了！”

陈天歌三个月的新警训练结束，就到刑侦支队报到了，被一位叫雷云飞的老警察领进了办公室。后来他才知道，业务部门安排他与雷云飞做“师徒对子”。雷云飞是何许人也？他是广宁公安的“风云人物”，号称“广宁之子”，是一位资深刑侦专家、业务尖子。很多年前，雷云飞当新警时，对师父殷才谱有一个精彩的“见面礼”，那时他表演的是硬功——“我一拳下去五块砖不断，我就自动退出公安”。说完，就搬来五块新砖，叭的一声，一拳下去，五块砖断了四块，另外一块不知飞到哪里去了。殷才谱看花了眼，镇静之后瞧了瞧地上，数了数砖头，说：“你小子是在玩魔术嗦，还有一块呢？”雷云飞顺手拿了一把扫帚，把粉碎了的砖渣子扫成一堆，说：“就在这里！五块砖，如果缺斤少两，我不当你的徒弟！”他的师父殷才谱哈哈一笑，说：“可教，可教！”如此这般，算是收了徒弟。只可惜，那殷才谱只给他当了一年的师父，就上了英模墙，入了英雄的谱系，死得非常壮烈。而今，雷云飞手下已经出了许多独当一面的高徒。在广宁刑侦系统有一个说法，谁要是跟雷云飞结成对子、当了他的徒弟，谁就会脱层皮。相当于大难不死，劫后余生。也有评论说，这雷云飞说是一位刑侦专家，实在有些亏欠了他，因为此兄在禁毒缉毒一线与犯罪嫌疑人拼过命，在追逃抓逃实战中挥过拳，还领着基干民兵大战过野猪林。社会上都叫他是广宁公安的“雷神爷”。而公安内部却加了两个字，叫他“三缺雷神爷”。为啥叫三缺？那是因为雷神爷每次“出场”都会是霹雳之风的拳脚立头功，但每次都“挂彩而归”，留下残缺。广宁市公安局作了一个不成文的规定：以后谁也不许让雷云飞出场，他身上已有“三缺”，其他零件不能再缺了！陈天歌向雷云飞报到是在一个炎热的夏天，他非常纳闷：我的师父怎么整天戴着一只毛茸茸的耳套呀？不热吗？那陈天歌并不清楚，他的师父缺了一只耳朵，他不戴这个耳套，就没有声音的方向感、立体感、平衡感。在一次追捕毒品犯罪团伙时，五个嫌疑人被押进了警车，另一个嫌疑犯竟抱着头往山下飞蹿。雷云飞眼光一闪，便飞身追了过去，紧紧抱住那个嫌疑犯，一同滚下深谷。谁料，就在这个过程中，那家伙一口咬住了雷云飞的耳朵。雷云飞不顾疼痛，用力扭过头来，哪想使劲过猛，耳朵竟然留在那嫌疑犯的嘴里。雷云飞见那逃犯满嘴是血，大吼一声，制服逃犯归了案。从此雷云飞变成了“独耳怪人”。雷云飞相亲十二回，都因缺了耳朵而让女孩子不看好他。雷神一次又一次与爱神擦肩而过。这一直是单位领导的一大心病，大队长雷正声带他到当地上了两次电视征婚节目，都不成功。还有一回，一位名叫秦芝琛的女大学生为追求浪漫，嫁给了广宁市放春山浅草坡一位牧羊小伙子。那天，秦芝琛跑到派出所来报案，正好碰到雷云飞到该所检查工作。雷云飞听到那女子泣不成声地说：“我家老公快不行了。偷羊的就是你们张贴的那三个通缉犯。他们在山上饿极了，没吃的，就下来干这种事！”雷云飞一听，说了句：“送上门来了！”便对所长杨伟虎说：“你负责配合 120，尽快转运伤员，我负责去抓人。赶快，给我找两副手铐！”说着，雷云飞屁股后面挂了三只手铐，跟着那女子上了放春山马蜂洞。一到现场，见那三个家伙正在洞口宰羊呢。当场，雷云飞就把正在打水的一个嫌疑人撂翻，捂嘴控制起来。然后，就与正在用匕首剥羊皮的两个疑犯展开搏斗。一阵掀腿压颈、抱腿跪裆、击腹别臂、甩腿踹腹的全套动作，看得秦芝琛眼花缭乱。不知道过了多少回合，秦芝琛发现雷云飞竟被两个疑犯压在身下，那匕首就在他的喉管前来回晃动，命悬一线，瞬间感到不妙，秦芝琛顺势捡起一把铁镐，朝那嫌犯头上狠命一击。雷云飞趁势来了个陀螺翻身，一阵飞速扫蹚，将手铐全部戴在了三个嫌犯手上。女孩一看，锁成了一串，顿觉雷云飞妙手锁铐，非同寻常。至此结束了战斗。雷云飞到旁边一个水塘洗手，仔细一瞧，这才发现自己竟然少了一根指头，一下子觉得钻心地疼。现场一地狼藉，根本无法找到那根手指，也不知掉到哪堆泥浆中了。缺就缺了，十根手指，掉一根又有何妨。将三个嫌疑犯押到派出所时，雷云飞得知那牧羊人在送往医院的途中因流血过多遇难了，他坐在山坡上，默默洒了一场泪水，才离开放春山。不久后，秦芝琛坚决要嫁给雷云飞。知情人说，她给雷云飞生了两个儿子，一家四口过得非常幸福。第三次，是他到橡树坝野猪村调查社情民意，得知老百姓最堵心、最无策的是野猪糟蹋庄稼，鸣枪如同欢迎这些不讲道理的野兽，农作物收成一年惨淡一年。

当地老百姓说：“要想撵走它们，除非放炮！”放炮是不现实的。为了查明实情，缩小野猪活动范围，雷云飞带领几个基干民兵深入野猪窝，边走边鸣枪，意在威逼野猪“搬家”，到别处去建它的“天蓬家园”。结果，野猪有着很强的地盘意识，寸土不让。成群结队的野猪向他们发起疯狂攻击。在往回撤的时候，雷云飞为掩护群众，一不留神被一只狂追过来的野猪啃掉了他的半边臀尖。雷云飞一转身，见那血淋淋的肉还挂在野猪的獠牙上，他啊的一声大吼，上百头野猪全被吓退了！雷云飞这一吼声，被那批基干民兵传为神话。最具标志性的一句话是：“雷神大吼，大地颤抖，胜过炮声，摧枯拉朽！”而雷云飞大手一扬，说这都是橡树坝老百姓乱编的，野猪生生撕走一块肉,那一吼是因为疼痛喊出来的！雷云飞的一边臀尖被啃了，屁股显得极不对称，平时坐在那里只能斜着身子，除了警姿不端，其他并无大碍。

“三缺雷神爷”就是这样来的。雷云飞这些年来岗位不定，迷惑了不少人。广宁在破案上打了无数次恶仗，激烈战斗中未见雷云飞露脸，怕雷神在作战中再掉鳞甲。但是，传说每一次的战斗时机、作战方式、火力构成等都有他的影子存在。最重要的是，这雷云飞的名字已经成为毒贩的魔咒。雷云飞从小善拳术，学得南拳北拳少林拳武当拳，拳拳出手不凡，这一点也不假。记得那天，陈天歌前来向他报到时，雷云飞朝陈天歌的胸口用拳头轻轻擂了擂、砸了砸，觉得很结实、很厚实、很壮实，问道：“会拳吗？”那陈天歌说：“会一点！”雷云飞一跺脚：“来，接招！”刚一出口便闪电狂击，朝陈天歌拳脚相加。陈天歌虽然处处被动防卫，但同样出拳迅速，迎招破招，非常自如。这种格斗场景正好被广宁市副市长、公安局局长吉克丹见到，拍着手说："哈哈哈，阿查有眼光，是头好牛犊！我说'三缺雷神爷'，他这么一来，跟着你，你就啥都不缺了，争取在两年内让这头小牛犊能扛起大活！"雷云飞说："见招拆招，现在就能扛大活！"

陈天歌报到没几日，上级就通知他这个"师徒对子"和另一个"对子"一行四人，组成一个"特别行动组"，去执行一项特殊任务。尽管特殊，陈天歌还是忍不住嘴痒，他问雷云飞："师父，这特殊任务到底是啥任务，弄得神神秘秘的？"雷云飞说："我哪里清楚，到了才知道。不该问的不能问，不该说的不能说，这是纪律，从现在开始你就要记着！"陈天歌未敢多言，他尽最大努力把自己变成只会行走的木乃伊。陈天歌早有耳闻，公安的特殊任务永远是神秘的，而神秘的背后永远藏着风雨雷电。这个"特别行动组"的带队领导提前三天就到了广宁市公安机关。带队领导是省纪委监委四室主任罗守恒。此人工作严谨，办事一板一眼，控制贪腐官员从未失手过。罗守恒主任组织这个四人小组在一个宾馆进行了几个小时的相关行动培训，明确了纪律规定、行动路线、安全环节、抓捕要领。所有事项都了然于胸，唯独抓捕对象的姓名、职务不可告诉大家。这是机密，不得提前外泄。曾经，有过提前二十分钟告诉行动执行人却意外扑空的情况，让抓捕行动变成了永无休止的网上追逃，给工作带来很大被动。罗守恒主任每次行动都未失手的原因就是即使把人弄到手后，也不一定让行动执行人知道对象的姓名、职务，这是他的一大经验。整个行动过程、抓捕对象，在特别行动组中只有他罗守恒一人知道。罗守恒，他自己做到守口如瓶，也让别人无秘可传！

晚上十点，特别行动组把车停在广宁林荫园的市委领导宿舍区一棵黄桷树下。罗守恒主任带着这四人悄无声息地来到一户人家门前，站定，按响门铃。片刻，出来的竟是陈大善。陈天歌一见，大吃一惊，触电似的后退了两步。没有搞错吧？他差点叫出声来，但又很快沉住了气。

只听见罗守恒主任向陈大善宣布："陈大善同志，你涉嫌违纪，纪监委决定，将你实行留置调查，马上执行，换个地方居住！"

陈大善一听，出奇地镇静，没有感到任何意外，潇洒地签下自己的名字。走廊的灯刚换过，很亮，能照见陈大善从容的神色。他只是向穿着警服的陈天歌瞥了一眼，就在"快走快走"这种低沉的声浪中离开了。倒是陈天歌当场瘫倒一边，脸色惨白，双手扶墙，身不由己地溜滑在地板上。另外两位同志利索地把陈大善带进了警车。作为师父的雷云飞差点乱了方寸，他一把将陈天歌扶起，像搀扶病人一样将其依附在自己身上，跌跌撞撞上了车。雷云飞反复问他是不是生病了，要不要上医院。陈天歌摆着手、摇着头，喉管里像是被鱼刺扎着，半天说不出话来。他觉得胸口堵得难受，心慌，像心肌绞痛的病人。直到把陈大善带到一个事先订下的宾馆安顿下来，罗守恒主任向这几位民警宣布轮流看守的注意事项时，那陈天歌才说出一句话来："抓的这位，是我的父亲！我申请回避。"

罗守恒主任一听，张大了嘴，半天没合上。他震惊，他诧异，他慌乱。他近乎颤动地对陈天歌说："这这这……怎么会是这样？公安局咋就派你来了呀？这么多年来，我们的抓捕行动一直都是这么做的。天底下竟有如此碰巧的事情？行动告知时间，虽然是以秒在计算，但这类'相撞'的概率低得可以忽略不计。可你这位兄弟偏偏就撞上了。真的对不起了呀！"

罗守恒主任非常尴尬、难堪、沉重，甚至显得有些自责，用手轻轻地、不停地拍打陈天歌的肩膀："兄弟，不管谁来执行这样的任务，你父亲的结局都不会改变。心理强大起来，接受这种现实吧！兄弟，记着，不能忍受生命中注定要忍受的事情，就是软弱和无能！"

陈天歌昏厥了，但没有发作。他的心理素质够强大的了。也只有在这时，传统的圣训反复撞击着他的灵魂：罪莫大于不孝。忤逆不孝，获刑比凌迟还残酷——要剥皮揎草、挫骨扬灰！陈天歌的内心备受折磨："如果我还继续在这儿值守，这叫'忤逆不孝'。儿子看守老爸，让人笑掉大牙。再说了，专案组也不会放心，我得马上离开这里！"

陈天歌叫了一辆的士，捂着脸，狼狈地走了。他怎么也想不通：躲过了梁滚刀，却躲不过纪监委。远离商人、防备恩人、断了女人，这三个要命问题是他做官的宣言。看来，他"保命洗人"的功夫下得不够啊，要命的问题还是没有放过他。

次日，一则"大义灭亲——陈天歌扭送父亲到案服法"的帖子，不知被谁传到了网上。其能量不亚于晴天霹雳，迅速在广宁市发酵、扩散，吉克丹局长一口气下了三道指令：第一，严控舆情炒作，做好陈天歌心理疏导工作；第二，组织调查组弄清招警工作存在的问题，特别是陈天歌考入广宁市公安机关走过的流程是否合规；第三，请求通过技术手段，调查陈大善在陈天歌入警的每个关口是否有插手的痕迹。吉克丹反复强调说："进入干净、程序合规、新警无染，这比什么都重要！如果放过一只蝗虫，就会毁了一片庄稼。谁要是干了这样的事情，就比蝗虫还可恶！"

这天，皓华律师事务所的杨伯告从一个公众号得知"副市长陈大善被警察儿子带走"的信息，嘴里说："不一定是被儿子带走，但带走一定不会假。结局都出来了，过程只待确认！"他站在门口，望着长天，叹了好半天的气，才说了一句："眼见他起朱楼，眼见他宴宾客，眼见他楼塌了。自己创造的人生，早已在暗中标好价格，等到全部卖出去，我真的想去看看交易现场！"之后，他来到悬壶楼听老茶客们都说了什么。他坐在一个角落里，闭目养起神，听到邻桌茶客说了这样一通话——

"陈家还有故事呢，听说陈大善还未到广宁，这个装神弄鬼的人，身后就有一干人马，未卜先知，提前到广宁给他铺排道场去了。可以想象，那些人呀，在这段时间的处境可能不是那么好受的。开了快车，遇到雷雨，陷入泥泞。进退两难，不好整了。没准呀，这会儿，他们正捶胸顿足呢！"

"会不会一网打尽呢？"一位茶客来了兴趣，放下茶杯，好奇地问。

"我说呀，从行动规划上看，他们属于先遣队，打前站、抓基础的。但人家地皮都没踩热，一时半会，不可能有说得上来的作奸犯科之事。硬要往案子上面靠，最多算得上是作案未遂。用脚趾丫都可以做判断，作案未遂，能构成犯罪吗？”一位茶客反问道。

“这你们就不懂了。犯罪未遂，是指犯罪分子已经着手实行犯罪，由于犯罪分子意志以外的原因，而未得逞的，是犯罪未遂。这应当视为犯罪的一种形态。你们应当知道，犯罪是一个过程。这个过程一路下来，走过的是犯罪预备—犯罪未遂—犯罪既遂。这样看来，犯罪未遂的危害性，就大于犯罪预备，小于犯罪既遂。所以说，犯罪未遂仍需承担刑事责任的呀，可以比照既遂犯从轻或者减轻处罚，但不是不处理。至于到广宁为陈大善铺设道场的那些人，是犯罪预备，还是犯罪未遂，那是需要司法鉴定的呢！”

大家转头一看，这不是杨伯告吗？都知道他是悬壶楼茶庄对面那个皓华律师事务所的发起人。此人前半生为告状东躲西藏，惊恐万状，后半生帮人打官司，已经成为专家，声名远扬。人们习惯叫他“杨大师”。大家对他早已是高山仰止。

这杨大师一坐下，大家都围了过来。涉及是非曲直、司法疑问，他便是“真理的标准”。杨伯告说：“还需要我说什么呀？三个不诉，就让他们解脱了。”

“……”几个茶客凝神望着他，不懂，但也不深问。

闹得满城风雨的新闻、无可预知的厄运，让手拉手搬迁公司如遭雷劈，大有出师未捷身先死的悲哀。陈大宽沮丧地坐在公司办公室，耷拉着头，胸口像压了一座山，公司的美好前景一瞬间黯淡了下来。他通知陈氏兄妹即刻赶到他办公室旁边的茶室。他煮了一壶浓浓的黑茶，咕咕咕地就那样沸腾着。他没有心思关掉火，也不愿灌进滤杯。他打电话对尔呷、曲比两个股东分别说了相同的一句话：“你们放假三天，不用上班。”放下电话，走进茶室，顺手抓起一串越南沉香木雕手把件，坐在那里使劲搓着，似乎要把身体里仅有的残余力气消耗掉。他脸上的肌肉已经出现皱褶，所有表达用劲的程度，全部透露出他那内心痛苦的深度。

不多会，陈大年、陈妙香、陈妙季、陈妙来全都坐在茶凳上。空气死一般的沉寂。

陈大宽用一种严峻的眼光向大家扫一番，然后滤起茶水，灌入公道杯，分给大家。他自己浅浅呷了一口茶，这才说道：“都来了。不吱声。看来都知道陈家的不幸了！刚才，广宁市主要领导在电视里讲真相了。公安局政治部主任阿查，第一回见到他，他的确长了一副讲真话的脸，他是出来澄清事实的，他说，不是儿子把父亲拉下马来的。哼，不是，那又怎么样？反正落马了。这不是虚构故事。他的落马直接伤害了我们‘手拉手搬迁公司’。‘手拉手，应有尽有。手拉手，前所未有。’这广告，带给了多少人美好的期待！现在这事，真叫前所未有。我们失去了一双有力的手，一切化为乌有。眼下，我们再不清算，将会一无所有。在广宁的项目，正在做的、将要做的、打算投标的，尽快拉出个清单！”

现场空气完全凝固了。座位上的一个个造型，酷肖中国版的思想者——弯着腰，屈着膝，用手托着下颌。深沉的目光，以及嘴唇咬着的拳头，难以理解他们陷入了怎样的内心世界。这种世界与其说是在全神贯注地思考，还不如说他们全都陷入了冥想。复杂的心境，岂非沉痛和苦恼可以概括 。

陈妙香期待着有人说点提气的话，但谁都不吱声。她不甘心就这样散伙了，只好率先打破沉默，说：“大哥，我要说几句，我怎么也想不通，拉什么清单呀，干了什么不都挂在墙上了吗？大家熬夜还没熬够哇？这挂图作战，就差把你给挂上去了。你那样用功，怎么就半途而废呀？到广宁，一块板子你都没描完呀！”

陈妙香这番话，对谁都没有触动。那干人依然保持着思想者的姿势，根本就不知道在冥想什么。

广宁的天，阴得可怕。风打残窗，簌簌震响。陈妙来低沉地说：“不知咋搞的，这会儿莫名其妙地害怕，因为我发现你们已经丢了魂。我妈说，丢了魂，要喊三天才喊得回来。我不敢喊，我胆子小。我一喊，嗓音肯定会发抖。发抖的嗓音容易招鬼，发抖的嗓音更招不回你们丢了的魂。所以，你们还是自己回来吧！”

在场的思想者改变了姿势，变成了倾听者。

陈妙来说：“你们看看，看那挂在墙上的项目，有哪一项跟他陈大善有半毛钱的关系？陈大善是个坏人，我们没干坏事。他蹚了一身的污水，动静再大，也没溅到我们身上来呀。更重要的是，他压根儿就不知道我们在广宁悄悄打他的主意。之前我们试图通过他来做‘规则’以外的事，而他呢，却偏偏被‘规则’给收去了。这个过程中，我们没有触碰任何‘规则’呀。

还有，我们来广宁，跟他见过面没有？你们会说，没有呀。但是，要我说，不是没有，而是很难。我断定，他们父子为了避嫌，同样也没谋过面。说句难听的话，两只萤火虫，在我们面前匆匆一闪，也就这么一闪，划过了。再说了，我们所做的一切，全是见得光的。请问，能见光的事情，难道非要拿到黑夜去做不成？对不起，我可能是鼠目寸光，但你们放心，凡是眼力不好的人，直觉都很好。这段时间，我的直觉告诉我就一句话：抱住大腿很吃力，抱错大腿很后悔！要是我们干的事情全用‘抱’的方式实现，这对别人是不公平的。有一种收割机，专为‘不公平’准备。它要等到‘不公平’到了丰收的季节，这便突突突地开过来了。都说陈大善是我们陈家人，是陈家人又怎么样？是陈家人就是一家人哪？就在一口锅里吃饭哪？不是呀！至于在他翻船后，我们‘手拉手’能不能去拉他一把，要我说呀，这要看他翻的这条河有多深。我相信不会太浅，我们一下水，八成是秤砣。不但不能救人，反而还被淹死，多不划算。既然不想当秤砣被淹死，那就为他们父子祷告上苍，请天老爷保佑他们了。我还想，唐僧师徒一行过通天河，是老龟载着他们渡过的。听说那老龟也只是提了一个请求，希望唐僧到了灵山之后，能够帮忙问问自己还有多久能够修炼成人形。原来，它是为了做人啊！我们尽人事，行善事，‘手拉手’，拉的是老百姓的手，老天爷肯定会向我们示好的！”

陈妙来这么一说，现场所有人都听呆了。

陈大年说：“妙来啊，你这一番高论，真的就让我的魂又回来了，你才是招魂半仙哪！我看呀，大家都有些迷失自己了，我觉得最清醒的还是你！”可是，陈妙来再清醒，也感染不了陷入情绪低落走不出来的陈大宽。陈大宽说：“陈妙来应当做官！”陈妙来说：“我有恐高症，你把我抬高，会把我摔成残废。其实，我只愿大家在这里把路走下去！”陈大宽说：“路，路在哪里？失去罩着的人就会迷了路。我们现在算是走上了断头路。”

陈大宽说完这话，一言不发了。他依然很难过，他既为这父子俩的命运难过，也为自己生意失去一大暗能量难过。陈大宽把陈大善在生意场上的这种“暗能量”看得太重了，他认为，既然“暗能量”能带动整个宇宙，那陈大善就是他的全世界。没了陈大善，他似乎会重新回到“讨人情”的日子，那是一个什么日子？雇人攀悬崖、走峭壁，冒着丢命危险去摘茶，挖空心思去做礼盒外套，然后一处处送礼、一片片点头哈腰说尽人情软话，而对方还不一定认同你、不一定拿生意给你做。细思极恐，手一使劲，那串把件“吱”的一声，碎了。陈大宽的心也死了。接下来，就持续发呆。他的面前，三个活泼的女孩子受不了他这种自虐性煎熬，一个个悄无声息地陆续离开了。只有陈大年一人陪着陈大宽，大有忠肝义胆的情怀。

陈大宽糟糕的心情一直持续到当夜十二点。陈大年也须臾不离地坐守到这个时间。陈大年问：“不饿呀？我的大哥。如果不吃饭，我陪你整点去，行不？”陈大宽一听喝酒，像唤醒了灵魂深处某种东西，一拍大腿：“走，找个鸡毛店，自我麻醉一下！”看到大宽说话了，陈大年顿时乐了，突然又怅然若失，说：“糟了，车上没酒了！”陈大宽说：“哎，都到这份上了，喝二锅头噻。实在不行，就喝跟斗酒。我看以后呀，你我兄弟能有这个水平，就阿弥陀佛、谢天谢地了！”说着，陈大年陪着陈大宽，就在清水街附近找馆子。找来找去，这才发现广宁市不像滨江市，大山深处的城市根本没有什么夜生活。晚上九点过后，整座城市都在酣睡。走在大街上，你会不时听到梦呓和鼾声，从中你可以感知到梦中人在干什么。而这时，也只有天上的星星还醒着，它们窥视着大山的一切，用细微的星晖抹在街面的一些店铺牌子上。虽说尚可闻到各类牛羊汤锅的气息，但所有餐馆统统关门打烊了。走过好几条街巷，竟未闻得一声行拳喝酒之令。大约过了六条街九条巷十二个倒拐胡同，踏破铁鞋，蓦然发现一个真的就叫“鸡毛店”的馆子。但这店却并非属于灯火阑珊的梦幻之地。二人见里面亮着灯光，听到一小工哗哗哗洗脚的声音，陈大年就对着门缝，拉大嗓门：“哎，伙计，我的兄弟，请把鞋穿上，别洗了，我们要喝酒！”那店小二说：“啥啥啥！关门了，关门了，没菜了，明天来吧！”那陈大宽也到门缝叫道：“能不能开门说话呀！”店小二勉强开了门。陈大宽、陈大年趁机跻身溜进鸡毛店，相继坐在一张餐桌上，陈大宽问：“兄弟，真的没有？”店小二说：“真的没有。不信你看看，除了酒，哪来菜呀！”那陈大年觉得此言有虚，就自己拉开冰箱，果然空空如也。拉开底层一个抽屉，在一个角落里，竟发现两只卤鸡爪子。陈大年如获至宝：“喔呀，这就够了，一人一个！”那店小二凑近一瞧，摇头苦笑：“就凭两只鸡爪子，也成一盘菜呀，我这一辈子没有亏过客人！”陈大宽哼了一声，说：“尽说屁话，老子闯江湖时，有天晚上，也是有酒无菜，就着八粒花生米，也整了八瓶啤酒。今晚，老子就是请你亏我的！”店小二见来客话里带粗，有点不好惹，只好赔笑说道：“那好嘛，那好嘛！二位那就将就了。就着两只鸡爪子，喝上一壶酒吧！”接着，就摆了碗筷，把两只鸡爪子放进盘子，加热后摆到桌上，转身又开了两瓶二锅头。陈大宽说：“两瓶？漱口呀？快弄一箱来！咱哥俩喝个痛快！”就这样，二人各拿一只鸡爪子，就飞觞限斝起来。他们只谈一个话题：陈大善接受组织调查，“手拉手”公司会不会纳入调查范围。会与不会，都是一种结论。有结论，二人就有响亮的碰杯声。反复得出结论，就反复碰杯，酒到杯干。那酒就是朝这种模式走下去的，没有游离主题、没有空杯而饮。会须一饮三百杯，斗酒十千恣欢谑。到了最后，两个鸡爪变成两根骨头棍了，光溜溜的，白晃晃的。二人依然珍惜，用舌头朝那骨棍舔一下，就仰头一杯酒。这种状态循环往复，一直持续着。主人别说无荤素，有酒能消万古愁。至于喝了多少，他们自己也不记得。喝着喝着，就突然停电了。陈大年手上的鸡骨头一不小心，掉在地上。他像丢了魂似的，在桌子下面摸了好半天，也没有摸起来。好心的店小二这时点燃一支蜡烛送了过来。那陈大年在微弱的光亮下，找到了一根像鸡骨头一样的东西，放进嘴里一舔，笑了一声，觉得凉凉的，继续喝。

天亮了，彼此问候，互不称醉。陈妙香、陈妙季二人，通宵都在找他们。终于在“鸡毛店”发现了这两个酒鬼。一进店门，她们都愣住了：陈大年嘴里津津有味地咀嚼着一根锃亮的大铁钉。

陈妙香大吃一惊："你呀你，你就靠着这根大铁钉喝了一晚上酒哇？"陈大年从嘴里取出一看："哟，真的是铁钉呀！"那陈大宽指着陈大年鼻子，哈哈大笑起来，上气不接下气地说："你啥玩意——还说没醉呢，看你那熊样……再下去，不是吃钳子，就是啃锤子。一顿酒，直接把你整成一个铁人！"陈大年说："我这样的铁人，王进喜不收这样的徒弟！"

这几人没有回寝室，而是直接回到办公室。陈大宽坐定，显得清醒许多。他在电脑前打开了空白文档，敲了一行字——"公司注销申请书"。接下来的文字，他字斟句酌了好半天，突然想起了什么，高喊："妙来！妙来！"外面无人答应。陈妙香这时跑了进来："陈妙来又失踪了，我们一直在找，没找着！"说到这，外面走廊传出一阵脚步声，陈妙来回应："谁说失踪了？找找找，找什么呀！"这陈妙来闪身、现身，总显得那么恰当。她落落大方走了进来。那样矜持、镇定、内敛，无所忧虑。在她身后，竟然还跟着广宁市公安局政治部主任阿查。这倒是谁也没有料到的。就是此人，阿查，一个响当当的名字，昨天还在电视上作为新闻发言人澄清相关舆情。当时陈大宽还说他长了张诚实的脸，是少有的令他敬佩之人。在场所有人，一见这位从电视上走出来的人，惊讶不已。陈大宽两眼睁得圆圆的，慢慢站了起来，真的是你呀！阿查主任上前，直接用手按住陈大宽肩膀说："坐下，别客气，你们的情况我都知道了。既然知道了，我就得来说上几句：在这里做合法生意嘛，你们永远都会得到保护——好酒莫贪杯，这个地方，夜风很冷，喝完酒，血管扩张，每年都有冻死在街头的人。这样死了，酒厂是不负责任的。被酒糟蹋了生命，不划算，不值得！”阿查主任在陈大宽办公室喝了一会儿茶，然后就到每个办公室走了走，对陈大宽说：“规模不小呀，你们做的是巩固脱贫攻坚的项目，是政治项目，是发展项目，是民心项目，好得很！一些人，散布谣言，说来广宁做生意，路不好走。我说呀，路不好走，那是因为你没有好好走。跟着民心走，生意才长久。跟着官员走，一天到晚想的都是小九九，镣铐迟早会戴上这些人的手。你们不要让人失望，要成为外来投资的旗帜。我说啊，通过做人脉来做生意，可能会得逞一时，但没有几个有好结果。走路嘛，还是要操正步，这才稳当。你要是走捷径呀，一不小心就会掉进坑里。走不出来不说，还会让你越走越糊涂，糊涂到挖空心思去找是谁给自己挖的坑，其实都是自己挖的！”说完，就一一握手道别。

大家目送阿查上车，车一走远，这几个年轻人动情地、大呼小叫地狂跳起来。不能不说，陈大宽这一干兄弟姐妹经历了二十四小时的阵痛。回到办公室，大家坐在一起。彼此相望，全是熟悉的人，可让人觉得又全是陌生的眼光、诧异的眼光、放电的眼光。这些眼光，齐刷刷向陈妙来投去。陈妙来像被聚光灯照射着，不知所措，有些受不了，茫然问道：“咋的？不认识了？”陈大年说：“不认识了。真的不认识了。来得快呀！比妙香、妙季有杀伤力。默不作声，不漏风声。突然施招，削铁无声。你这般突然，一下子就让我们陈家子弟哑口无言！”陈妙来说：“你这是在说啥呀！”陈大年把头一扬：“说啥？我夸你还不行吗？你正在成为人生赢家呢！记得当初，我说的女孩子，只需靠‘三攻’，就会成为人生赢家吗？”陈妙来一听，怒气冲天，秀发一甩，指着陈大年的鼻子，大吼起来：“陈大年，你太离谱，太不要脸。你毁我名声，不得好死。我们一刀两断！”陈大年挡不住这股无名之火，双手抱拳，口里直哆嗦：“错了，错了。我的妹，给个面子。我再不敢在你面前胡言乱语了！”陈大年刚刚葳蕤起来的那撮毛，急得变形了，一根根抖了起来。只有在这时，人们才知道什么叫气得吹胡子瞪眼。陈大善不停地打自己的脸，叭叭直响。陈妙来瞅着，觉得挺滑稽，笑道：“这回不杀你，先养着！”陈大年摇摇头，心想：姑奶奶厉害呀！

从此，那陈妙来是如何跟公安局阿查主任搭上线的，谁也不敢深问。倒是妙季凑近妙香耳根，说：“我突然发现，妙来怎么长得有点像阿查呀？你看那鼻子、眼窝的轮廓，分明就是一个模型刻出来的！”妙香把头一偏，说：“这话你也敢说，你这是找死呀！”妙季打了下冷战！

陈妙来盯着这两个姐姐在说什么，感到没啥好话，就认真地给大家讲道：“我有两句话与大家共勉：腿长沾露水，嘴长惹是非！”

听完这话，大家再也不吱声了。

第三章　隐姓埋名

纪监委不会“见风就是雨”，但纪监委一定有一双警惕的耳朵，去听风听雨。比如，陈天歌是如何穿上警服的？有答案，他们很愿去听。普通人会一口咬定，是跨进公安那扇门守得不严实，入口被人使了障眼法，这才让陈天歌轻易混了进来。但公安局吉克丹局长不会轻易下此结论。他说，立即调查陈天歌，谁在调查中做手脚，谁就接受调查。吉克丹列了一张图表，调查的方向、调查的重点、调查的路径，全在这张图表中。调查人员一见吉克丹标注的路线图，大有要把陈天歌毫毛都刨出来的味道。调查的关键点，就是弄清陈天歌考入广宁公安系统有无权力影响，有无暗箱操作，有无利益输送等。

三天追查，真相大白。此人背后无任何人向省考试中心和相关招警部门领导留下“关照”痕迹，广宁市也没有任何领导收到陈大善的相关信息。这个过程中，调查组查阅陈天歌档案，袋内资料干净，无任何疑点。倒是记载了陈天歌父母均为国家干部，本人离婚，有一个孩子在滨江老家。查阅公民综合信息，陈天歌没有任何违法和公民失信惩戒记录。只有这些内容。一个清白的新警，再无其他扩展资料和链接信息。当然，在这个过程中，也发现了难以进入调查视野、无法写入调查报告而又最不容易澄清的一些道听途说、花边新闻。而且这些“江湖信息”，大多都是经过无数次口耳相传，一再演绎出来的，真真假假，让人半信半疑。这些捕风捉影得来的东西，只能作忽略处理。还有的说，陈天歌个人档案信息虽说简单，但他显得比其他同龄人出众。从这一点上，可以看出，这个年轻人走过的路，远远不是几张纸就可以清楚的。说白了，依然是猜想、推断、估计之类的东西。调查组也到过悬壶楼，那些老茶客自然眼光也老到，即使他们讲的也有许多猜测的成分，却也符合这对父子俩的真实情况。创新对这父子俩有总结、有归纳，说这二人是到广宁换环境、换处境、换心境的，哪想去了那里，这“三境”竟换成了苦境、困境、绝境。悬壶楼也有鄙视陈大善的茶客，说他连“腾笼换鸟”、要收拾人了都看不出来，到了广宁反而觉得自己成了忘忧草，成了幸运儿，可笑不可笑啊！

事已至此，落下残局，倒是让陈天歌不知何去何从了。如此这般，那陈天歌还能继续以警察的身份待下去吗？如果让陈天歌就此脱下警服，何以向社会交代？谁都清楚，陈天歌三个多月的新警培训，表现非同寻常。在短暂时间里，他获得了“明星学员”的殊荣。这项殊荣，早已深深烙在了人们的记忆之中。说起这事，那是一起偶然事件——新警培训队有一项重要培训内容是“英模教育”。这堂课，除了请英模讲课，就是组织大家参观“英雄墙”。这墙上是几百米长、数米高的浮雕，煞是震撼。墙体上面的人物，全是一幅幅生命的造型，栩栩如生。参观浮雕时，烈士女儿陶丽丽也在队列之中，小姑娘见那上面有自己父亲陶峻峰的形象，心中很是酸楚。尚未走出悲痛的她，竟然当场晕倒，不省人事。事发突然，现场所有学员不知所措。那陈天歌二话没说，背起陶丽丽就往门诊跑。这不过是一件上黑板报的好人好事，但现场池塘边有一“都市频道”的摄制组，恰好在那里拍翠鸟。他们的任务是捕捉翠鸟捕鱼的那一瞬，录下这个过程奉献给喜欢动物的观众。这个摄制组听到身后有呼哧呼哧的声音，就急忙调转镜头，对准了陈天歌。那陈天歌奔跑的画面，不是导演可以导出来的：喘息如牛，挥汗如雨，衣服湿透，特别是他的脚上，竟然只穿一只鞋，另一只则在奔跑过程中失落在草丛了。不难想象，这是一场与死神赛跑的生死时速。陈天歌的脊梁，属于典型的“肌肉男”。那陶丽丽耷拉着头，枕在那片肌肉上，两眼微闭。头发在风中飘了起来，翻飞不停，它是速度的标记。谁都看懂了画面更深层的意义，表达了奔跑者对生命的责任和担当。次日，“都市频道”播出了这个画面，标题是“用奔跑的姿态书写从警答卷”。一下子，陈天歌以“奔跑哥”之名红透网络。就是这样一个人物，谁都可以判断出，假如让他脱下警服，社会舆论将会闹成啥样？

仅为一个新警去留问题召开党委会，翻遍广宁公安党委记录本，不管你追溯到什么年代，你都很难找到。公安局吉克丹局长主持会议。他要求党委成员各抒己见，拿出科学的、有效的解决办法来。李阳昆副局长开言道：“陈天歌在这儿未能长出根须，还不如一棵豆芽。就是豆芽，怎么拨拉都是一盘菜。作为新警，他在广宁公安是‘三无人员’：册上无名、履职无痕、警服无尘，岂可看成公安一员呀？退一万步讲，就算把他看成新警，新有新的处理办法呀，可以有许多不合格的理由，原路退回。这理由很简单，比如，组织上考察不周、缺少多种途径识别判断等等。任何个人，谁扛都是伤害！大家可以深入地想一想，倘若把一个保护伞的子女，放在我们这里，会遭到多少质疑？社会的质疑多了，我们就是浑身有嘴也说不清楚。说得严重一点，这叫什么？这叫藏污纳垢，这叫窝藏包庇，广宁公安几年翻不了身！”张驰副局长却持反对意见，说：“李局长说是‘藏污纳垢’，我觉得这样评价一个还是一张白纸的新警，有点过分了。大家想想，这句话是不是觉得有些难听呀？还有‘窝藏包庇’，昨天你李局长还在表扬新警陈天歌呀，还说他是个好苗子呢！怎么突然就来了一个一百八十度倒拐呢？这可不是你一贯风格呀！我们现在一些人，看似敏感过度，实则自我保护；看似责任担当，实则握云拿雾，变得非常复杂了。在过去，我们党就对‘老子反动儿混蛋’给予过猛烈抨击，‘血统论’早就过时了，我们不能让时间倒退。再说了，那陈天歌属于正式人民警察，是考进来的，向社会公示了的，各类任职命令一应俱全。咋就叫册上无名、履职无痕、警服无尘了？入册、有痕、沾尘，都是虚头巴脑的事儿，下发的文件，那才叫实的，白纸黑字！我要告诉你，你要不把他留在这里，他有足够的理由跑去上访。除非他自己写辞职报告，一了百了。但是，他要是拒绝辞职呢？你要对他‘硬办’，广宁必将多出一个上访户。这些年来的缠访、闹访，已经整得我们疲惫不堪、心力交瘁。再说了，陈天歌在新警培训期间，还被评为优秀学员，报纸、网络都在宣传，他是咱们广宁的一个人物。一个线上线下家喻户晓的人物，要是大家听说‘奔跑哥’遭到辞退，我们岂不自己打了自己的脸？社会舆论对我们公安怎么看？所以，你没有任何理由把他拒之门外。我就不信，我们的人事档案也会造不合格的假。假如那样做了，对社会青年就有失公允！”交警大队长安陆路听到前面针锋相对的争论，叹了一口长气，说：“唉，东奔西突，没有一路可通。我就有些纳闷了，现在我们到商场去买个东西，还有个‘无理由退货’的规则，即使开包用过了，只要未过指定期限，也是可以无条件退货的。可现在退一个人，咋就这么难呀？原路返回，难道真的不行呀？”政治部主任阿查说：“你是管路上的领导，开车沿路返回，也是要有选择的。遇到单行道，可能还是逆行，要扣分。我说呀，也不能把退警比作退货、开倒车。他是人，大活人一个。正因为是人，才是最复杂的，更不能与货物等同。怎么处理，都得全面分析，全面发力。我们要寻找更多的支点，支点多了，才能左右逢源。在今天，再也不是过去那种用人方式了——‘一人说了听，两人说了信，三人说了定’，这些观念早过时了。现在很多事情，来不来就将碰到舆论‘风口’，所以这哪里是退货那样简单，也不是单行道、双行道的问题！”

吉克丹局长冷冷地翻看摆在桌前的陈天歌档案资料，死拧眉头，一脸愁苦，露出从未有过的表情。在场党委成员表明的各种意见，言辞灼灼，似乎对他都没有一丝启发意义。会议冷场了。有人说，只有内心有鬼，才会开成“哑巴会”。可大家心里都是敞亮的，说的全是敞亮的话。此刻大家无话，显然是等着吉克丹局长拿主意。吉克丹一边思考，一边说：“我看呀，招警过程严格，没有瑕疵。组织责任、个人责任，都应抛开排除掉，这也省了心思、消了顾虑。就陈天歌本身讲，他的背景，我也是刚刚知道的。我想给大家提出两个问题：第一，假如副市长陈大善没有被留置，广宁市各项重大决策都有他的一票，大家对他的公子陈天歌会持什么态度呢？我想，那是不言而喻的。第二，再往上讲，假如陈大善被提拔重用，我是说被‘带病’提拔为广宁市委书记，一把手，大家对陈天歌又将是一个什么态度呢？”吉克丹用目光扫视大家，鼻孔哼了一声，问道：“你们都不吱声了？不吱声，这就表明大家各自心思的确是很复杂的。人哪，君子之争明中取，小人之争暗中求。是君子，还是小人？各自心中都有权衡的尺度。有的话不挑反明，不说反透。它表明了大家一个不肯言说而又深埋在心底的一个态度，就是‘身份决定取舍的意见’呀。那好，说到这个份上，你就不得不承认一个简单的事实，那就是在座的各位都不同程度戴着面具在生存——你不要争辩，人还是要活得真实，活得坦荡！所以呀，不管是哪种情况，我们都不能戴着滤光镜去看待一个干部的子女。即便是‘问题官员’的子女，也要受到公正待遇。要用合格论处一个新警，我们有足够的条条框框、长长短短的尺码，去测量他、掂量他、限量他，可这里面没有任何一条能够预测他们的父母会不会成为打击对象呀，能‘量’得出来吗？我们不得不承认，父母对子女的影响是直接的，‘问题官员’对子女的影响便更加残酷。但我们相信，不管家庭有了多大的变故，只要我们不忽视年轻人可塑空间、进阶蜕变，就很容易让他们成为我们事业的重要力量。如果冷漠地站在一边，只痛惜他们家庭背景如何糟糕，而不担起引领和培植的责任，事实上就等于把他们推向了对立面，这是非常可怕的。我们是讲政治的，毛泽东同志对政治曾经作了一个通俗的解读，叫作把朋友搞得多多的、把敌人搞得少少的。争取更多自己的力量，壮大我们的阵营，这早就成为我们党的政治工作取向。所以说，为了纯洁队伍把有家庭‘背景包袱’的战友推出去，这是一种不负责的做法。这种做法，只会把敌人搞得多多的，削弱我们自己的力量，我的同志，这不划算呀，这哪是我们使用干部的取向？”

吉克丹停了停，转而又讲道：“那么，我这么一讲，大家是不是觉得我主张把陈天歌继续留在我们这里呢？非也。我认为，留下来，也是不合适的！陈天歌抓父亲——天下奇闻，大有湮灭人性的味道。这样的人，要是继续留在广宁公安，也是不行的，他本人也是有压力的。换上一个人，早就消失在广宁断崖谷那个无底的天坑了。也只有他陈天歌，内心才那样强大。怎么办？得想个法子。我看有两个办法：第一个办法，隐姓埋名，调到另一个地方。我们即使把人家推出去，也要把人‘推’出一个光明前程来，不要把人‘推’得走投无路呀。第二个办法，就是动员他辞职，通过一些途径，给予补偿。可是我认为，辞职是下策，补偿会授人以柄，留下口实。更重要的是，把一个正式警察借父亲的问题推到社会上去，我们可能会觉得很轻松，但他们很容易成为或者加入‘反社会’的力量中去。这样做更不合算呀，留下的全是隐患。草率地这样做了，今后公安的麻烦将会更多。我看，得动员他、帮他去走第一条路，让他再换一个天地，去适应，去站稳脚跟。把名字改了，让他自己改，反正呀，就是不能叫陈天歌。”

让陈天歌再换天地，有组织背景的“一换改命”，这问题又来了，谁愿接手？

陈天歌整天垂头丧气。他变成了别人眼里的烫手山芋。他无颜见朝夕相处的战友，恨不得地板裂出一条缝一头钻进去，躲起来。他头发一夜变得花白，整天待在单位的备勤室，一副等待发落的样子。他的师父雷云飞也觉得他的这事是件棘手的事。师父安慰他：“作为师父，我只能传授个人成功过、失败过的事情，我给你支不出什么招来，但相信，组织是有招的，会为你做主想办法的。你在广宁还没起步就摔一跤，没人看你的笑话。其实，看你笑话的人才是笑话，因为他们不懂人生。”陈天歌知道是在宽慰他，心想，师父何不说某个人在为我找出路罢了。

中央指导组离开滨江，一座迷茫的城市苏醒过来。大家恍若隔世。滨江市公安局副局长梁剑不时生发出一种怀旧感念。他抽空就来到悬壶楼，听这里的老茶客摆龙门阵。他有时坐在中央指导组习惯坐的那块地方，一边品茶，一边发呆，发着发着，不时自个儿在那里会心一笑：为啥好多事情，必须中央来人才能破得了局？那茶还是过去的茶，在梁剑看来，破人愁闷，引人求索，唯悬壶楼的茶可慰其托！他时常给人讲：到悬壶楼喝茶，能听到老百姓的真话，也可能听到浑话。坐了一会儿，梁剑喝了几口热茶。见一位老茶客等到一位茶友落座后就放言滨江大事，开言讲道：“老哥，你还记得那个陈大善吧，此兄调到广宁后传出一个旷世奇闻呢。哎，不得了呀，父子俩干仗了——儿子陈天歌使出大招，大义灭亲，直接把老爹弄上车，给干到纪监委去了，在一个小宾馆的小屋子里待着，三个人守着问话，你说奇不奇？”另一位茶客凑了过来，心生质疑，他说：“是吗？我看不大可能，那陈大善被留置不假，网上都有了，如果你说这事是儿子干的，我看不大可信，一点也不可信！再怎么大义灭亲，也没有这种灭法！”又有一位茶客讲道：“陈天歌抓父亲，很可能是以讹传讹，就像‘丁家挖了一口井，井里挖出一个人’一样。我知道的情况，是他的儿子参加了抓捕行动，不巧，给撞上了，当时陈天歌压根儿就不知道抓的就是他的父亲！现在抓人，不可能提前告诉行动组要去抓谁，只有领导知道。提前泄漏，是会捅娄子的。出现‘六亲不认’的情况，完全是工作方式带来的，这不足以证明就是父子翻脸！”

梁剑心里默念：此言靠谱儿！看来大量悬疑事件、未解之谜，到了悬壶楼这里也是在层层剥皮、去伪存真的。浊水浸过九层沙，才会清亮。现在的老百姓，同样有着不畏浮云遮望眼、吹尽黄沙始到金的认知境界。

暖暖的阳光，让梁剑困顿了起来，他打起了瞌睡。蒙眬中听到有人说：“树是有根的，水是有源的，这种结局，都是刀哥惹的。先是放，然后抓。放风、放人、放水，都以为这么一放，什么都放弃了。哪里知道，放的目的，更是为了抓。但要抓陈大善这号人也不是他做得了主。老百姓喊他刀哥，只是说明他有躲闪的非凡能力，二十四刀，刀刀闪过，你能不佩服？但是，他要是自己动起刀来，就是巷子里面耍大刀，非常受限。

刀哥只不过是在官场这个大腹便便的肚子上，狠狠豁了一刀，然后，就叫别人收场去了。像陈大善这样级别的干部，怎么可能轮上他去玩庖丁解牛。我敢肯定，他现在变成了索道上的观光人，动动眼尚可，困了，也就是打瞌睡而已！”

正在打瞌睡的梁剑并没有沉睡。他感叹：哎呀，打瞌睡都有人盯着，难办啊！广宁与滨江两座城市，一个在北，一个在南，径八百里地，交流这些信息竟毫无距离感。可见，当今社会，的确让世界变小了！不过，近些年，两座城市官方信息平台上也有许多区域合作的记载，最令世人瞩目的是在打击毒品犯罪上，有过深度合作，被冠称“跨越十城的联合作战”。

就在此时，广宁市公安局局长吉克丹打来电话。惊醒了梁剑，转身到茶楼一娴静避风处接电话。吉克丹说事，总是散发着刀耕火种的民族习俗，他在电话里说：“兄弟啊，想必我们这里的新闻，被山梁上的风传到你那里了。既然有所听闻了，就伸出手来，拉上一把。陈天歌是一头健壮的小牛犊呀，两年就能拉犁耙田。你就把他收了吧。用你们家乡人的情怀，张开你们家乡人的臂膀，如何？兄弟你看如何呀？”吉克丹从小成长在少数民族地区，他挂在嘴边的话，总是带着泥土味。除了敝野性的情怀、拼多肉的臂膀，就离不开飞翔的鹰、奋蹄的牛，甚至也会捎带上憨厚的猪、忠实的狗、追鼠的猫等。这些动物的性格、品质都是他们表达思想的佐证，因为这些动物是他们生活中的一部分。打一声招呼，总是兄弟长、兄弟短的。此间，梁剑哪能吝啬一声“兄弟”回应，说：“兄弟呀，陈天歌‘名气’太大，放到我们这里，章锋局长怕是不同意的！”吉克丹说："我说你真是个梁滚刀啊，你在躲闪什么，怕伤到你什么？我告诉你，章锋局长最担心的就是怕你不同意，我刚刚给他去过电话！"梁剑听如此说，既尴尬、又为难，想说的话在喉管里打转，说："陈天歌，儿子抓父亲，一个网络上的热搜词，被炒得沸沸扬扬，这名字放到哪里，都让人无法接受！"吉克丹说："不就是一个名字嘛！改了，我来承担责任。我告诉你，他现在不叫陈天歌，叫陈夫可！"梁剑一听，娘的，我这是滚刀遇到滚刀了，他一下子哑然了。其实，吉克丹能与梁剑能够称兄道弟，是因为二人打过"两次半"交道。半次交道，是在"清网行动"中，因为梁剑组织有方，全省排名靠前。吉克丹带队到滨江来"取经"。"取经会"原本是梁剑介绍经验，可不知为啥，临到开会时换了桌牌，让一位名叫侯朴的副局长来介绍经验，参会人员桌牌前的会议材料没有换干净，梁剑的名字却还在"取经会"的花名册上。充数的侯副局长不熟悉"清网行动"。手中有稿，心中没底。怕人寻根细问，念完讲稿，就称自己处在"转转会"之中，时间紧，告辞了。后来得知，那时梁剑正被一位"神秘官员"拿捏着，被频繁弄去"双规"，正在躲"刀"呢。身不由己的他，那天恰好被临时弄去"双规"了。那是第十八次走进纪委包下的宾馆房间，让他交代自己的贪腐问题。吉克丹南下几百里，只是见到"梁剑"这么一个名字，相当于见了半次梁剑。另两次，是滨江公安派人到广宁抓业务对口扶贫，吉克丹接待了梁剑及其随队同志。其中一次正好碰上周末，吉克丹拿了自己的酒接待梁剑。酒桌上，战友就是兄弟，兄弟就该畅饮，畅饮就会有畅叙。但畅叙再多，涉及公安内部人事矛盾的事，大家却还是守口如瓶——亮剑不是亮嘴，亮嘴必须心如止水。让吉克丹了解梁剑与陈大善之间“矛盾”的，还是滨江公安局政治部主任何江波带队到广宁检查对口扶贫时听到的一段传说。何江波本人不会讲什么“传说”，而是他手下的一名随队干部把听来的东西作了演绎。这位干部说：“梁剑和陈大善的矛盾，不是直接的矛盾，都是别人的矛盾延伸演化到他们这里来的，按照时尚的说法，是‘结了一个拐弯仇，不慎成了死对头’。实在有些凑巧。眼下，他们二人已经是有名的‘三暗对手’：一是暗恨，二是暗斗，三是暗防。”吉克丹相信这种既恨又斗外加防的状态，但他心里非常清楚，要安置陈大善的儿子陈天歌，是绕不过梁剑这一关的。但是，他没有想到“改名调离”这出，竟然也能封住梁剑的“嘴”，这让吉克丹对梁剑的大度与容量另眼相看。当然，梁剑并不认为是自己的大度与容量问题，说：“吉克丹这个人帮人帮到底、送人送到西，有一副好心肠，这样的领导干部，令人敬佩，可交！”

不几日，陈天歌到滨江公安局报到。滨江市局党委重温相关干部政策，形成一致意见：不再提陈天歌之名。从广宁调来的陈夫可暂不到执法部门，也不去窗口，先到综合行政部门学习锻炼。梁剑让何江波给陈夫可带去几句话：“曾国藩有句话——少年时最经不得的是顺境，中年经不得闲境，晚年经不得逆境！他现在如果太顺了，老来就跟他爹陈大善一样，挺不好过的！”这样，陈夫可被安排到教育培训中心，参与管理后勤工作。与他每天相处的工作人员中，没有任何人知道他就是陈大善的儿子。滨江公安的“关键少数”们也只能通过这种做法，把陈夫可波澜不惊地安顿下来。陈天歌最大的感受是：天变夫，有人暗中用了破天之力；歌变可，有人让我销声匿迹，我领了这份情！

第四章　认爹风波

陈大善被留置后，总是责怪自己来广宁之前，没到大神庙还愿。他接受了冷水浇头，总是不时地自责："远离商人、防备恩人、断了女人，这'远防断'三字，我自己都藕断丝连啊，凭什么拿去训导人呢！我认栽了，我栽在口是心非上了！"他有时也梦到大神庙，但已经见不到那高僧，只有飞来石，那枚被上天遗落的棋子还在。醒来时，他只会说："是女人挡了我上山的路，这才落得弃子一枚，我不过是弃子一枚啊！"梦不到那高僧，但高僧的话他却还记得。想着高僧说的话，陈大善越想越上头，觉得自己亏欠了诸神。也只有在这时，他才发现，做事情，宁可亏人，也别去亏神。因为明枪易躲、暗箭难防。诸神全在暗处，你根本不知道这些神秘力量会在什么时候从后背向你戳进一把穿心剑。陈大善觉得自己的可悲之处就在这里。后来，他又回忆，说他当时的确也有过人们猜测的那种担忧，说不定就在那枚硕大棋子的拐角处，迎面碰到了梁滚刀，莫名其妙挨上一刀，这同样也不划算呀。许是天意，让一个女人挡就挡吧，不上山还省却了腿脚之力。

陈大善接受留置审查期间，按照计划，专案组找他谈过三次话。每次谈完也要向他"开示"几句。第一次告诉他："都知道你跟姚世禄是干亲家，阳平的江湖上，还对干亲家有过界定——‘亲家亲家，搭架种瓜，你支我撑，抱蔓开花’。现在的政策，你也心知肚明，你要是有重大立功表现，那就可以区别对待了！”第二次告诉他：“再这样下去，你的江湖义气只会被唯利是图的人利用。你的守口如瓶，只会保护暗地加害你的那些人，这样做不划算啊。许多事情，你要不说，别人也会说。到目前，你根本就不清楚别人是如何向你推罪的。你该知道，零口供，也是照样可以判刑的。到了那时，我们也无法把你往立功上靠。”第三次告诉他：“就这几天时间，你的头发都快白完了，你愁什么呀？说了，就一了百了，多活几年，有啥不好！”陈大善忍不住了，说：“算了，我想多活几年——”

陈大善因重大立功表现，提前出狱。谁会到监狱迎接他？妻子陆娣虽说与他相濡以沫，一往情深，但提前退休在家带孙，脱不开身；儿子陈夫可在公安机关工作，顾及形象，不便前来接他；陈大善的堂兄陈大宽尽管喜欢攀附，但在这时候也比普通人格局大得多了，他开了一台普通面包车到狱区门口迎接。日落西山你不陪，东山再起你是谁。正是陈大宽惦念虑及这些道理，没做什么犹豫，一大早就守在那里等着陈大善出来。谁也没想到，陈大善的那个死对头杨伯告也来了，疫情时，一到监狱门口，他竟故意把口罩、眼镜摘下来，他要让人看清，他就是那个为了清白被人斩掉两指的杨伯告。按照他自己的说法，是来看自己是不是真的“白告”了他陈大善。他要亲眼看看陈大善是不是改造成一个好人。他仰着头，环视这里的一切。高墙上架有电网，电网上歇了一大群麻雀。就在这时，监狱铁门哐当一声震响，那电网上的麻雀仅仅飞走了几只。又哐当一声，飞了一半。再哐一声，电线上的麻雀全部都飞光。那杨伯告见到这一切，百思不得其解，就问旁边站岗的武警："这电网原来是个怂把式呀，电不着它，几声门响倒是给吓飞了，你说这麻雀真的就怕那几声门响吗？"武警威严地站在那里，纹丝不动，一言不发。一旁拄着锄头正在歇气的菜农跟他搭话。这菜农说："麻雀又不是罪犯，怎么可能电着它呢？能电着的，都是那些打了记号的人！"杨伯告疑惑地看看里面的人，说："打了记号的人？看来这'记号'打得有点科技含量！"

那陈大善不知跨过几道铁门，来到大街上。丽日之下，他有些天旋地转的，迎面碰到了杨伯告。陈大善大吃了一惊。陈大善虽说从未与杨伯告正面打过交道，但在电视里面反复见过这个"难缠、胡闹"的上访户。此人虽说是官员们的"死敌"，早已"臭名昭著"，但陈大善见了却还觉得面熟，目光有些犀利，面色红润，鼻正口方，内藏正气。陈大善觉得有点不对劲，突然想起来了，心里有种无名之火也冒了出来，就是这个冤家，这个长期"缠访闹访"的人，这个无数次走进他的梦里、有过无数次激烈交锋的人，让他一生不得快活、不得安稳，带给了他牢狱之灾。问题是，这灾难要是他一个人承受也就罢了，更重要、更关键的是他弄得整个滨江，特别是阳平官场一片惨烈，塌方式沦陷，满目疮痍。你说这杨伯告是不是战斗机里的轰炸机呀？认罪服法的陈大善想到这些，早已忘了高墙内的生活，心里老大不快，他怒怼杨伯告："杨伯告啊，杨伯告，你都把我告进大牢了，还不知足呀？你到底还要怎么样呀？”

杨伯告说：“你当县委书记时就想抹平我的事，我让人给你带话，说我一定会到监狱这里见你。我不失言，今天，我就是来看你了。”陈大善说：“带话，是有人带话，但这话只能让我加重处罚你！”杨伯告说：“陈大人啊，陈大人，就你这口气，有些不服呀！到了这个份上，你要是再不服气，就一定还要出事，还要出大事，你好让老子好失望哟！我原本给你准备了酒的。你看看，你看看，我背上背着的全是酒。听了你这话，我哪敢跟你喝？喝醉了，误入阴曹地府，找阎王说理呀？老子跟你喝个锤子！”

堂兄陈大宽向杨伯告投去一瞥，恶狠狠地说：“杨伯告，有完没完？知道你没有白告，但你这是什么狗屁话呀？你这个丧门星，小心老子捶你！走，老弟，别听他的！”

陈大宽拉着陈大善上了车。

陈大善回头见到杨伯告打开一瓶酒来，呼呼啦啦泼洒在地上，哈哈大笑起来，直呼：“皋陶，我的祖先，你好好看看！”又打开一瓶，继续泼洒：“可惜呀，别人不懂骗农民，只有农民的儿子陈大善懂得太多骗农民的招数！”

陈大宽见后也很惊异，百思不得其解，问陈大善：“皋陶，皋陶是个啥人物呀？是不是跟梁滚刀一样呀？”

陈大善说：“梁滚刀怎能跟他比，他是中国司法始祖，在他主管司法的时代，天下没有出现过滥用刑罚和冤枉好人的事件。”

陈大宽愣在车内，好半天挤出一句话来：“喔呀，杨伯告把‘天线’都接到祖先那里去了，怎么可能打不赢官司啊！”

此兄念念不忘的还是“天线”！

南方独特的“打丧火”模式，大多是亲友们在守灵时，打麻将、斗地主、吃凉菜、喝啤酒。空闲下来，他们会帮忙续香、烧纸，恭迎前来凭吊的亲友。临时搭建的简易帐篷里，一会唱诵往生咒，一会传出哀乐声。谁也没有想到，在八个小时之前，帐篷里的这位主人，还在车内高声放着凯旋乐曲呢！

遗像前坐着他的妻子陆娣，他的儿子陈夫可，他的孙子陈晨。一家人脸上的泪痕表明，他们已经悲痛过。

“他是归心似箭，回家心切！他嫌大宽老伯开车太慢，说年龄大不能开车，好像他比别人年轻似的。他自己要亲自去驾驶，拦不住！结果，他把车开进了阳平湖水库。他的腿被卡住了，没能钻出来。大宽老伯出来了。那车是公安叫大吊车给拖上来的，一大团水草缠在他身上，他被捆得结结实实。扯掉身上的水草，才看到他的肚子胀得透亮，脸也胀得特别吓人。”陈夫可给滨江市委机关事务管理处几位老同事介绍他父亲陈大善是如何出事的，一副悲悯、痛惜之情。他那神态，似乎泪水早就流干了。

“好不容易熬出头，一出来，竟发生这种不幸，真叫人事无常、人事无常啊！”阳平县几位老同事也来了，有不少人给陈大善送了花圈。前来上香燃纸的，主要还是一些陈大善在阳平的近友，以及他的出生地陈家湾的近亲。除了他的父亲陈令人，陈家湾令字辈的族人无一到场。陈令人早已是白发苍苍的老人了，有人见他在灵堂刚刚搭建时出现过一次，听到有人安慰他说："都是命啊！先祖曾经剃度为僧，他一句话点醒世人：来时欢喜去时悲，空在人间走一回。不如不来亦不去，也无欢喜也无悲。"陈令人说："想来我这白发人送黑发人，也是命。说起当年啊，飞来石下面的那个老僧让我看摩崖文字，我踮起脚跟，啥也没瞅见，结果他就给我说了一通话——'儿奔生来娘奔死，生死只隔一层纸'。这小子来到这个世上的第一天，就只顾自己快活，不管别人死活，昧着良心'奔'着，不给别人一点余地。那老僧又说了，说他'赢了命也未必能赢得运，最终也会因运丧命'。老僧那天给他安排的人生，他到此就走完了，这短命鬼，就这么个结局！换个世界也好，跟他母亲艾碧篱团聚去吧，但愿不会又是一场拔河赛。他如果还那样做，就太绝情了！"说着就老泪纵横起来。一位官员模样的人将陈令人带出了灵堂。

人们发现，陈大年、陈妙香、陈妙季这几人，也相继从广宁赶了回来。公司只留下尔呷、曲比在那里守摊子。陈大宽带着这几人在帐篷内干着杂活，招呼客人，端茶递水。他们也不回避什么了。就算别人看出是陈家人，那又怎么样？亲情就是最大的脸面。

在陈大宽这一辈人中，大家唯独没有见陈妙来前来凭吊。陈家兄弟姊妹彼此有过询问，都摇头不知。陈妙季说："陈妙来这几天的手机一直关着的呢，有时打通了，也不接，是不是又在闹失踪？"陈妙香说："真的不像是有陈家血脉的人！"陈大宽说："这种伤人的话，以后最好不要说！"

陈大善的丧事办理慎之又慎。他的身份既非干部，也非党员，属于普通百姓。普通百姓是怎样“打丧火”的，陈家人就照此办理。但是，陈夫可却不是普通老百姓，他的身份是人民警察。在他的面前，竖起了许多条“不准”和“禁止”。他只好向梁局长写了一个请示。公安局同意他只做告别仪式，不请客、不收礼，范围严格控制在近亲中，可向中心请几天事假，但不要以丧事为名，守住秘密！

陈夫可坐在帐篷门口。眺望远方，一个熟悉的女人抱着一个孩子，渐渐进入了他的视野。越来越近，越来越清晰。陈夫可心里也开始咚咚咚地跳了起来。他怎么也没有想到，竟是姚二妹来了。这个女人，整天泡在官场，她也被官场所泡。在官场潮起潮落中，不仅没有消失，居然还有一个孩子，这个孩子是谁的？

两个大活人突然出现，还朝着灵堂走来，让人疑窦丛生。

灵堂的一些角落，有人开始指点指点，眼光闪烁，不知道说了些什么。大家还没有回过神来，姚二妹面无表情地进了帐篷，放下孩子。那孩子倒还老实，不哭不闹。姚二妹根本就没有跟任何人打招呼的意思，就那样牵着孩子，取了香，燃上香，然后伫立在陈大善遗像前，丧礼利落。听得她对那孩子讲道：“贝贝，这就是你爸爸。”那孩子先是一脸木讷，然后嘿嘿直笑。姚二妹说：“大善，我没想到，你会以这种形式与孩子见面。你这一走，苦了活着的人，苦了孩子。天有不测风云，人有旦夕祸福，也只能认这命了。你走好，愿你安息！”

说完，领着孩子，下跪。三叩之后，姚二妹大放悲声，泪流满面。孩子不会磕头，她就按了三下孩子的头，算是行孝！哭够了，说够了，收住声，用袖子拭了泪水。扶着桌沿，使了很大的力气才站起来。她抱着孩子，款款往外挪步。

这个女人，进来时还整洁庄重，一番痛哭之后，竟像换了一个人似的。披头散发，泪湿衣襟，一副惨相，何等凄凉！

现场所有人的目光就像聚光灯一样打了过来。几乎在同一时间，帐篷内所有守灵人的动作定格了。他们的眼球，全都凝固在姚二妹身上。那场景，要是有人把那一瞬间拍摄下来，一定会拿得世界大奖——有举着一枚麻将在空中迟迟没有放下的，有拿着扑克牌纹丝不动的，有嘴里嚼着一只鸭脚板突然停下的，有拿着啤酒杯久久悬在空中的。只有喇叭里放的往生咒，一句又一句地撞击着一个个不安、踟蹰、纠结的灵魂。

陈夫可面色冷似冰霜，低声对姚二妹说："我妈还在这里呢！你这样做，不合适，非常不合适！"

"你说的这是什么狗屁话！是要逼我大闹灵堂呀？你规矩一点，老实一点，别让大家都难堪！我只是让孩子记住他的父亲是谁。别的，你们都给我滚开！"姚二妹毫不客气地怒怼陈夫可。在姚二妹心中，男人都有一种浊臭之感，只有灵堂正中挂着的那个男人还算是个男人，是他让自己成为一个堂堂正正的母亲！

这个女人脖子后面，飘着一条洁白的纱巾。从后面望去，整个人像是飘出去的，如灵异一般诡谲。在场所有人见之，无不感到惊悚、害怕。如此悲剧中的插曲，给哀乐带来了一串不和谐的音符。但也只能如此这般演奏下去。一个胖女人凑近旁边一个男人的耳根说：“你看那小妖精，怀里抱的小孩，那眼睛，再看看挂在墙上的那张照片，不会假！应了那句话啊，栽什么树苗结什么果，撒什么种子开什么花！”那男的剜了她一眼，说：“闭上你的臭嘴，你在这儿找事，出去就是找死！”那女的一口“阿弥陀佛”，不断复诵，再也不吭气。

砰的一声，陈大善的妻子陆娣慌乱中从凳子上滑倒在地，颜面苍白，四肢软瘫，身心彻底崩溃了。只有在这时，她才知道，什么叫福无双至、祸不单行，什么叫屋漏偏逢连夜雨！陆娣躺在地上，两个壮小伙使尽全身力气，竟没能拉动她。她像僵尸一般，躺在地上，尽道“人重难过千斤，心重却能过万”。陆娣虽说长得富态，身体再重，哪能重过她那颗沉重的心？两个壮小伙是拉又扶的，竟没能奈何得了这个心重的女人。她纹丝不动坐在地上，那两个小伙只好作罢，蹲在她的身边，怆然无语。

陆娣神情木讷，眼神呆滞，瘫软如泥。这时，陈妙香、陈妙季急忙上前安慰陆娣，细语软话说尽，可陆娣不仅没有从地上爬起来的意思，反而还闭上了眼睛、呼吸微弱起来。看这情形，她真的被响雷般的事件给霹晕了。

陈妙香在大学研习过针灸，略知一些点穴手法。她急中用来，也不知是否有效——掐陆娣的人中，揉内外关穴，用拇指推行大陵穴至曲泽穴，擦手心、擦足心，再用指点按百会穴，掐这揉那，没想到那陆娣还真的慢慢醒了过来。

谁料，醒过来的陆娣再次受到刺激。

远方路上，又来了一个女人，显然是直奔灵堂而来的。她心跳不止，浑身发抖，一阵喘息，腿脚发凉。陆娣闭上泪眼——我的天哪，这算什么事啊，难道又是来向陈大善讨要名分吗？陈大宽一眼就认出了，那是陈妙来，不是别人。看到陆娣害怕成这样，就跑去劝说道："陆老师，那是陈妙来，陈令壮的女儿！"陆娣听闻此说，这才又睁开了眼，慢慢得以镇静下来。

陈妙来姗姗来迟，却是有备而来。她一袭黑色正装，典雅庄重。脸上略抹淡妆，更比从前显得白皙秀丽。她来到灵堂门前，站定下来。

妙香、妙季一眼见到陈妙来，都疾步上前不停责怪："我的天啊，你给我们的信息是秒回，我们给你的信息是轮回！你都藏哪去了？不是电话关机，就是不接电话，你呀，难道真不知道死者为大呀？"陈妙来不肯多言，脸色淡然得出奇。她宁可被误会，也不愿解释。她说："先烧纸上香吧！"陈妙来在陈大善的遗像前行完丧礼，转身就坐在陈大宽身边，欲说还休。最后，她还是鼓起勇气，对陈大宽字斟句酌般讲道："大哥，我知道，在这个时候，向你提出辞职不太合适。但是，我要是哪天不辞而别，突然离开公司，又对你极为不尊重。思来想去，还是要给你禀报一下这件事……"陈大宽怔怔地盯着陈妙来，觉得陈妙来这话背后藏着重大举动，就说："走，这不是说话的地方！"

一株古柏树下，稀有的僻静之地，置有石桌石凳。陈大宽、陈妙来二人坐了下来。陈妙来说："我已考上广宁公安局，昨天是最后一关——面试，比想象的要好！"

“哎呀，喜事呀，喜事呀！”陈大宽浑身毛孔都溢出得意劲儿。

“说起这次考警，挺幸运的。对考生封闭管理的当晚，就在餐厅里，碰到滨江来的一个老乡。跟这个老乡打交道，让我真的感受到了什么叫‘老乡见老乡，心儿滚滚烫’。更巧的是，我们报考的职位，竟然都是广宁公安打拐办！”

陈妙来神情激动。

“同一职位，这岂不冲突了？”陈大宽问。

“冲突啥，要招三人！”

“三人，这竞争不还是大嘛！”

“能说不大呀？一千多人报考，都盯着这一个岗位。就算是一千整，那也区区千分之三的概率啊！那阵儿，我跟这个老乡算是达成了一种默契。抓紧时间复习再复习、讨论再讨论。还专门拿出时间，琢磨可能会考什么题，方向感很强，嗅觉也很灵敏。最后，啥也不做了，都睡起大觉。轻装上阵，毫无负担地赶考。结果，他文化课考了第一名，我考了个第三。这是一个非常危险的名次。为了保证我能录取，他说，得采取措施，想法把我推到第二名这个位置上来。他用尽心思，请人对我们进行‘面试辅导’。到了真的面试的时候，他竟然主动放弃了一道问答题。最后各项成绩出来了，我变成了第一名，他变成了第二名！”

“这人是谁呀，对你这样好？”陈大宽问。

“只知道他叫梁靖江，警校生！大哥，如果省考试中心七天公示结束，没啥问题的话，半月之后，我就去广宁公安打拐办报到了！接下来，我可能还要接受三个月岗位培训呢。”

“是军训吧？听说很苦的。”

“不，是岗位培训。严重缺编的地方，得有人先顶上去。”

陈大宽激动得满眼全是泪花。

“相信你能顶得上去！我的好妹子，我的亲妹子，好事啊，好事啊，祝贺你！”

“先别祝贺，务必保密！暂不惊扰其他任何人，包括我的老爸、老妈，都不讲！”

“懂了！事以密成，语以泄败。君不密失其臣，臣不密失其身。事成之前，一定要秘而不宣，千万不能往外说！”陈大宽遇事算不上敏感者，但却是一个擅长逻辑思考的人。他马上想到陈妙来在广宁失踪三天的事，阿查主任又突然亲临一个名不见经传的公司，甚至大家议论她长得有点像阿查，把这前前后后联系起来分析，他觉得这一切应当能证实点什么！

能证实什么呢？陈大宽心想，要证实也只能让陈妙来找机会向大家说明真相，只有她站出来说的话才会服众。当然，她现在马上成为人民警察，这样的身份，也不知道她该说还是不该说。陈大宽则认为，三岁学说话，一生学闭嘴。群处守口，独自守心，陈大宽做到了，都说他是一个能埋善藏之人！

但是，陈大宽却将一个名字挂在了心上，那就是陈妙来提到的那个梁靖江。这个警校生名字，怎么在记忆中如此熟悉？突然间，他想起来，对，那个神通广大、四通八达的“天线”，曾经神秘地告诉他——有个叫梁靖江的警院实习生，要带队到他的娲羌仿古砖瓦厂搞社会实践，说是要为学校复制一批秦砖汉瓦，凭此绵薄社会实践的力量，为学校留住文化遗产添砖加瓦。放下电话，他只淡然一笑，这年月，哪有什么青年才俊，几个学生娃娃懂得什么秦砖汉瓦？当时，他让手下一个叫司虎的人，接待了那几个学生。陈大宽没把这事放在心上，也不去见他们，任由他们在厂里折腾。几个月过去了，也就把这事忘在了脑后。

那些年，陈大宽为了给寺庙做普通的仿制古砖，不知讨教了多少古窑遗老，花了多少心思，花功夫敬贤礼士，破疑释结。秦砖汉瓦，哼，哪有那么容易，那是华夏文明宝库中一颗璀璨明珠。见过的，遐想无垠，无不感叹。陈大宽到西安、洛阳考察过，亲手抚摸过秦砖汉瓦。那上面精美的文字、奇特的动物形象、华丽诡异的图案，在考古、历史、古文字和美术、书法艺术，以及思想文化方面的研究中，有着普通文物不可替代的特殊地位。画像砖、带着各种纹饰的瓦当，令人不可想象。正是这样，陈大宽虽然读书不多，可年轻学子搞这些，怎么可能入他的法眼。他始终觉得他们太嫩！

但就在眼下，他一跺脚，再跺脚，浑身抖动，后悔死了！

陈大宽打电话问那个“天线”：“哎，核实一下——上次那个做秦砖汉瓦的年轻人，叫梁什么？”

“你啊你，人家糊涂是装糊涂，你的糊涂是真糊涂——叫梁靖江。梁家公子！”

“哪个的公子？”

“滨江姓梁的，有人冒险为他把‘人’字写在天上的，只有一个，梁滚刀，双规专业户……对对对，刀哥，刀哥！”

陈大宽嘴一张，眼球翻白，不动了。

“天哪，真让陈大年给说准了。‘三攻’成为人生赢家。陈妙来，她何须主动进攻！”

陈大宽颤颤巍巍摁下电话。啪地一下，打了自己一耳光。接着，又是两下。他后悔没有亲见梁公子，觉得很悲哀。为人筑台，自己却没有走向前台。只有在这时他才认为，男人要成为人生赢家，就不止“三攻”了，必须得加上一条，就是要有“仰攻”的战法。也就是说，一旦拥有向上交往的独特机会，就必须牢牢抓在手中。都说比后悔更可怕的事情，是遗憾。但后悔药太难找。

陈大宽与梁靖江擦肩而过。他既后悔，又遗憾。他用捶胸顿足的肢体语言，表达了这种后悔和这种遗憾。

这几天，悬壶楼老茶客们的话题焦点一直在姚二妹身上。他们创造出了一句俚语，叫“姚二妹闯灵堂——携子认爹”。这消息刚刚进入悬壶楼时，一个个全都惊诧莫名。整个悬壶楼像炸了锅。他们说，陈大善这个最不可能产生绯闻的问题官员、最不可能与姚二妹有丁点儿暧昧的人，特别是跟一个“干亲家”之女，哪有可能发生这种不伦之爱、苟且之事？但就实实在在发生了，这事儿真的不敢想象！回忆一下，当年陈大善骂儿子陈天歌猪狗不如、厚颜无耻、卑鄙下作的那些话，人们一下子明白了，那道德放在有毒的嘴里，只能是毁誉的工具、责难的托词、伪装的面具。看看发生在陈大善身上的这种龌龊事，足以让每个茶客瞠目结舌，呆傻发愣！在一个公共情人身上，陈大善可以放火，陈天歌竟不敢点灯。他们说，这种事情，你只能想到一句话，叫“不避事、不怕事、能干事”。这事儿，要是让作家毛卓知道了，他肯定会整出一部纪实作品来。而毛卓说：现在的纪实作品哪里有悬壶楼那样的传播力？悬壶楼是不用交费的局域网，这才是老百姓最看重的地方！

陈夫可在办完父亲丧事的同时，也办完了他的爷爷陈令人的丧事。陈令人是被活活气死的。他得知姚二妹抱着孩子到灵堂前认爹的情况后，就不停喘气。正呼吸中，突然只呼不吸了。很快就眼睛瞳孔散大，固定，一命归西。有三只仙鹤站在了他们家的老屋顶，盘旋了一会儿，就排空而上，走了。

陈大可和衣倒在床上，两件丧事一起办完，有了从未有过的轻松感。一切都过去了，翻篇了。但陈夫可的心态，像是卸掉了二十斤赘肉，更像是砸碎了精神上的枷锁，搬掉了压在胸口上一座悲哀的山——这一年多时间里，父亲陈大善一直是他的政治包袱，令他举步艰难。而今，人已作古，糟糕沉重的日子已风卷残云。新的生活风清气爽，这就要重新开始了。

不过，人们倒是发现一个问题，几天时间，哀乐连绵，陈夫可所在的后勤中心竟似无人闻讯，无人前来慰问。而知道内情的人竟说，他单位上的同事只知道此兄请了几天事假，哪里知道他是在“打丧火”呀？即使大家知道，又能咋样，谁会来？这种无身份的人离世，让有身份的人躲闪还来不及呢。

这天，陈夫可上班了。梁剑打电话让他到自己办公室来一趟。放下电话，梁剑泡上茶等候他。陈夫可跑来了，喘着气。梁剑趋前几步，与他握手，非常郑重地讲道：“这几天把你忙坏了，我以个人的名义向你及家人表示慰问！大家未去你家灵堂悼念，这并不表明你身后的战友对你们家出了这种不幸不关切、不伤痛。之所以要这样做，这也是对你的一种保护，把所有的人情世故放在心里吧，希望你能懂得这些！”陈夫可说：“组织上能够设身处地为我考虑，我无以为报！”梁剑说：“先别说这些。啥叫无以为报？俗，太俗。这是无服之丧，无奈之举，无法之法！”梁剑有些自责，有些难过，说：“过去，有人说，人死账了，我与令尊互不相欠，无账可了啊。政坛矛盾，官场冲突，是组织层面的事情。而只有个人恩怨，才可能成为摩拳擦掌的导火索。你呀，不要听信社会上那些传说，什么‘三暗对手’，没那回事！谁要再传这样的话，谁就不怀好意，唯恐天下不乱。都说现在有的人为了当官，手段下作、做法卑鄙，踩着人上位，伤着人卖贵，盯着人站队。我呀，无当官渴望，也不会踩人，更不会伤人。要说站队，作为警察队伍中的一员，出警就会站队，只需一声令下。如此这般，我哪来的对手呀？我这双手是用来干活的，哪有工夫用来对付人呀！”

陈夫可坐在那里，一动不动，也不吱声。他的喉结不停地上下滑动着，泪水簌簌而下。

陈妙来一路哼着小曲，蹦蹦跳跳翻过太子山，回到养育了她二十多年的陈家湾。蓊郁的松林，发出阵阵喧哗。小径蜿蜒，空气清新。陈妙来的小曲似乎激活了寂静的世界。整个太子山都在回应她的小曲。也只有这里的生物明白那些艰涩难懂、聱牙戟口的词儿。那词儿唱出来是太子山神曲的蜂鸣调。方圆几十里地，百姓心中只要有喜事，都会不由自主地奔跑着哼唱——“鹤鸣于九皋，声闻于天。鱼在于渚，或潜在渊。乐彼之园，爰有树檀，其下维榖”。紧接着，就是“唳咩唳咩，鹤伴鸿雁还乡，任你山高水长。唳咩唳咩，鹤舞清影碧江，唯我鸿衣羽裳。唳咩唳咩，鹤鸣苍松古柏，你我蜂绕蝶藏，家传的唳咩唳咩”。一代又一代的人唱着，不知所哼何意。当年的老秀才陈明仁给予了解读，说：“前半阕是《诗经》里头的，后半阕是说大神庙的，都很古老，它是这里百姓血脉里头的东西。无须传习，自然会唱。不用开示，自然会解！”难怪呀，那调儿让今人唱起来，有着通古、通灵的神力，不失为神曲呀！

神曲就有神力。陈妙来唱着它，就放飞了自己。神力也就转换为托举之力，把她送上青云。毋庸置疑，那陈妙来是踩着天上的棉花，插上羽毛，飞回去的。春风得意，让她浑身上下每一个细胞都活了起来。

但是，入警还在公示期间的她，岂可向家人露得一星半点。在她看来，只要没有拿到入警通知书，刚刚起了“八”字的那一撇，也都是多余的。正是这样，她整天陪父亲陈令壮爬坡翻梁，去太子山侍弄那片百年古茶树。都知道，这些茶树的认养主人是陈大宽。自从到了广宁，陈大宽就把侍弄茶树的事委托给六叔陈令壮了。

说起这些古茶树，陈大宽倒是有一些回味。那些年，虽说一袋袋叶子没能换来生意场的单子，但至少也是一种媒介，串门手不空，成本也适中。眼下，陈大善这棵大树倒了，但茶树还在。他不时为此怅然，陈大善啊，陈大善，你还不如古茶树抗得住风雨！当然，他也会自我鼓劲：“只要有树，即便是茶树，身后也有背靠之物！”言外之意，今日的陈大宽会更加看重这些茶叶在社交中的作用。尤其是向上交往的“仰攻”，没有这些土特产，他在商务活动中，似乎那双手就没了抓拿，空落落地。至于陈妙来，陈大宽认为这是一种投资，是一场博弈。她是一只“绩优股”，现在只能先“埋”进去。虽说在她的身上暂时还不能盈利，但最起码，谁投资谁获益、谁栽树谁乘凉，此乃天经地义、无可厚非的事——这就是陈大宽的如意算盘！

这天，陈大宽突然得知陈妙来每天扛着锄头，陪父亲陈令壮上太子山侍候他的那些古茶树，重回村姑的模样。他心里不由得一阵惊悚和不安，这哪行？她帮了她的爹，恨了我这个哥。她当好人，我成罪人——得阻止这种行为。他急忙跑到六叔家，拉住陈妙来：“我的姑啊，你现在真成了村姑。就那片茶树，收多少算多少。我宁愿砍了它，也不能让你累坏了身体！”

陈妙来说：“哥啊，我闲着也是闲着，你就别管了！”

陈大宽说：“我说不行就不行，你别犟！”转身直接叫住六叔，“我说六叔呀，六叔，你也别去干了。咱们请零工上山去！六叔，你是懂茶树的，下一步我打算让你占干股，你盯着零工干就行了。你年纪大了，不能老累着！没事了，就到芙蓉茶庄喝露天茶！”

陈令壮沉静了一会儿，感到奇怪，他从未见陈大宽对他有过如此态度。这般热劲儿，让他受不了。他的眼球飞转起来，觉得有些不妙，心想：这疯丫头，是不是在外面遇到不干净的人了——不能累着，是啥意思，出了啥情况？他一把将陈妙来拉进屋里，一只拳头举着，一根指头指着，急切逼问：“快，给我说清楚，让人这般疼你，你在外面，做了啥事了，是不是碰到不干净的男人了？谁干的，老子跟他拼命！”

陈妙来一跺脚，一脸愤然。

“爸呀，你在说啥？我在外面，只会给你增光，不会给你丢人，你放心！”

“那为啥让人对我们这般好？”

“我也不知道哇！”

陈令壮转身出屋，又对陈大宽紧逼不放，对陈大宽指指点点起来：“你小子好像在躲我什么？躲一枪，挨一刀。实话告诉我，这丫头在外面老实不？”

陈大宽对陈妙来有过承诺，打死也不透露任何情况，只是说：“她啊，在外面很守本分呀。不过呀——”陈大宽卖了一关子，陈妙来一阵紧张。陈大宽接着说：“妙来东跑西颠，很累的。你想想看，这段时间，经历了那么多的事情，不光她累，我也疲惫不堪了。这样吧，干脆大家都不上山了，休息几天再说，我也哪里都不去了。中午，就叫太子餐馆送些菜来，我陪六叔喝两杯！”

陈令壮就贪这一口，听了侄儿的话，也信了侄儿的话，他说：“行，那就喝两杯！”

随后几日，那陈大宽办事也活络起来，安排陈大年、陈妙香、陈妙季，全部到六叔家。说是讨论古茶树的养护、采摘、包装等问题，“手拉手”公司上层所有干将，继续放假，不去广宁。

结果，大家一到六叔家，竟只字不提古茶树相关事项。整日陪着六叔一家人谈天说地，打牌逗乐。那陈妙来也是笑语不断，从早到晚，神清气爽。远亲近邻谁也不知这陈大宽玩的是哪一出。大家只当是这家人“痛得麻木，才笑得那样酣畅淋漓”。毕竟一个大活人意外离世了，折腾了这一干人，轻松一下也可理解！

有一种等待叫“熬”。一人熬，牢房关；众人熬，大撒欢。嘻嘻哈哈七天时间过去了。陈妙来入警公告期已过，并得到正式通知，她被广宁公安局录为正式人民警察。也只有这时，大年、妙香、妙季才恍然大悟，原来陈大宽邀约大家聚集在这里，整日大撒欢，是来助“熬”的呀，是来一同等待这个特大喜讯的。他们欢天喜地向六叔道喜，向妙来祝贺。太子餐馆再次送了一桌菜，陈妙来有言在先：“可以喝酒，但不能闹酒，更不能酗酒，要喝文明酒！”陈大年说：“还没报到，就有了一套！”陈妙来朝他瞪了一下，陈大年立即捂住了嘴。

陈令壮夫妻送女儿到高铁站，说不尽的知心话，道不完的送别情。夫妻俩按照自己想象中的场景，叮嘱女儿。母亲说：“穿得厚实一点，遇着情况能挡事，不会伤着自己！”父亲说：“抓坏人，得多长个心眼。能跟在小伙子后面，就别冲在前面。你一个姑娘家，少去冒那个尖。菜心冒尖，都会被人掐掉。眼见不对头了，就要躲得快一点。”母亲说：“得找一个靠谱的人，靠上去，你就轻松！”父亲一听，想到那个倒霉的陈大善，就说：“靠啥都不如靠自己。靠山山会倒，靠人人被剿。打铁还需自身硬！”父母每讲一句话，不管是对是错，那陈妙来都会一律“嗯嗯嗯”地答应着。

陈大宽送了陈妙来一张银行卡，告诉她，密码是她的生日，一再强调：“这是你这几个月的奖金，只因周转太慢，累积在一起了。你对公司的贡献，是不能用这点钱来计算的！刚入警，即便是蜗居，也要像模像样！”陈大年送了一部新款手机，也送去一副诡谲之相，说：“用了，你就知道神奇——升级版的！”陈妙来说：“是不是哟？那我得收下，不要白不要。”陈大年觉得没有讨得好，就说：“哎，不能成了白要。这要说清楚，拿着它，至少跟我保持通信畅通。说句老实话啊，你得感谢我呢，看我给你描绘的人生，还是八九不离十啊！”陈妙来哼了一声，直接怼了过去，“感谢什么？再说下去，收拾你！”陈大年哑了。陈妙香送了陈妙来一支金簪。陈妙来打开一看，说：“我的姐呀，这个东西，我哪里用得着？我都整成短发了——你看看，不准留长发呀！”陈妙香说：“剪了就不长呀？让金簪期待你长长的秀发，它总有一天会派上用场！”陈妙季送了柯南道尔的《福尔摩斯探案全集》，陈妙来眼一亮，哦呀一声，咧嘴笑道：“这个，我喜欢，我特喜欢！”

熙来攘往的人群中，陈妙来迎面撞到了梁靖江。

她拉着梁靖江相互介绍起来：“这是我的父亲，这是我的母亲……这是与我一同考上广宁警察的战友，叫梁靖江！”陈令壮上前咧了咧嘴，笑呵呵说：“好好好！”

陈大宽感觉自己被晾在了一边，又一次将嘴张得大大地。他主动上前，要混个脸熟，双手拉着梁靖江：“一路上，我把我妹娃子交给你了哈！”

“你说的是什么话，我是交给组织的！”陈妙来心中多了一个心眼。

“把你的安全交给我，这还是没问题的！”小伙子看到场面尴尬，就这般说了圆场话。

陈妙来到了广宁的第一件事情，就是到银行查她在“手拉手”公司的工资。她在窗口前的表情，“告诉”外人，里面的数字吓了她一大跳。旋即，她把陈大宽给的这张工资卡寄了回去。电话里，她对陈大宽只说了一句话：“非常感谢，我哪有那么多的工资！”转身，她就与梁靖江去打拐办报到。

说是“打拐办”，这些年来，真的无拐可打。大多还是处理遗留问题。在今天，基因比对已经降低了打拐的难度，志愿者加网络追踪核查，也不用太多的警力了。可问题是，整个广宁公安警力不足，而招警又非常困难。在广宁，打拐一直被视为民生工程、政治要求。它的地位、意义，不同凡响，不同寻常。民生、政治，还有比这更刚性的招警理由吗？上级审批，想慢也慢不起来。正是这样，打拐办每每申报招警指标，次次顺利获批。前来报到的警察，大多还是分到了更急需的警队。这不，陈妙来与梁靖江报到的次日，就被两个老刑侦领了过去。前后加起来，这二人只进了两次打拐办的门。岗位培训三个月后，便进山到娘子湾参加禁毒缉毒有关的“鲸航 1 号”行动去了。“鲸航 1 号”是一个跨省方案。广宁参与的是配套行动，他们叫“航标灯行动”，是一场专门“打草惊蛇”的策应，为的是让离愁海暴露更多的目标。

公安大量行动，没有警种差别，只有风险等级。刑侦大队小秀才单文高对刚入警的几个年轻人说："'航标灯行动'航的不是海，如果硬要给'行动'一个定义，那我要告诉你，行在荒野僻壤，动在筋骨皮肉，一场行动一场拼，不那么好受。我们的点位直通离愁海的神经。也就是说，哪里的神经最敏感，我们就在哪里搞它！"

被誉为"三缺雷神爷"的雷云飞到了现场，他不想再喊什么口号。他说："我知道你们会以命相搏，但命是爹妈给的，既要对得起组织，还要对得起爹妈。所以，要攻防兼备，实战中让身体擦刮受损，不合算。你这次任务完成出色，下次任务就让你出局。遗憾啊，非常遗憾！都说我是英雄，但我在爹妈面前，就是一头狗熊。希望你们大获全胜！"

几个小组分头出发了。娘子湾是一个人烟稀少之地。陈妙来与梁靖江尽管分在不同的行动组里，但大家都在娘子湾碎石沟里跋涉着。随时都可相望，遇到情况，还可相互呼应援助。广宁的山形地势，不同于滨江。娘子湾也非陈家湾，走过如闯鬼门关。陈妙来在碎石上每走一步，都要使出浑身力量。有好事者对这里做过统计，正是这脚下反反复复的嚓嚓之声，让广宁公安增配的一万双警用胶鞋，全在这片石子中磨蚀掉。都说世上好多路都是人们走出来的，但这里永远也走不出一条路来。有记载称，这里的碎石是地震的产物，有一股神秘的力量，从山肚子上开出了一道口子。那些碎石，就是受山体挤压，从口子里喷吐出来的。喷吐石块那一阵，天昏地暗。隆隆之声，如惊雷滚过苍穹。不远处，隐约可见悬崖陡峭的雪峰，乱石嶙峋的流石滩。流石滩一直延伸到峡谷深处。正是这样，此地是罪犯首选藏匿之地。陈妙来小心翼翼地跋涉在流石滩上。哪想，愈是谨慎，愈会出事。她一脚失控，瞬间滑入沟壑，从几块标语牌滚过，直抵黑潭岸边。她见到下面漆黑一片，潭水千尺。果真潭如其名，黑得可怖。梁靖江见势不妙，拔腿飞奔，泥土碎石就在他身后飞扬，最后是连滚带爬才抵近黑潭。他紧紧抓住陈妙来的手，就那样坚持了很长时间。梁靖江心里非常清楚，只要他一松手，陈妙来就会一头扎进另一个黑色世界。梁靖江和陈妙来不约而同望了望岸边，几块标牌赫然几行大红字，跃入他们眼帘——“溺亡事故多发地”。“地狱之门，切勿靠近！”下面还有一句话：“流土事故多发地，紧赶慢赶，别往前赶。”看着这些文字，二人心里不由得一阵颤悸。短暂的一生，竟然在黑潭岸边画上句号，内心多有不服！想来这一辈子，还没活够啊，啥都来不及了，而此刻连向对方表白都会消耗生命的力量。也只有在这时，二人隐隐发现，身下的泥土在偷偷地移动，奇妙地往漆黑的潭水里漂移。如果继续这种漂移，不足五分钟，他们双双就会“移进”黑潭，被那里面的水怪拿走。陈妙来见状，急切地说：“不行，你得活下来。快，快松开我的手！”如此性命攸关的紧急关头，无不让人想起泰坦尼克号沉没时杰克和露丝在生命最后的告别，总是希望另一个人替自己好好活着。不同的是，就是死，那梁靖江也绝对不让陈妙来掰开自己的手。他心里清楚，一旦松手，想要把陈妙来从死神手中再夺回来，那是不可能的事情。眼看着黑潭那扇地狱之门，徐徐打开。漂移，向那扇门的方向漂移。一种不可抗拒的力量，正悄然地推送着两个年轻的生命。就在这时，后续队员几经周折，同样以连滚带爬的方式，赶来救援。一个个哈着腰，拼命大喘着。粗壮的气，像拉风箱似的，大节奏，嗤嗤作声。显然，他们的力气也不够用了。早有准备的刑侦副支队长韦振久，用最后那点力量，解开警绳，抛了过去。两根警绳，准确无误到达梁靖江和陈妙来身上。梁靖江一把抓住。可陈妙来竟无力抓绳，没有丝毫反应。梁靖江就直接将绳套向陈妙来的腰间。

死神的手终于松开了。

陈妙来被挪到岸上安全地带。她早已昏厥过去。

此间，梁玉带队的“援助医疗组”刚刚在广宁人民医院安营扎寨，见救护车送来两个伤员。知道是公安执行任务负伤的，梁玉便有了特殊的情感。她要求全员上阵。他们见到女伤员被抬下来后一直处于昏迷状态，便迅速将其送上手术台。换输氧面罩，静脉滴注，外伤清创，止血包扎，全身拍片，几分钟内做完。活力碘、双氧水酒的消毒液体味道，瞬间四散开来。陈妙来很快得出诊断结果：脾破裂，大出血，尚有生命体征。知情人明白，脾破大出血，已危及生命。

现场有医生提出：“要保住生命，就须立即实施脾脏摘除手术！”

梁玉望了一眼病历，眉头拧得死死地。她说：“不行！小姑娘才多大呀？日后要生孩，要当娘，这些器官，怎么也得给她保住！一旦脾脏摘除，康复后，不仅免疫功能低下，易发感染，还会导致血小板增高症等并发症，会降低她的生存质量！”

“要保住，手术就得花很长时间。还得输更多的血！”另一位专家说。

“我们带有血浆？”梁玉问。

大家面面相觑，摇着头。

“没有？快，把信息传出去，动员献血！只要有人献血，现在还来得及。咱们做一个微创介入手术就可以了。这是一个非常成熟的手术。我们无论如何也要救她，而且我们有能力救得了她，我们为什么不这样干？别犹豫了，献血！”

听梁玉如此自信，大家各就各位。

梁玉这话被满身血迹，还躺在担架上的梁靖江听见了。

他强忍疼痛，一挺身，翻下担架，踉跄着走了进来。只见他撸起袖管，说：“快，我只是擦伤，我是O型血！”

梁玉抬眼一望，天哪，这位头上缠着绷带、手脚满是棉纱和胶布的人，竟然是自己的儿子。她凝视好半天，咬了咬牙，向立于一旁的护士摆摆下巴，果断地说：“血检！”

很快，得出结果：梁靖江符合献血条件。

但是，这个小伙子刚抽了400ml，脸色惨白，陷入虚脱。

“停！”外科主任叶秋霞下令，“对梁靖江实施抢救！”

这边，梁玉问：“病人家属呢？动手术必须家属签字。”

“哪个的家属？”

“还能是谁？”梁玉拿着病历，一字一顿地念着，“陈——妙——来。”

阿查主任焦急地守在现场，听得此说，箭步跨进来，说：“家属在滨江，我可以签字吗？”

“你是他的什么人！”

“是领导。是领导行吗？”

梁玉“嗯”了一声，很为难，说：“最好是家属！”

阿查主任硬着头皮，用颤抖的手，签了字。

手术很成功。梁靖江的血，对陈妙来发挥了起死回生的作用。紧接着，外面排了一溜输血的队伍。他们一个个全都亮起了胳膊，等着呢。

陈妙来被救过来了。微创手术做得非常成功，但陈妙来还没有脱离生命危险。

阿查主任蹲在一旁，一脸愁容。他给陈妙来的父亲陈令壮打完电话后，又向滨江市公安局政治部主任何江波请求援助。滨江公安局非常给力，火速派了一辆警车送陈令壮到广宁。路上，有人告诉陈令壮，“广宁的深山有老虎，广宁的黑潭有水怪——饿极了，它们才不管是鬣狗，还是活人，只要是肉，都是他们的美味！”听到这些情况后，陈令壮不由得心里一阵惊悚，觉得女儿来广宁工作，是入了狼窝虎穴，失算了。警车星夜兼程，把陈令壮送到广宁“援助医疗组”营地。

陈令壮拿了一根扁担，扁担的一端捆了几个蛇皮口袋，像是从山上刚刚干活下来的人。大家理解他，他是来看女儿的。

这时，陈妙来已经苏醒。

陈令壮拉着闺女就嚎，泪如喷泉。他一口一个“妙来”，喊得人心都碎了。他说：“闺女，咱们回家，咱们回家！”

陈妙来虽醒着，体力还没有完全恢复，无力回话。她望着父亲，只说出一个字：“疼！”

接下来，陈令壮拉着阿查主任苦苦哀求：“领导，行行善，积积德，放我丫头一条生路吧。她啊，一个女孩子，哪是当警察的料呀。我咋就这么傻，我哪里想到，这个深谷里有老虎，黑潭里面还有水怪。我啊，傻不拉几啊，笨得出奇啊！怎么把闺女往虎口里推，向黑潭里送。领导，你就可怜她！这回她活着回来，完全是天降幸运神帮她。要是天不管、神不知的话，把命丢了，你赔不起，我也失不起。我说啊，无论如何，这警察是不能当的了！”

陈令壮死死纠缠着阿查主任不放。阿查主任的心进入了挣扎状态。

陈令壮见阿查没有表态，就想继续闹下去。他问旁边的工作人员：“陈妙来的宿舍在哪里？当爹的到她房间去看看总可以吧？”阿香告诉了他。陈令壮拿着捆有蛇皮口袋的扁担，磕磕碰碰地来到陈妙来的宿舍，立即就在房间翻箱倒柜起来，把陈妙来所有警服，甚至跟警察沾边的所有用具，统统塞进了两条蛇皮口袋，用绳子缠死，留下两个扣扣，挂在扁担的两头，就像他上山挑茶叶一样，挑出了陈妙来的公寓。阿香无论如何阻拦，他都要坚持这样做。一路上，他嘴里还不停地唠叨：“拿人的手短，吃人的嘴软，傻丫头，没骨气。占了便宜，咋不被人控制啊，就像太子山上的茶树，要不是陈大宽这小子给了我那么多钱，老子哪有心思去吃那份苦哪！”陈令壮把两个鼓鼓囊囊的蛇皮口袋挑进了阿查主任的办公室，砰的一声撂下，擦了一把汗，瓮声瓮气地说：“领导，领导，这是陈妙来当警察的全部家当，这就还给你们。我们老百姓惹不起你们！”

阿查主任腾地站了起来，急得鼻子都在发抖。他舔了舔干裂的嘴，慌张地说：“叔叔，我说叔叔，你这是在干啥呀？你到底想要干啥呀？陈妙来真要脱警服，也要征求她本人的意愿嘛，就是辞职也还要组织审批嘛，你这种武断的做法，你这种不尊重人的做法，你闺女会生气的、会伤心的！”

“生什么气？伤什么心？我都是为了她好。她高兴还来不及呢！”

“叔叔，她可是成年人！”

“是呀，对的呀，她是成年人呀，可她不是你家里的人，你管得着？”陈令壮哼了声，“不是吃你家的饭长大的，你咋晓得心疼。告诉你，你还说疼她，老子让你服一服气。”说着，就要去取扁担。阿香上前拦住，紧紧抓住那扁担，哀求说：“叔叔，你不能这样，你不能这样！”陈令壮说：“走开，我懂法，不会干架！”

陈令壮把蛇皮口袋解开，拿出里面生了咸花的衣服，说：“看看，看看呀，我女儿过的是什么日子。这是你们没把我女儿当人的证据！”

看到陈妙来几件沾满汗渍的警服，阿查急得语塞起来：“我……我……我……哼！”

阿查很委屈，又不好言说。一瞬间，又沉默了。

“哼？哼什么哼？没话说了？哑了？哑了，这正好说明你们心里有愧！没把外地人当人看，心里内疚了啊！”

阿查急得喉管直抖，脖子青筋也扭动着，说：“陈叔叔呀，这事儿，我原本谁也不想讲，讲出来，真有些丢人，今天是你逼我讲的。我现在只好给你掏掏心窝，我阿查就是拿她当亲妹妹的，我一直在履行当哥哥的责任！”

“我的天哪，我说阿查主任，你在精神病院待得好好的，为啥跑出来祸害人呀！为了留住这丫头，宁愿给我当儿，不是神经错乱，就是白日做梦。你也不拿个镜子照一照，就你那模样，像不像我的儿子？有没有资格当我的儿子？我告诉你，你的公安爷爷，登记过我陈老六，不，登记的是陈令壮，膝下只有一女，没有儿。你还是趁早打住。广宁，哼，广宁是什么了不起的地方呀？就是走婚，这个地方也吸引不了我，我陈老六无论如何也不可能‘走’到你们这深山沟来！”

“陈叔叔，你静一静，先喝口水！”

阿查主任拿着杯子，在饮水机上接水，泡上茶。又拉着陈令壮在沙发上坐下，说：“这茶就是你们太子山上的，真香！”

陈令壮喝了太子山的茶，真的一下子就平静了许多。

阿查主任说：“我们都是陈妙来的亲人！”那陈令壮听到这话，茶杯啪的一声往案上一放，立即打断：“还在往这上面贴，我再次警告你，这事儿你不挨边，也没资格！”

阿查主任一脸愁苦，看来要想说服陈令壮，只好揭开伤疤给人看，说：“你说我不挨边，没资格，你这是在往我心里扎针，是哪痛往哪撒盐巴，我真服了你。今天，我就在这个地方说清楚，我要是说了半句假话，天打五雷轰，不得好死！我实话告诉你，我跟陈妙来，就是一个妈生的，一对奶子吊的，这事儿一点也不可能是假的！那天，梁靖江给陈妙来输血，这小伙子也是受了伤的，流了不少血。输血，他身上哪有那么多的血？没办法，只有我上了。我心知肚明，我的血，最匹配，最能跟她融在一起。血检报告一出，我是顶格献的。我还告诉你，在我的身后，还有一支你想象不到的预备队——我们是八兄弟。陈妙来是我们家老九，小时候，我们都叫她九妹。对了，有一首流行歌曲，就叫《九妹》。但这歌再好听，在广宁也流行不起来，谁也不愿唱。你知道这是为什么呀？因为在我们广宁，谁都知道我们痛失了九妹。它是一曲悲歌啊，谁唱《九妹》谁就在戳我们的伤口！献血的那一天，有五个兄弟，一个个全都跟在我的身后，捋起袖子，焦急地等着！这个时候，你在哪里？我问，救命的时候，你在哪里？现场，我的这些兄弟，他们谁都心里明白，给九妹输血，那不是一件光荣的事，更是一个家庭成员自觉的事，是骨肉之间的事！”阿查主任站起来，提高嗓门，“我更要告诉你，医生说了，有我在前面献血，这些兄弟的血用不着血检，可以直接输入陈妙来的血管。陈叔叔呀，陈叔叔，你说说看，我们跟陈妙来的关系，是不是还要做司法鉴定你才服气？咱们是一家人，你为啥还要说两家话呀？为啥呀？”

阿查这一番最不愿讲的话，直抵陈令壮的心底。他头一仰，身子一歪，差点栽倒。他“啊”了一声，说：“这是真的呀？”便把脸转过去，面向墙壁，将袖子贴在脸颊上，喉管也跟着抽动起来，久久地抽动起来！

“这不是逸闻轶事，也不是造谣生事，而是我们生命中所历之事，它没有半句假话，但这事儿，绝对不能说出去了。一旦说出去，九妹知道了，她一定接受不了的。我跟你，这也算是个约定，绝不说出去！”

阿查主任讲完真相，眼里红红地。人的一生，有些话，适合烂在心里；有些痛苦，适合无声无息。但无可奈何的阿查，还是把它讲了出来。

藏在门后的阿香暗暗说了一句："我是不会说出去的！"便捂着鼻子，小跑离开。她忍不住了，关上门，就在宿舍里放声嚎哭！

梁靖江苏醒过来。他第一眼见到的，就是母亲梁玉向他竖起的大拇指。母亲忙完陈妙来的手术，就一直守着他。母亲心软嘴硬，说："你躺在这里已经一天一夜了。你真能睡呀"梁靖江说："睡了这么长时间呀？"母亲说："瞌睡是补不回来的，还是太累了。不过，现在，你最想做的是什么呀？"梁靖江毫不犹豫地说："我要去见见那位女战友，请能允许！"梁玉抿嘴一笑，继而失望地说："哎，儿大不由娘！"

梁玉脱下白大褂，洒脱地走了。

阿查主任给在场其他医护人员使了使眼色，示意他们留个二人世界。

医护人员都懂了，陆续离开病房。梁靖江挪动凳子，坐了下来。此刻，他面部看似宁静，内心波澜何止万丈。

陈妙来躺在床上，浑身上下仍有钢针猛扎之感，连脑袋和眼珠都感到刺痛。但她看着梁靖江坐在床边，白洁的脸上荡漾起笑靥。这梁靖江真的像一剂良药，让她的疼痛缓解了许多。她见到梁靖江脸上也有几道疤疖子，不由一怔："我的天，斑马线都上脸了，不会破相吧？"

"怕啥，只要有人不嫌弃！"

梁靖江清楚地看到，陈妙来睫毛上挂着一滴泪珠。

“我从护士口中得知，我跟过去不一样了，我身上流着很多人的血，包括你的血呢！你说，这算什么？我知道，有‘滴血认亲’的说法。能够相融，说明无与伦比！我说呀，那一天，像梦一样，你离我那样远，给我感觉，你像天上的神雕，呼呼啦啦就飞过来了，你能飞？”

“飞？不可能。他们的新闻报道就是这样写的，我给他们删了。不过，那会儿，反正是不顾一切了。脚下腾了几次空，都是借助树干的弹性和张力。那的确也是太危险了，差一点掉进黑潭。后来才知道，那个黑潭呀，听说诡异得很，你应当看旁边立着的牌子了——‘地狱之门’，‘紧赶慢赶，别往前赶’！那会儿，我们都在赶啊。心想，再赶，就完了。”

“是啊，我也看到那牌子了，可能黑潭水怪‘收’了不少人后，才立下那些牌子的！”

“我还听说，那黑潭专收我们这些外地人呢。一旦掉入潭中，那水怪就会成群结队上来你咬我撕，相互配合。水面，只要见到一团血色冒出来，那就基本没救了。即使救起来，也保不了全尸。你呀，你当时还拼命掰我的手，让我放开你。那会儿，要是真的放开你，我会后悔一辈子！我还想告诉你，当时我还有一个念头，若是我无力继续扭住你，放你进了黑潭，我呀，我也不打算活了。我会让你带着我，沉下去，做一个风流鬼算了。这也挺幸福，可以省去好多事！”

“你想得美——人家还以为我跟你殉情呢！”

“反正，当时就是这么想的！”

情到深处的话题，总是让时间停留。

陈妙来从被窝里伸出手来，说：“把你的手，递过来！”旋即，一把抓上去，使劲摇了几下，说，“可交！”梁靖江抓住机会，就讲：“能处！”陈妙来望着他，不再言语。

每人吐出二字，倒让梁靖江骨骼发抖，手脚麻酥。“弓如霹雳弦惊，鼓似雷鸣震颤。”写的就是他此刻的心情。

梁玉回到宾馆，满脑子都是儿子那副血性果敢的样子——划痕，淤血，眼里的血丝。年近半百的女人，更看重子女的健康和事业。想到这些，心里的酸楚一下就涌了上来。这时，她双腿有种灌铅般的沉重。每挪动一步，拖鞋就痛苦地发出吱吱的叫声。她咬紧牙关，一屁股坐下去，将脚一伸，这才发现，肿了。她在病房站了二十多个小时。眼下，也只有这样的闲暇，才有可能把这几天听来的信息，在大脑中编号归类、排列组合——那个陈妙来，是何方妙龄女郎？那个傻儿子，是咋认识她的？那个阿查，又为啥一家六兄弟争先恐后为陈妙来献血？这陈妙来是咋来的，她咋会从滨江陈家湾而来呢？她冲了一杯咖啡，品着品着，这些问号很快就像铁钩似的，死死钩着她的每一根神经，让她不能解脱。她两眼眯成了一条线，心里却乱成了一团麻。这些“钩儿”，梁玉一时半会还真的解不下来。那些场景告诉她，儿子跟陈妙来的来往时间不短了，感情也不浅了。作为母亲，儿子就是她的全部，特别是想到陈妙来是陈家湾人，想到陈大善这个阳平湖里的死鬼，梁玉不由得浑身打了一个激灵。来自心底的冷战，让她锁起了眉头。她再也无法想下去，潜意识告诉她：这陈妙来一定就是陈大善的什么人。女孩出自他家，这怎么得了？

她搜肠刮肚，想起了陈家湾附近太子卫生所所长刁彩云。这位早已淡出记忆的朋友曾经到滨江人民医院见习过。梁玉立即给她拨去电话，重拾友谊，先是叙旧找共同点、谈共鸣点，通过拉近心理距离消除感情距离，然后顺理成章就给刁所长下达了任务：帮忙了解一下陈妙来的背景，特别是弄清楚陈妙来跟陈大善是不是亲戚关系，如此这般。两天过去，真相大白：陈妙来果真就是陈大善的堂妹。梁玉获知如此信息，一向遇事沉着镇定、不急不躁、连丈夫“双规”都从容不迫的她，控制不了自己。她一跳三尺高，把听诊器啪的一声往桌上一扔，打通梁靖江的电话，一字一顿地讲：“我告诉你，在我们梁家，忠孝满门，光光鲜鲜，没有一丝儿污点，怎么到了你这里，就要丢光呀？你怎么可能跟姓陈的搞在一起？你要不是瞎眼了，就是哪根筋被那狐狸精给掐断了！”只听得对方“哎哎哎”了几声，显然要回绝，但梁玉不给梁靖江任何反驳的机会，直接摁了电话。

旋即，梁玉又给梁剑打电话：“请假，马上来广宁……别问为啥，来了就知道了！”

这一天，梁玉讲过的话，全是从冻库里取出来的，坚硬，冰冷，寒气逼人。她对丈夫从未用过这种口气。梁剑怔怔地站在那里，惶悚不已。语言的温度，释放出问题的难度。梁剑一听，便判断儿子出了啥情况。

没办法，梁剑真的就跑去向章锋局长请假，并毫无保留地说出了实情。听到“可能是儿子惹着更年期的老娘了”，章锋仍然保持一脸严肃，话不打弯：“请什么假？为啥要请假？告诉你——无假可请，有事必做。你马上出发，慰问我们那里的援助干警。同时，也代表卫健委，慰问援助广宁的医疗队伍。你要是把梁医生都摆不平，你还能摆平什么呀！”梁剑说：“兄弟啊，我的事情都是她摆平的！”章锋说：“哄我这个外人，哪算摆平呀？那叫敲边鼓，边缘化作业。如果说她发挥了什么作用，那也只能说是歪打正着！”

章锋一边说着，一边就给卫健委主任董德启打电话，说：“董主任呀，董主任，你们在僻远的医务人员那样辛苦，不能总是让别人去关心啊！为付出的人付出，向援助的人援助，这也是一种美德啊！梁剑副局长虽说要去，但他也代表不了你们卫健委呀！”

董德启听出了弦外之音，立即安排两名卫健委的干部，带了几筐滨江葡萄，一同前往。他们组织了一个联合慰问组，说走就走，连夜赶到广宁市。

梁剑知道儿子情况后，虽说心里也有些不悦，但比梁玉冷静得多。他对梁玉说：“你呀，都这把年纪了，一点也沉不住气。你应当像对待我的态度一样，对待你的儿子——天大的事情，无论如何，哪里有我当年被反复‘双规’那样的事大呀？你也太武断了。没有调查研究，哪有发言权！”

梁玉两眼一瞪，更加武断起来，两眼里发出鄙视的光芒：“我调查了，也研究了。我呀，不仅有发言权，还有否决权。对了，就是打叉叉的那种，咋样？”

梁剑摇头晃脑，一副泥瓦匠的派头，呵呵笑着。

凝固的空气，遇到暖风，总会散去。梁剑就是带着这种希望的。他说：“哎呀，我怎么觉得，你更看重‘所有权’呀。我说，梁玉同志，你也曾经讲过，孩子不是物品，他是独立的呀。怎么现在干涉起这种人权的事来了呢？剥夺别人自主权，从根本上讲就是剥夺自由权，这是什么行为？这是暴力行为，是野蛮行径，是侵略者！”梁剑越说越来劲。

“哼，帽贩子。我这才知道，你是联合国人权理事会派来的，是专门来对我执法的？我才不认你那一套呢，我只有一句话：搞快，阻止这事儿！”

“我的天哪，一个最讲道理的人，为啥在儿子身上变得蛮横不讲理了！”

“告诉你，在这个问题上，我宁可当个泼妇，当个悍妇，当个刁妇，当个村野长舌妇，让大家都知道我是一只惹不起的母老虎，怎么样吧？”

梁剑直摇头，张了张嘴，却没能言语，哑然没辙了，回到滨江找到政治部主任何江波，说：“我的兄弟，搞快，你得帮我办一件私事，浪费一下你那宝贵的休息时间，去核实一个人——太子山下陈家湾的陈妙来。这个女孩子到底是啥背景？跟陈大善有什么关联？记清楚，类似这样的调查，不，这也不能叫调查，叫探问情况。对，叫探问，跟打听差不多。整个过程，不准动用公器，不准占用公时，不准侵犯人权，不准声张传扬，不准……哎呀，其实就八个字：水落石出，秘而不宣。我现在已经是一点辙都没有！我现在要是弄不清楚情况，那个人，就是那个梁玉呀，她不会放过我的。她会随时对我使用罢免权。你想想，连儿子的爹都当不成，这辈子岂不惨了！”

何江波一听，指着梁剑，哈哈大笑起来：“兄弟啊，你也有今天哪。你啥时变成这个样子了呀？你不是梁滚刀吗，二十四次双规，一次次闪过大刀！哎呀，我的刀哥，现在怎么惧内了？河东狮吼，打鸡骂狗。你侬我侬，无奇不有。我看你这般落魄，若想藏在我的身后，同样也不是件安全的事情。我身后呀，那头狮子的吼声，振聋发聩，你更受不了！”

梁剑也哈哈大笑，说：“你格老子真幽默呀，不能开玩笑。要死呀，说正经的，你得帮我这个忙。否则，我那口子，真的会逼成河东狮吼，打鸡骂狗，如果是这样的结局，你政治部主任就高兴了呀？”

有梁剑发话相求，何江波搭进国庆长假，落实梁剑“八字方针”。他在滨江和广宁两地进行穿梭探访，回来后，急忙找到梁剑说：“我呀，经过几趟情况探问，我可是流了三次泪！”

“严重了，情况探问，还挖出感人的故事来了呀？”

“老梁啊，我简单给你讲一下，陈妙来有三件事，让人觉得此女不一般。第一件，是可以公开的事情。另两件，却是不宜公开的呢。你是先听公开的，还是先听带有密级的呀？”

“随你，但你小子不能把过经过脉的事拿去藏着匿着。你可知道，帮人打掩护，也是撑‘伞’行为，是连带打击对象！”

“那好，可公开的——就在今天，广宁公安召开庆功大会，陈妙来因在追逃中，有效策应了‘航标灯行动’，荣记三等功一次。新警，是女警，更是警花，就这般鹤立鸡群、出类拔萃、举世无双……”

“哎呀，别来这一套，往下说。没准那丫头只会点花拳绣腿，让人碰了个正着！”梁剑淡然讲道。

“没那么简单。再给你讲两件不宜公开的事情。”何江波神秘地四下张望了一下，确认周围没有闲杂人员，便放慢了语速，也放低了声音，说：“这第一件不宜公开的，就是那陈妙来原本就不是这陈家湾人，是太子山老茶农陈令壮从人贩子手中花了五千元钱买来的。那骗子拿了钱，还诈了人家两担茶叶。陈令壮无法交账，就挨了承包茶树的商贩一顿暴打。那人贩子又乘机把陈妙来卖给了李瘸子。李瘸子钱多，给了一万。陈令壮就找到陈大宽帮忙。陈大宽办法多，扭住那人贩子说：是进派出所，还是进女厕所？村西头的厕所都是乡政府的‘形象工程’，男人宁可进树林也不愿进那厕所，女人喜欢在家里解决。这样一来，女厕所就特别干净。很快，这个方寸之地成了地下交易最安全的场所。最后，那个人贩子只好跟着陈大宽到了女厕所，还了李瘸子的钱，也维了陈令壮的‘权’。有人说，陈大宽肯定诈了那人贩子的钱，他多次在女厕所行诈。陈大宽把这个事情办妥之后，都说他处理这类事情很神速，就一会儿工夫。这里面，你说有没有一把辛酸泪啊？这第二件不能公开的，你知道陈妙来到底是谁家的人呀？她是广宁公安局政治部主任阿查的亲妹妹，你觉不觉得这事很奇怪呀？我要描述如何痛失亲妹，把一个母亲都哭瞎眼的事，你一定会有第二把辛酸泪哪！陈妙来负伤时，阿查主任和那身后五兄弟，就像打仗一样，一个不落，全部赶到医院，齐整整地捋起袖子，为陈妙来献血。那阵势，不像是献血，倒像是慷慨赴死！这事，说起来谁相信啊？你要是听我再细讲，你会有一把又一把甩不完的泪……”

梁剑直说："不讲了，不讲了！"

梁剑习惯用低头捂脸的方式，掩饰自己的伤感。他喉管一阵抽动，长叹了一声，说："我的天哪，还有这事！"

"比这感人的，还有这对年轻人那场生死劫。那天，两人在黑潭边……"

梁剑听完那个后来传遍警界的《潭深不及战友情》故事，说："娘子湾，黑潭边，早知道有这事呀——哎呀，不说了，以后啊，要是再碰到老牛舐犊，我呀，绝对掩鼻而过！"

"兄弟，你也不能走极端。老牛舐犊，有什么不好，人间真情嘛！嫂子这一辈子不容易，我们对不起她。我们对她，永远是高山仰止，就像土丘仰望泰山的峰顶。"

"你这话，要是让你嫂子听到，她会不知道自己姓什么呢！"

何江波狡黠一笑。

"兄弟呀，姓什么，这重要吗？你们全家就一个姓，能记得一个，就行了。记多了，你不累呀？"

梁剑扑哧一笑："哎呀，姓何的才是人物，姓梁的后代就该一拜！"

梁玉得知陈妙来的身世，后悔不已。不过，她还是莞尔一笑，说："拜托了，我进入了一个冲动的年龄，希望不要受到冲动的惩罚！"接着，她又悲观起来，"自以为帮人绕坑，替人蹚雷，其实都是给人找麻烦，费力不讨好！"

第五章　济世褡裢

回头再说姚二妹。灵堂遗像前携子认爹，惊世骇俗。远亲近邻，对陈大善莫不大跌眼镜。当年个别看好陈大善的人，对他也无不大失所望。但是，这仅仅是故事的开始。领教过姚二妹玩人手法的，都说她一旦拉下脸，便是可怕的拉锯战。她失去的是自尊，别人吞服的是恶果。

落魄的运，驻泊的命。你身子骨再羸弱，也得全部认领。正所谓富贵险中求，必在险中丢。求之十之一，丢之十之九。姚二妹用竹竿给自己的生活圈了个窄小的天地。那是一个她轻易不肯跨出的被人淡出记忆的棚区。她的面前，泊船瓜州，荒滩湿地，渺渺寒波。她非常关注鸭溪河什么时候涨水，更在意一群刚孵出的小鸭子能否在这里安家。看这些小鸭子的样子，摇摇摆摆，睁着亮晶晶的眼睛，在水边喳喳欢叫，真的很可爱。一切都过去了。她内心最难过的事情，是得到了，却又匆匆失去了。留在心底的，全是一道道疤痕，它让你什么时候疼，就什么时候疼。到瓜州的当晚，野风嘶鸣，刚刚入梦乡，已故的表姐左道青就托梦对她讲道："这个世界上最窄的，真的还是为冤家设定的路。"那左道青还告诉她："这辈子相见，是为了和上辈子做个了断！"

呓语也有成真的时候。姚二妹与陈大善的遗孀陆娣，这两个水火难容、势不两立的冤家，竟在救星保险代理公司接待大厅不期而遇。那场景，不管二人如何掩饰自己，都不能藏住内心的紧张和慌乱。大厅有一大片商务洽谈卡座。相邻卡座都有屏风相隔，但二人却依然能嗅到对方那一丝丝不舒坦的气息。那气息令她们早已清空的心里极为不爽，远远超过了可见的范围。有了进门不期而遇、四目相望的一瞬，彼此心头都涌上万恨千愁。但谁都明白，这万恨千愁全是姚二妹闯灵堂给“闯”出来的。也正是姚二妹的这一“闯”，让陆娣从此觉得两口子谁也不是谁的唯一，她从此学会了放过自己。而姚二妹呢，她也觉得，在这个世界上，没有谁最后会跟谁走到一块的，终究还是要一个人走下去的。这两个女人都想得通透了：人活的就是状态，可以短时间不开心，但别长时间不清醒。有的人，能够做到不见、不欠、不念，这就是最好的境界。二人默不作声，各自找了个位置坐下。背靠着背，各怀心术机巧，各盯各的手机信息。就那样若无其事地刷屏，旁若无人地滑行着。方寸之地，已经让偌大的世界变得不屑一顾。她们属于大客户，只有领导才有资格接待他们，面对面服务。要不是事先有约，要不是这里有补偿，她们早就转身走人了，哪里还会心神不宁地让仇人存于咫尺之遥。这家保险公司是存续了多年的代理机构，承接国家大型保险业务。客源广得连同行都艳羡。那电子墙上，滚动播放着醒目的标语：“给无价的生命估价”，“逃不开的生老病死，保险让爱的故事延续”。看着这些内容，两个女人更加感受到来这里的价值所在。

资本逐利，这个时代的投保早已成为一种投资，是一种滚雪球般的生财之道。就在公司成立的当日，这里的档案资料库里就已录下了姚二妹与陆娣两个女人的名字。因为就在这天，这两个女人正式成为陈大善巨额投保的直接受益人。有人说，陈大善仕途撞上霉运，但对附在他身上的女人，却有情有义，出手慷慨。那姚二妹曾放言称："陈大善么——人如其名，慈善重情，他让我们穿金戴银，让我的世界歌舞升平。"可是，大善之人碰到大灾，不慎退出生命行列。如是不幸，这问题就来了，这两个被保险公司预设的"法定受益人"，是否还有顽强的"受益生命"呢，这就不得而知了。人们都说："理赔理赔，有理才赔。没有买对，空手而回。不慎撞上，自认倒霉！"今天，这两个女人就是前来寻求相关权益的"存在感"和"获得感"的！权益，就是利益。但也有人说，这是两个东西，利益是你赚的差价，权益是指所有者该分到的钱。这就看你如何拿捏了！

接待这两个女人的，是公司总经理胡深宙。他接待过许多女性，"不怕骗保，就怕大嫂，跟你斗嘴，气你病倒"。他穿了一身崭新笔挺的蓝色西服，胡须刚刚刮过，脸颊显得青悠悠地，洁净无瑕。对任何人，这胡深宙都会投来一双诚实可靠的眼光，那是两湾蓄水池。现在，这眼光却变得深邃起来，因为他要聚焦、要洞悉，他要探究面前这两个神秘的"大嫂"。胡深宙一点也不知道这两个女人的背景。他拿到卷宗，一头雾水。事实上，所有保险公司从来不会询问投保人的资金来源、身份地位。所以，对她们背后的情况也就知之甚少。那些业务员更不会主动询问与保险业务无关的情况，特别是涉及个人隐私的情况。一般而言，代理公司只需确认是足额的大客户，便会被看作“摇钱树”服侍着、守护着、恭维着。因为只有大客户，才称得上保险公司的“衣食父母”。当然，这些“父母”也获益不菲，每年享受着环球旅游的待遇呢！

那么，这个胡深宙又是何许人也？不错，他曾是有名的皓华律师事务所股东，是杨伯告旗下的重要合伙人。想当年，此兄携带家养的马蜂，以家政服务的名义，去南山会所复仇。疯狂的马蜂，不仅使姚世禄惊恐万状、心惊肉跳，也让那些“江湖捕快”不敢轻易靠近青城山下的“四海为家”，一个个只得落荒而逃。最后，“江湖通缉令”失效，成为一张废纸。江湖人士称，别说姚世禄的“江湖通缉令”，就是在全国发布“海捕文书”，又焉能把胡深宙奈何得了！

这些维系生存的故事，一夜之间成了如烟往事。胡深宙与杨伯告、随笑天这一干人赢得官司后，结伴考得律师证，就在那个“听风听雨”“观山观水”的悬壶楼对面，成立了靠实力说话的律师事务所。他的实力，就是打赢了自己的官司，这比任何广告都有说服力。他原本有一份稳定的、可持续的业务做下去。因为再光鲜的时代都会有矛盾，有矛盾必有官司。有打不完的官司，就有做不完的业务。人们见到，胡深宙腋下夹着的公文包，隔三岔五就换一个。不是因为他有钱，而是他有案。一案一包，不能弄混了。但是，随着一些官司的推进，法庭上辩来辩去，胡深宙对相关权益的代理价值便产生了怀疑。他认为，帮人鸣冤叫屈，替人讨回公道，这项工作看似势如破竹、战无不胜，但赢了又怎么样？不少时候，你赢了，一分钱也拿不到。而一些输家反倒成了赢家。因为他们输得太彻底，输得家都变得一贫如洗了，即便老鼠进去也会含泪出来。你要是进屋找点财物扣下，那你一定会跳进一个坑里去，一时半会，还不一定爬得出来。辩护席上你可以赢得壮怀激烈，走出法庭你会输得心惊肉跳。好多官司都是这样的啊，赢了官司，输了人品、输了口碑、输了钱财、输了事业……所有这些让胡深宙厌倦律师这个“拿人钱财替人消灾”的职业，觉得它并不是“说好就好，说歹就歹”，更不是“愿听者听，愿看者看”。一个官司，浓缩了人间万象，一些焦点问题，一不留心，就网络炒作，四处声讨。他说，这活儿不能再干下去，日复一日，他发现保险业却能把受害人的损失降到最低，就认定了保险。

当然，他坚定退出律师这个行业还有一个理由，那就是这项工作要承受大量的不健康、不公正的心理侵扰。他说：“我不擅长违心地为有罪人做无罪辩护、帮有罪之人开脱罪责！”正是这样，他每做一场无罪辩护，就有一种负罪感。想到这些，他越发觉得那些吆喝着兜售或沿街叫卖保险的人，才称得上大慈大悲活菩萨。他们的吆喝、他们的叫卖，比诵经都宝贵！因为保险业的各类品种，大都关照了老百姓“生老病死残”重大问题，它为老百姓减了负、降了压、提了神。就这样，胡深宙很快注册了一个叫救星保险代理公司。公司业务并不广，主要代理“财富”和“安心百分百”之类的保险品种。通过轰轰烈烈的网络宣传，特别是开发“每日一抖：让保险守望您的生命健康”这样的网络节目，强力推荐业务，不出一年，他的销售队伍就发展到三千多人，资金量做到六个多亿。胡深宙发展业务员成几何倍数增长，网上网下像一对收割机，这让一位同道大发感慨：胡深宙创造的业绩，早已亮明了他所处的“段位”。刚刚入道，却把这项业务做到如此极致，堪称精英中的领袖！

姚二妹和陆娣是两个非同寻常的线下客户。给这两个女人办理“财富”和“安心百分百”的两名业务员结伴出国了，两年后才回来。业务员早在半年前就把手中这类“大客户”资料移交给了胡深宙，请他亲自对其服务。时至今日，类似与大客户面对面网下服务，始终是一种高规格、高品质的特殊礼遇，因为对贵宾的怠慢就是对财富的拒绝。谁料，姚二妹、陆娣这二人与胡深宙约定的线下服务时间，竟然选择在同一天。这分明就是老天安排好了的冤家“碰头之日”。

此时，胡深宙已经坐在电脑前，心如止水。他要加速做好“功课”，防止“踩坑”。他把这两个女人的所有资料调出来，一并进行研究。看着看着，眼球慢慢变大，很快就定格了，一组人物关系也在胡深宙的心中明晰起来——陆娣与陈大善的婚姻关系从未有过变故，姚二妹与陈大善很可能是同居关系，他判定姚二妹的儿子是姚二妹与陈大善非婚所生。也就是说，姚二妹的投保人与陆娣的投保人是“挺身而出”的担当者，斯人便是陈大善。就是这个人，给这两个女人及子女都做了巨额投保。胡深宙还判断，陈大善就是那个溺水而亡的副市长，无须跟电脑里的资料作比对，更用不着人像识别。这两个女人今日如约而至，显然是想完善相关保险业务，或续保、或理赔、或变更相关事项。

胡深宙看出来了，就在今天，她们二人哪怕只要发生一丁点儿冲撞，这个服务大厅就将变成这两个女人的打闹世界，这怎么得了？一旦有人大闹保险服务大厅，就是一场保险业的灾难，直接影响公司的口碑和声誉，日后谁还愿意来买保险？这里的生意将会很长时间恢复不了元气，滚动的雪球也将融化消失。人事两全，才是今天这事的最高处理原则。

胡深宙弄明了这几者关系后，表情就像冰冻人一般。

懂他的人最清楚，斯人经历过无数惊涛骇浪，冷静的背后深藏不为人知的心术和杀伐。一个让小动物救过命的人，这命肯定不一般。胡深宙淡然一笑：自古冤家路窄——窄又咋了？这么多年，我胡深宙没有穿越不了的缝隙，这会儿我也会让这对冤家在最窄的地方当面错过，完美侧身，绝对不发生任何擦剐事件！胡深宙想到了业务员万珀菊。此人业务娴熟，善于拿捏谈判上的一些变局、僵局、残局。他给万珀菊说句“上天的母亲来了”，万珀菊便懂了。接下来，那人春风般地揽走了陆娣，在一曲被和风稀释了的轻音乐里，走进一个秘密轻松空间，开展普通人享受不到的咨询服务。胡琛宙把姚二妹这块“硬骨头”揽了过来，领至一个窗明几净的阳光房，坐在那里，慢慢“啃”了起来。胡深宙就在这阳光之下调阅资料库，梳理相关情况，寻找姚二妹保险权益的合法性和政策许可，支大招，捅堵点。

救星保险代理的档案资料显示：陈大善为姚二妹及她的儿子贝贝买了“安心百分百”五万元、理财产品“财富”四十万元，已经投保两年。而今姚二妹要求索回理财产品“财富”的全部保金，并提出其他险种的续保人变更为姚二妹本人。

"情况已摆在这里，你们母子二人还不属于法定受益人。你要想个人权益得到保障，让保单生效，或者能够续保，也只有变更投保人，才能将这盘死棋走成活棋。否则，陈大善对你和你儿子的投保合同，将被公司视为无效合同，被作为无效投保来处理。而要变更投保人，也只有血缘关系才有资格。如果一些法定事项都不成立，陈大善这些投保资金，将被直接转入他的法定受益人名下，也就是陆娣名下，或者陈夫可名下，这些保单，跟你没有任何关系！"胡深宙对姚二妹一言以蔽之："你的保单，有可能成为死单！"

姚二妹听如此说，眼球立时泛起红晕。体内涌动热血，直冲脑门，她双手捂住头顶，拉长变形的脸，青一阵紫一阵，满是汗珠，差点昏厥过去。胡深宙关切地问："你没事吧？"姚二妹直摇头，她那如簧之舌，也开始笨拙起来，屈身不停哀求："天哪，这事，这事该如何做哇？假如这些保单全部成为废单，那我该怎么办？我拿什么活下去？孩子又拿什么抚养？空气很重要，那是因为你活着。这个看不见的东西，它会让你活着，也会让你腐烂！"事实上，时至今日，那姚二妹的生活也就只剩下空气了。姚氏家族全部家产，被认定涉黑所得，全部充作国有；银行所有存款，也都依法转入国库。姚二妹自己无技无业，无任何经济来源，而这些年她之所以能够衣食无忧，那是靠着陈大善秘密接济度日的。因为她有别人无可复制的资本，那就是姿色。出卖姿色，是她最熟络的生存方式。当然，很多年来她适应了这种方式，顺应了这种方式。要是哪一天她不响应这种方式，就烦躁不安，如毒瘾发作。没有男人的日子，注定就是她不好过的日子。那是一种煎熬。

姚二妹在那些年也很疑惑，跟过那么多男人，为何却让“后来者”的陈大善撞上了大运。当时，陈大善还乐呵呢，他给出带娃“六字真言”：惜怀、粗带、放养。长大了，至少不会像陈天歌那样让人不省心。那姚二妹看到陈大善那样认真，也有满满的幸福感。他死得不冤，却死得可惜。当然，“后来者”陈大善让姚二妹添了喜，这让姚二妹有了一种想法。她想，要是把这孩子说成是陈天歌的种，那也未尝不可？既然父子基因的相似度可达百分之九十九以上，姚二妹完全可以将这两人同时操控，信手拿捏。这种一石二鸟的做法，曾在李平和那个神秘官员之间玩得炉火纯青。但是，这个荒唐的念头一闪即逝，很快被自己清洗掉了。她觉得自己不能再荒唐了。有人送她一句话：“荒唐人做荒唐事，穷困别吐荒唐言；糊涂爱发糊涂恨，潦倒慎收糊涂账。”倘若姚二妹再有“荒唐言”、再收“糊涂账”，她哪能吃上保险这类“馅饼”。权益，名正言顺的权益，法律层面的权益，这正是姚二妹需要获得的。正是这样，她才理直气壮去闯灵堂，让孩子面对挂在墙上的那个人，堂堂正正地喊爹。血亲让相关保险合法化，这是从政策中“挖”出的一条“政策”，从死棋里走出的一步活棋。陈大善为姚二妹母子买的，岂止是两款保险产品，是他给母子二人买了相依为命的生路。

面对此种“良心罪人”，胡深宙的脑子里同样会回放许多场景：陈大善、姚二妹，错位的爱，跨代的种。可能好些人会同情牙口不好的老牛，可能好些人还会发出白发对红装、梨花压海棠的感叹。想着这些，就知道许多过程，比结局耐人寻味得多。早些年，他们各有渡口各有舟，路归路桥归桥啊！细想起来，他们一个在职场混官，一个又混迹官场。两个投机钻营的人物就在主席台、床衾里各自折腾，让阳平政治生态久久得不到改善，一直闹得天怒人怨。特别是陈大善与姚二妹的父亲姚世禄互认“干亲家”后，使得姚氏兄弟一下子变得有恃无恐，与执法机关分庭抗礼。当然，也正由于姚氏的恶行和残忍，才逼得胡深宙东躲西藏、上告无门。更为可笑的是，当故事里的人上人变成落魄无依的人下人时，胡深宙竟然还回过头来，搭上阶梯，扶人一把，帮助这个走投无路的仇人之女摆脱困境。真叫人生无常，大肠包小肠！

所有这些，实在让胡深宙感到有些无奈。他苦恼，这个世界太窄、太小，未能给他一点游离的天地。哪怕让他伸伸腰、打打哈欠的空间，全不给他，他深感憋屈。他不时对人讲：我已经被这个世界挤压得喘不过气来了。这些年来，类似这样的事情，总让他的灵魂在良知和利益之间挣扎。记得还在律师事务所的时候，那些追杀过他的“江湖捕快”被公安机关抓捕归案后，他们背后的亲人竟然三番五次跑来请胡深宙帮忙解救，跪求胡深宙为“落魄捕快”打官司，帮助他们逃脱罪责，洗白“江湖通缉令”附加给他们的身份。这一切，一次次让他心堵不快，痛苦不堪，灵魂不安，受尽心理折磨。这些年来，他排遣这些糟糕心情的唯一办法，就是哇啦哇啦地捧读佛经，寄托精神，转移注意力。佛教上的功课，让胡深宙进入物我两忘之境。他对杨伯告说：我一念起《心经》《楞严经》《大悲咒》

这些功课，心里就好受许多，自己也不知道是怎么回事，反正一念起来，就好比变成了一头温顺的牛，被人牵着鼻子，心甘情愿走在一个又一个迁徙的牧场。晃晃悠悠，一直走到天边的青草地，把寂寞和忧伤赶到了天上，好舒畅！杨伯告说：“你呀，不是犟牛一条，就是入魔了。我看呀，有了执念，入了境界，你老兄现在还真不如退职出来，做你喜欢的事啊！”那随笑天也说：“茫茫宇宙，就连太阳都做不到让每个人喜欢。你说它温暖，我说它刺眼。学会安放自己的灵魂，才能让生活有期待和快乐。”赵尔丰也讲：“用改变治愈外界给自己带来的疲惫，用一种生活治愈另一种生活，这样也蛮好。我支持你，别让等待成为遗憾！”那胡深宙听到合伙人有这些认知，便理直气壮到大西山普渡寺行云住持那里“做客”。他跟行云住持探讨摆渡归航、灵魂救赎、前缘今证等话题，用以平复烦躁的心，让修行得以升华。心理上最难熬的这一年，胡深宙就用这些方式，排解郁闷，一次次就像掏出胸内捂得死死的棉团一样，别样地轻松！那天，行云住持问他：“佛教修行的最高境界都说是无我，你看呢？”胡深宙说：“回师父，我的理解是：‘我’都没了，就无法落实‘无我’。一个人，即使化为灰烬，也是‘有我’的存在。我在想，至少在‘有我’还有一口气的时候，就得有个交代。有把握、能确认有人把‘我’的灰烬给解决掉，这就让我有了最大的心安。灰烬最好的去处，是给植物做养料。最担心落入众生的眼睛，因为众生的眼睛容不得半点沙子！”行云大师说：“呀呀呀，你这已经是高境界了，几句话能看出你修行的功夫，要长留于心。因为‘有我’的存在，一定要修出大慈悲心，看众生都苦，发愿要普度众生。看隐形的病苦、暗藏的恐慌，都须站出来担当！”胡深宙说：“你是我的榜样！”行云说：“佛家人，休再说俗家话！”胡深宙跪下磕头。也就是这一次，胡深宙离开普渡寺时，总是一步三回头，回望那殿的楹联，让他大开眼界。这是新挂的楹联，说透“贪婪”二字，让他发了好一阵呆，其曰：

由贪入贫皆因一点所误刀口舔血，

从婪到焚却为非分之想火中取栗。

他说，这左右一对照，此联虽说不工，却也是绝对，如棒大喝，震耳发聩。而半山腰上的“回望亭”，却是拼凑了两句古诗，想来也很有意趣：

回看城阙路，望岁心空切。

镜头再次回到救星保险代理公司会客室。此时，空气不再凝重。姚二妹正在安静地倾听。胡深宙给出的方案，简洁明快。他说：“哎呀，我看你的精神状态，让我有些担惊受怕。不过啊，你别嫌我话多，你这种情况也让我再次体会到，保险就是‘应急救援’啊：一是救心，二是救急。救心，是通过理赔抚平精神创伤，是灵魂救赎；救急，是避免‘拉闸限电’，是财产补救。我们做保险的，如果把两者兼着来做，这就把保险做到了极致。在这里，我把保险这层纸戳破了，是想让你做好‘失望’的思想准备。不理解我的一番话，你会更加痛苦。眼下，办好你的这事儿，说难也难，说易也易。法定条件就是权益保障。没有任何捷径可走。如果你的儿子，我说的是你那个登记表上的贝贝，假若他与陈大善有血缘关系，有基因比对，至少贝贝的这部分权益能够得到保障。从条件上看，你得首先拿着陈大善的死亡证明、火化证明、注销户口证明这三样东西，到我们公司来，我会想办法变更投保人。如果能够成功变更关系，这个'坑'再深，也都会跳过去，一盘死棋也就走活了，你们的权益也必将全部得到保障。你的手续但愿能走到这一步。我也为你祈祷，但愿通过相关证明，使一系列保险合同不存在非法、无效等方面的瑕疵，否则，谁也不敢违规办理。骗保，那是要进监狱的。我曾经是律师，这你也知道。这件事，你得跟陆娣商量，或者跟陈大善的儿子陈夫可沟通，求得他们的理解和支持！"胡深宙为姚二妹具体指路，争取尽可能在法律法规范围内解决问题。胡深宙讲出这一通话，恨死自己了——因为很多受害人，特别是那些惨遭姚氏兄弟种种伤害的人，早就希望面前这个女人在这个世界上消失，哪怕让她的生活遭再多的罪，都是便宜了她！

"明白了。谢谢了！"姚二妹告辞。

三证在手，这对姚二妹是一种奢望。她不具备合法资格。

公安战备任务往往就是政治任务。姚二妹打探得知，陈夫可办完父亲丧事刚过头七，滨江公安不知为何就进入了一级战备状态。任务清单靠接单，接了单就是责任清单。街面巡逻人手紧张，陈夫可领上执勤装备，就直接充到街面执勤行列。陈大善的死亡证明、火化证明、注销户口证明，全是靠他母亲陆娣一手办完。陪伴她后半生的，也就是这三张纸了。这些文书的最大意义，除了宣布陈大善在人间消失，也证明他在人间存在过。姚二妹只有跟陈大善生前的合法妻子陆娣交涉并征得同意，才能拿到这三张能解开她跟儿子保单“死结”的证明。有了这三张证明，陈大善也才能“站出来”为姚二妹举证。这谈何容易，在常人看来，想要直接从陆娣手上拿到那三个证明，相当于在老虎嘴里掏肉，完全是送死之着，是撩蜂吃螫之举！

姚二妹怎有陆娣的电话。陈大善不管是在人生风光岁月，还是在政治命运挣扎时期，他最担心身边女人搞鬼。他处处设防，生怕穿帮露馅。女人到头都会捍卫自己的利益，若把陆娣频繁变号的电话告诉给姚二妹，那等于作茧自缚、自取其祸。眼下，姚二妹只能拿着同陈大善相关“生活证据”，在陆娣的生活住地蹲守，以期能够跟陆娣接触上。她坚信，一定会在陆娣平时过往小路上遇到她。姚二妹无数次侦查过那个可能“偶遇”的环境。她觉得最理想的“偶遇”，就是在林荫下或者廊亭边。这些地方隐蔽，有谈话沟通环境。她认为，只要是幽静之地，就不会给彼此留下大吵大闹、情绪激动的空间。她执着地每日蹲在那一路段，风雨无阻，执着守望。一生就这一回，丢人也就这一回。事后，把自己还给自己，把别人还给别人。让花成花，让树成树。互不相扰，也就了啦！

这个世界就是这样，用绳当锯子也能把木头锯断。那天，姚二妹通过守株待兔式的蹲守，真的就“守”到了陆娣。

陆娣早有感应，一抬眼，便见姚二妹款款而来。姚二妹那姿态，早已少了往日的风骚。她化了淡妆，打扮也得体，显得端庄精致，不是那种能够招蜂惹蝶的浓妆艳抹。陆娣惊疑，这姚家女子咋会玩变脸的把戏呀。夜叉反串贤良，不是在演戏，就是做道场。陆娣心里也立时活动开了——骑白马的不一定是王子，很可能是唐僧；带翅膀的不一定是天使，很可能是鸟人。正是如此，戏剧情节的发展并不是姚二妹所安排的那种闲庭信步的遇见。生活之戏原本没有写好的脚本，而陆娣也不是她想象中的那样容易入戏。

哪能料到，陆娣遇到姚二妹就像撞上魔鬼似的，惶恐无比，撒腿奔逃起来，生怕躲之不及。那姚二妹也只好跑步跟上，将其紧紧缠住。经过一段上坡下坎，廊道小桥，陆娣体力显然比不过姚二妹。她甩不掉姚二妹，就绕着林子跑。姚二妹干脆抄捷径追，不离不弃，步步紧随，生怕陆娣像泥鳅一样滑掉。早在姚二妹闯灵堂时，姚二妹的形象在陆娣心中就被炸成烂泥，而今见了她，觉得烂泥已经散发出腐臭味，让陆娣一阵恶心。

就在左躲右闪中，陆娣幡然醒悟："跑个鸟啊，我怕她什么？她就一个小三，整日偷偷摸摸地生活，阳光下面的人还怕阴暗角落的鬼，她还能吃了我不成？"陆娣蓦地转身，做了个"立定"动作，迎身站在姚二妹的面前。那姚二妹被陆娣这一后转，吓了一大跳，差点鼻尖撞上鼻尖。她只好后退几步。陆娣开始摆起架势，叉起腰来，对姚二妹发起了一阵咆哮："你这个寡廉鲜耻、狗彘不如、卑鄙下贱、死不要脸的东西，这般追着我，到底想要干啥？"

陆娣的炮问，犹如衔冰吐雹。

姚二妹面对辱骂，笑嘻嘻地，她反倒觉得这是一种值得庆幸的接触方式，要是碰不见陆娣，才叫希望破灭。她甚至想，陆娣就是搜尽天下所有恶臭的骂词，装进屎盆子里扣在我的头上，我也绝不在意。你骂痛快了，心里舒畅了，我的目的也就达到了。对话的气氛也就有了。骂人风吹过，隐忍不遭祸。总之，我姚二妹就是受尽天下奇辱，哪有获得一条生路重要呀！只因这场景来得太突然、骂得太激烈，不是姚二妹想象中的那种氛围，准备了满腹的话被清空了，就连称呼都口吃起来，语无伦次地说："我，我不知该咋叫你——叫大姐？叫阿姨？对，过去叫你阿姨？还是叫你阿姨吧！"

姚二妹的慌张让陆娣一声"住嘴"打断，她不容姚二妹说下去，"叫什么都不适合从你嘴里叫出来！"陆娣用颤动的手狠狠指着姚二妹，"你离我远点！"

陆娣语塞，似乎再难找到骂词。姚二妹这时以屈为伸，扑通一声跪在她的面前，近乎哀求地讲道："阿姨，阿姨，你大人有大量，我只为我的孩子求你一件事：请把陈市长的'三证'借我用一用。陈市长为这孩子买了保险，没有他的'三证'，所有的保单将成为废单。如果那些单子全废了，我们母子生活就真的没有着落了。天凉了，瓜州棚区的日子不好过，若是连柴火都没有，就是死路一条，我们只能跳鸭溪河！"

陆娣心想，连滚滚长江水都淹不死的姚二妹，鸭溪河竟然还是死路一条，谁信？

"什么三证？"陆娣问。

"就是死亡证明、火化证明、注销户口证明。"

"你还想要什么？有了这些证明，是不是还可以证明你们是合法夫妻？荒唐，扯淡，欺侮老娘！我告诉你，你的这计、这套、这坑，玩鬼魅伎俩、卑劣手段，在别人身上可以得逞，在我这里只会失效！”

姚二妹一番悲悯之态，遭到陆娣嗤之以鼻。陆娣再次叉上腰，扬着头，眼光晶晶发亮。她要逗留一会儿，继续看一看这姚二妹能在自己的肚子里掏出多长、多花的肠子。陆娣摆摆下巴，示意姚二妹说下去。天真的姚二妹真的往下说了，她这样讲道：“阿姨，我的处境你都看到了，也容不得再瞒什么。我只想告诉你，在我这里，至少留存了二十类基因样本，足够证明我的孩子亲生父亲就是陈大善。这些证据，尽管白色的已经变黄，红色的已经变黑，但在今天的科技条件下，哪怕只残留一丁点，也能满足成百上千次的检测需求！我这样做，都是被逼的。因为我上过当，受过骗。你说我寡廉鲜耻也好，狗彘不如也罢，我都认了，我都接受了。但你要说我这是算计、是套路、是挖坑，我一个潦倒女子，无退路，哪有那么多的想法，哪有那么多的算计。我无非是在那样的堂子里寻求享受、贪图安逸，不过如此。谁知，享受了的、贪图到的，都是幻觉。梦醒了才知道，只有灵魂在天上的人，才会摔成重伤。眼下，我没有更多的奢望，只是想通过我的努力，让我付得起孩子的奶粉钱，这便是老天给了我一条出路。能有这样的结局，我也就谢天谢地了。我的愿望，也就这样简单！”接着，姚二妹打开肩上的行囊，拿出陈大善用过的瑞士手表、朱砂手串、翡翠玉佩，最后还掏出六支玻璃试管。陆娣一见，知道她要干什么，撇了撇嘴，从鼻孔里哼了一声，讲道：“别再摆弄了，就这些，你最多算得上是‘青楼收藏家’。可惜啊，妓女都讲职业道德，你的这些收藏，比妓女还恶心！”陆娣扭头从姚二妹身边一脚跨了过去，留下一阵清脆的脚步声。姚二妹这才看清，那陆娣一袭深色水洗牛仔衣，下半身也是搭配的牛仔裤，很是酷炫。当然，这些年来活得很糟糕、很失意的陆娣，也只有在此时此刻，在姚二妹的面前才有一种胜利感。而姚二妹只能跪在那里，半天爬不起来。她无助、失望、悲愤。她对陆娣此举愣起神来，转而悲号起来，苦水涟涟。姚二妹使尽力气从地上爬起来，怆然离开了那条自己精心选择的林荫道。路逢窄道，难有立身行道。她真正懂得了，要想在陆娣面前讨得一线生存的转机，等于是与虎谋皮。

次日上午八点半，上班高峰，人车混杂。

姚二妹出现在滨江市公安局大门口。也许失去了季节，再鲜嫩的萝卜也会淡出人们的记忆。没有印象也就没有关注，没有关注便是陌路。更重要的是，今天警察的时间金贵得连上厕所都在跑步，哪有工夫在意过往行人有什么心事。姚二妹不是一般的过往行人，她在大门口辨认着进出车辆和行人呢！眼睛里有几多冷淡、严厉，目光中闪动着扫描的功能。

突然，姚二妹认出了一个人，急忙上前拦住，问道："请问，你是北京来的张领导？"这个女人一眼就认出了张广友。张广友一看，像是被电击一般后退了几步。一阵诧异之后，不禁语塞起来："你……你……你不是姚二妹吗？你咋在这里呀？"生过孩子的姚二妹有了当妈的味道，略有浮肿的脸上生了蝴蝶斑，两个眼袋也若隐若现。虽说这些都是青春不再的标记，但风姿绰约的美人坯子还在、轮廓也有，只不过无心抓住这点尾巴而已。她站在那里，眼巴巴望着张广友。那张广友也瞅着她，一下子有了许多旧事的联想。姚二妹啊，就是这个姚二妹，是悬壶楼茶客们喝茶时不可多得的“茶点”。老茶客们拿着她的事儿，和着手中的瓜子，慢慢嗑着、品着，添盐加醋地演绎着，显得多么有滋有味。要是哪一天不谈论她，嘴里头痒痒地，心里面也是想想地。正是她的那些事儿，调动着茶客们的味蕾，看到喝茶的意义。但是，姚二妹要是真的出现在茶庄大厅，我敢断定，能认出这个女人，算你眼力神奇。时过境迁，审美隔代，姚二妹“早已不入时人眼”。此时，张广友能认出她来，多亏当初有一面之交，否则，真的成了路人。那一面之交，是在封存姚氏资产的晚上。姚二妹必须到现场指认她的用品。当时灯光很亮，张广友对姚二妹看得特清楚。她很配合，回答问询的话简洁、肯定，是一个精致的小女人，给张广友留下的印象并不坏。就在姚二妹消失的那段时间里，张广友还组织了一批民辅警，沿江寻了上百里路程，直到天亮。烟波浩渺的江面，隐见浪卷雪涛，偶闻雷吼空谷。生不见人，死不见尸，张广友这一干人只得打道回府。

张广友问姚二妹：“你有什么事吗？”

“我找陈天歌。”

“我们这儿哪来的陈天歌？”

“那我找陈夫可！”

张广友不由得一怔：这下完了，什么都瞒不过姚二妹。看来，陈夫可又摊上事了。那姚二妹极有可能是来找陈夫可麻烦的。陈夫可年轻时，没有情，只有欲。现在虽说成熟了，但成熟得太过分了：只有情，断了欲。也正是他今日的极端人生，让人忘记了他糟糕的过去。张广友给他打电话，希望他到公安局门口来见一个人，并建议他冷静处理，讲究策略，记着一句话：能忍耻者安，能忍辱者存。陈夫可正在大街上巡逻，听了张广友一席话，狐疑起来，这人会是谁呢？陈夫可骑着摩托车，一路放着响屁赶来了。一看是姚二妹，眉头就拧了起来，淡淡说了一句："哦，是你！"姚二妹当场支走了张广友。她说要单独跟陈夫可商量事情，请张广友回避一下。姚二妹两手抱在胸前，那神态、那架势，矜持之风、傲慢之气，多得快要溢出来，跟见到陆娣完全就是两张面孔。她把陈夫可上下打量了一番，眼睛一下子亮了起来。姚二妹最擅长口吐莲花，说："新鲜，奇迹，罕见！缁衣捕头，有点吓人！"然后拿腔作调起来："你进了什么熔炉，把你炼成了这副模样啊！"姚二妹用巴掌拍了拍自己的脸："我不会是梦吧！"又拍了一下，说，"我像是醒了，不像是梦。但我相信，而且坚定地相信你拥有这一身警服，不知费了多少周折。看来很不容易啊！但你也应当知道，我跟我儿子的生活，也不容易。既然大家都不容易，你们何苦要为难我这个弱女子呢？"陈夫可已经摸不着头脑了，不知这姚二妹后面要带出哪些"不容易"，自己又怎么"为难"了她？陈夫可说："你想怎么样？"姚二妹说："我能怎么样？不过呀，你也是知道的，许多人在我这里失去了一切，你还这么年轻，我希望你不要在我这里也丢掉了大好前程。如果是这样，那就很惨了，不划算！我只是有一件事想要告诉你，就在昨天，我无论怎么低三下四、尊严丧尽地央求你的母亲大人陆娣，我当年的这位干妈，可就是感动不了她，得不到她的同情，得不到她的怜悯。当年，我喊一声‘干妈’，她还要给赏呢！”接着，姚二妹说明跪求的事由，并提出了要借用那三张证明的恳求，并保证用完就还，决不食言。陈夫可说：“哦，原来是这样。我知道了，请把你的地址给我，我让人送过去，用完你得马上送回！但我也有一个条件——希望从今以后，不要再来干扰，包括干扰我的母亲！”姚二妹打了一个拱手，表示以江湖的名义信守承诺。

姚二妹转身走了。

姚二妹拿到“三证”后，就去找胡深宙。那胡深宙原本想到她能拿到“三证”，定然会有心理关、受辱关、名誉关。每一关都很扎心，觉得这事没啥希望。哪想，这么快就送来了。他真的有些怀疑人生，急急忙忙找来紫光灯，对那“三证”反复辨认，是真凭实据，没有疑点。胡深宙为此夸张地对人说，这世上事，可以难倒英雄汉，却难不倒那个倒霉的姚二妹！胡深宙当即起草文案，将投保人更改为姚二妹本人，并按照相关规定报上级机构批准。胡深宙说：尊重死者意愿，就是看重“死者为大”，中国传统文化，最得罪不起的，就是死者。要知道，许多潜规则，并不都是千夫所指的坏规则。那些明文没有规定的但又被广泛认同、实际发挥作用的，都是好规则。这纪律、那规定，能息事宁人的就是最好的纪律规定。正是这样，保险公司更改投保人的审核事项，全是一路绿灯，顺利通过，这就是潜规则的力量。

血缘关系也是一种法律关系，它的存在不仅是事实存在，更是人性存在。违背人性，就是兽性。

姚二妹获得了保险权益，终于跨过一个大坑，复活了一盘死棋，她被感动得要抽风。接下来，姚二妹的做法是“退保”。胡深宙通过帮助姚二妹退保，帮这落魄女子赢得了生活转机。但是，这番潜规则的运作也只是解决了姚二妹的燃眉之急。岁月深处的赶鸭人说，生活就像身边的鸭溪河，上河有水才叫鸭溪河，上河无水就叫“河欺鸭”。上河有源头活水，有造血功能，姚二妹缺的就是这样的水。

姚二妹有了钱，但她不知道钱会生钱，更不知道钱跟人一样，是有生命的。有钱人，因为理财，变得更加有钱。你不理财，财不理你。姚二妹坐吃山空，财不理她她怪财，人不理她她怪人。知道她的，也就见怪不怪了。很快，她又在拮据的生活困境中挣扎着！

姚二妹把退保的钱花光后，又卖过几次首饰。不久后，再也找不出任何细软了，生活再次出现箪瓢屡空。她走到哪里都得带着贝贝。这让她很愁苦和无助。她最大的生活包袱，就是贝贝，孩子现在嗷嗷待哺，得有奶粉钱。她的最大期待仍旧是让孩子活下去，同她一道慢慢熬大成人。同时，她也觉得是贝贝给她带来了困境、束缚了她的自由。这个世上，再深厚、再浓烈的舐犊之情，如果用宁可饿死也永不分离来表达，这未免也太残忍。姚二妹不愿意做这种残忍的事。假如贝贝能够过得更好，她宁可与孩子分离。正是基于这种理智的决定，她想到了儿童福利院。她在手机上一搜索，在滨江“统一抚养，养教结合”的儿童福利院，就有三家：紫藤花在城西，前身是外国教会办的育婴堂，早些年主要接收战争、瘟疫、地震中无人抚养的孤儿和残疾儿童；蔷薇花在城北，原是社会慈善救济机构办的育婴院，主要接纳流浪儿童、智障儿童；太阳帽在城东，属于政府主导下的社会慈善机构，国家投入力量最大，主要接纳弃婴和身体健康的流浪儿童。这三家儿童福利院，无论哪家至少可以做到每日有热汤热饭热被窝，让小生命得以存续。流浪儿童有家，这个社会就少了很多眼泪。

这天，姚二妹把自己装扮一番，大墨镜、大口罩、长风衣，她把自己捂得严严实实，抱着贝贝就出门了。走过一段古城墙，到了紫藤花，她见到教堂般的大院门口有一片紫藤的浮雕，一群天使栖息在藤花下，西洋味十足，旁边张贴着工作人员的照片。姚二妹见到照片便收住了脚步，上下左右扫了几眼，便将那上面的人物看了个遍。她疑惑，这紫藤花院里怎么有她的同学二翠和二莲呀，翠、莲二女在里面供职算什么身份呢？她弄不懂。读大学时，她们又嫩又疯。二翠、二莲再加上姚二妹，人们便统称她们是“一堆二货”。二翠有个男朋友叫东东，不帅气却很有人气。二翠嘴皮痒，见人就拉人气，显摆她有东东。这一拉，就拉出了许多仇恨。还是单身，正愁找不到目标的姚二妹，早就咽不下这仇、吞不进这恨。仇恨入心咬碎牙，恨不得用钢叉把二翠和东东从中叉开，然后自己投怀送抱，据为己有。更为恶心的是，姚二妹神秘认真地对东东说，二翠是石女，给她做手术的是二把刀。二翠遭遇二把刀，哪有好事，下面全是横七竖八的刀痕。啥叫石女？东东也认了真，网上一搜，啥都明白了，二翠很快就靠边站了。而这时的姚二妹无论对东东发起怎样的攻势，甚至用了央求“验身”这一招，东东只能摇头，送给她一句话：“脏水泼了别人的身，污了自己的脸！”

再说二莲。最惨的就是二莲。她原本是姚二妹同室好友。一对闺蜜，别样温润。都说，就算全世界的男人抛弃你了，还有闺蜜来拥抱你。真要如此，那也算铁姐妹，无可指摘。二莲是学印度舞的，她的肚皮功夫比姚二妹强，是大家公认的肚皮颤抖之神。姚二妹说：“你这‘抖神’的肚皮，要是长在我的身上，我会神乎其神！”二莲说：“要是长在你身上，神是神，那可能是传说中的衰神。上半身是兽，下半身是人。都说你太寒碜人，你反说自己是俏佳人！”姚二妹哪吃得这一套，心生嫉恨，但谁又能躲得过她的用兵之计？姚氏家族得商战真传，传的就是“鬼谷子”。老掉牙的三十六计，几千年了，只要她一设局，还是有人栽坑中计。下半身是陷阱，那是美人计。别急，姚二妹玩了一出苦肉计。她谎称，丢了一把王嫱用过的梳头篦子，二莲成了直接怀疑对象。姚二妹这就开始用计了——借刀杀人，重金收买肖卒和甘元二生做“推手”，设置掩体，事先隐蔽埋伏；调虎离山，将二莲骗到一个窨井边，假装寻找篦子；贼喊捉贼，高喊“快来救人”，让自己清白不惹冤魂；金蝉脱壳，离开现场，小手一挥，说声“抖神拜拜”。姚二妹如此这般收拾了“抖神”，觉得自己用兵如神。一路下来，这些事似乎与她无关。两名井边“推手”睡到半夜，谁料肖卒发了疯癫。甘元觉得是冤魂所追附了身，就拉着疯癫的肖卒一路东倒西歪滚打着到了井边。又上演了一出暗度陈仓之戏，让二莲“借尸还魂”，回到学校吓唬姚二妹。那姚二妹早就能辨各类诈相，一番确认，验明就是二莲肉身，这才做着假痴不癫的样子，甘愿受罚。遭到暗算的二莲也没想得太多，拿了“封口费”就挥别了十多年。这就是读大学时的姚二妹。姚二妹不让有人超越她，这成了她一生的悲哀。想到这两个同学过去的事，姚二妹压了压偌大的口罩，只能仓皇逃掉。接着，姚二妹走过一段商业街，又向蔷薇花走去，这家儿童福利院的大门口有几株百年蔷薇，这种植物的枝丫能互相黏合，适合造型，高高的蔷薇通过造型形成了一个气势不凡的门洞。门洞下面，有一块服务栏。跟紫藤花最大的区别是，贴到里面的人物全是放大了的彩照。更重要的是它的旁边，还有滚动视频，展示他们的风采。姚二妹又一眼认出了几个在他家当过班的棒棒军和大刀队成员。其中两个，让她刻骨铭心。那个后脑勺亮出一片雪白肉块的，诨名叫二杆子，是哥字辈的。排队点名时，棍主叫一声“十七哥”，他会瞬间跨前一步，应上一声“到”。棒棒军是不允许蓄发的。他偏不，还扎了个辫子。结果，跟棍主过招时，那辫子被棍主一把扭住，像拔萝卜似的给连根拔掉了。十七哥疼得在地上直打滚。姚二妹清楚地记得，她幼时就在这人的背上把他当驴骑。腿一跨上去，那“驴”就会给你来一段“响喘”。那功夫，那形态，传神而奇妙。表演“响喘驴”不易，要气鸣粗壮，响鼻连贯，四肢动作要前仰后合。整个过程中，口角上还要呼呼啦啦飞出一串带黏液的泡沫，让人觉得像喘中的驴子不堪重负。后来得知，十七哥嘴上挂的是肥皂泡，早在一个小瓶子里兑好了的。他趁人不备，就吸上一口嘟噜着喘出来。作假的十七哥让姚二妹心里非常不爽。她说这头“驴”不如死了的好。生活是记忆，但拨过萝卜的地方就不光是记忆，姚二妹一眼看出了那块疤痕。还有，这边站哨的那位，脸上也有一道隐隐斑痕，他的诨名叫刀把子，弟字辈中的“十八弟”，是玩刀的。大刀队中，他算是个人才，能叫“刀把子”的就不是一般的人可以压住的。他挥刀如闪电，最大的功夫是能隐身于刀影之中，任何人不知他藏在哪片寒光之中。谁要是靠近，就等于靠近了刀锋。他的对手不多，那刀王早就说要跟他比武，但从未说过确切的日子，一直到被公安一网打尽、全部擒获，都没有比武成。记得有一天，他让二妹拉过钩的“大朋友”十二弟去陪练，当假设敌。姚二妹观阵，结果十八弟把姚二妹这位“拉钩朋友”给砍伤了。这还了得，二妹当场大哭起来。十八弟扮出最逗人的大猩猩怪相，可就是哄不住她。他担心有人告状，就跪求二妹：“二妹呀，二妹，你咋罚我才能收住呢？”二妹说：“以血还血，除非我在你脸上……对，就这个地方，划上一道！”二妹用指头比了一下，说：“你不是‘刀把子’吗，就刀把那样长！”十八弟一下子苦水洗脸，死劲请饶：“二妹，我还没找媳妇啊，饶了我，行不？”姚二妹说：“不行！你咋能靠一张脸去骗一个媳妇回来？你这不恶心呀。你要是有这种想法，更不行。”十八弟眼一转，呼呼两下就将上衣一脱，说：“划我的背脊，行吗？那上面肉多！”二妹生气了，一跺脚：“不行，不行，就不行，必须划脸上！”那“刀把子”功夫再好也无用，什么样的刀在这丫头片子面前都会卷刃，拗不过就只好乖乖把脸送过去，惨兮兮地说了一句：“二妹，可怜一下我，别动手太重了哈！”就这样，幼小的姚二妹用弯刀在十八弟的脸上留下了刀把子那样长的记号。那道疤痕至今还在，一眼就可认出。看到有这两个人在蔷薇花公干，那姚二妹心里就“咚咚咚”地擂起大鼓。咋搞的哟，运气不好，四处碰到冤家。她百思不得其解，那帮棒棒军、大刀队，两支队伍不是被公安给灭掉了吗？怎么这些人不去蹲大牢却来蔷薇花下守大门呀？难道是政府对他们宽大处理了？姚二妹呆在那里，慢悠悠地摇起了头，摇着摇着，一下又觉得不能老在这里摇头。是非之地，会摇出问题来的，要是被这两个“家丁”认出，那将会是一场灾难。于是，姚二妹选择逃掉，一直逃到不能彼此辨认为止。

很多年以后，这事才悄悄揭开一点玄机，让悬壶楼那些老茶客们在摆龙门阵时，更加来劲儿了。他们说：“山羊见了老虎皮，望而生畏；二妹见了仇敌照，扭头就跑。”那茶庄老板哈哈大笑，指着那堆人，只重复两个字：经典！经典！滨江三家儿童福利院，有两家令姚二妹不敢靠近。这世界就这么怪呀，它总是一而再、再而三地挤压一个落魄女人的空间，这到底是为什么呀？接下来，只剩太阳帽一家了。

自身没有阳光，只愿借得一缕。姚二妹期待这里没乌云，让她探见一丝光明。她在大街上漫无目的张望着，觉得这人世间属于她的东西并不多。走着走着，她真的有些慌神了，失望的情绪开始浮在脸上。这时，贝贝开始喊饿，闭上眼睛哭闹，怕是真的饿了，姚二妹又是给糖、又是塞果的，先将小家伙哄入睡梦，这便稳稳地来到太阳帽儿童福利院。

这个儿童福利院大门的正上方，有一个硕大的“楼狗标识”——非常夸张的太阳帽。它的震撼之处，就是你看着它，心再冷也会被捂热，身再弱也会变刚强。它的魅力就在这里。

姚二妹好奇地站在门口，望着那让人心里发烫的图案，发起呆，入了神。她自己也没想到，望着那楼狗发呆入神，给车来人往的大街会带来什么！反正后来人们得出一个结论，一旦有人在一个地方驻足发呆入神，最容易营造一个“看”的磁场。你要是一边看还一边指指点点，那“场”就会不断扩大，一人的目光很快就会变成众目所向。不多会儿，这姚二妹身边就围了一大群人来，全都望着太阳帽发呆入神。那些跟着“看”的人也在琢磨，这太阳帽到底是什么意思。旁边一个牵着孩子的老爷爷说：“这个楼狗好，是个爱心符号，里面有童话故事——养了儿童的眼，暖了儿童的心！”姚二妹也觉得好，说：“我说这个太阳帽啊，怕还不光是符号，应是失养儿童的安全帽。要是进到这里面都不安全，那就要摘领导的乌纱帽。谁能说清，这太阳帽下面的小朋友，哪天也能戴上一顶乌纱帽呢！”大家望了一眼姚二妹，觉得这个女人说话有内涵，不像是个普通人。姚二妹悄悄离开那个由她创造的“磁场”，就听到身后刚刚加入“场”中的人在问：“你们看什么呀，红帽子咋了？”磁场还在不断扩大。街道两头喇叭不断，交通果然瘫痪了。三个交警急忙跑来疏通。见这场景，姚二妹隐隐发笑。也只有在这时，她心里好受一点。接下来，她看了看红帽子儿童福利院制作的展板，很有视觉冲击力，她满心喜欢。再看看里面的工作人员，阳光，青春。还有钢琴伴奏的儿歌，从欧式窗户里飘出来，让人觉得这里有文化氛围。更令她兴奋的是，这里当班的工作人员统一戴着一顶红帽子，穿着清爽的制服。姚二妹顿时觉得这里侍弄这些小家伙的人很专业，太阳帽里面的人有想法。对这里一处又一处的好感，让姚二妹有了托孤的冲动。只见她把贝贝往门口一放，自己一溜烟跑了，躲得远远地。

姚二妹就在街对面电线杆后面蹲守着、观察着，就像一个背靠大树的垂钓者守着一泓碧水。终于，她见到红帽子工作人员出来了，真的抱走了贝贝，进了红帽子大门，姚二妹才放心离开，结束“垂钓”。太阳帽儿童福利院的监控，录下了姚二妹“托孤”的全部过程。但当民政部门请求公安机关找到这个遗弃孩子的女人时，怎么也辨认不出这个女人的面貌特征来，一时成为悬案。

姚二妹送走贝贝，心绪难宁，日夜牵挂。鸭溪河连续涨了三次大水，那些成年的鸭子，早已冲到了下游人家。这一切，姚二妹已不再关注。她想得最复杂、最惶惶不安的事情，就是胸前怎么多了漂浮不定的气浪。这气浪像一只隐形的手，推搡着她东倒西歪，坐立不安。这时，有了雷声，来了闪电，似要霹断树枝，抹掉万物，这分明是世界末日之兆。姚二妹提心吊胆，恐惧害怕，紧张担心。她几天来一次月经，来不及清洁，连裤腿都是潮潮的，生理全紊乱了。虽说她整日焦虑，胸闷，心慌，气短，出汗，无力，但鸭溪河没有这样一些症状，这河依然奔流不息，哗哗有声。姚二妹夜里就在这声响中进入梦乡。梦中的流水淌过街面，卷走了小商小贩。朔风凛冽，阴雨晦冥。她见到贝贝成了一个流浪儿，酷肖三毛模样。这小子钻进一个面包房偷了店家一块面包，正要填往嘴里时，抬眼一望，高大威猛的店主鲁鳌海就在他的跟前。不由分说，那鲁鳌海用一根手指钩着贝贝的衣领，就像秤杆钩上的物品吊着，使劲往外一摔，取下一条围裙叠成绳状拼命抽打。鲁鳌海实在太胖，没几下就喘起粗气，也趁着这口气还在，将贝贝拉进一个充满腥味、油污的厨房里。这个厨房的墙上，挂着几十把大刀，整整齐齐，一溜儿排列着，有主厨刀、切菜刀、剔骨刀、剥皮刀，以及铁板铲、比萨铲之类的其他厨具。整个厨房寒光闪闪、杀气逼人。这孩子就要在这里面接受审讯。特别让人恐怖的是，身边还有一口正在炸酥肉的大油锅。那沸腾的油，翻来滚去，哔哔直响。锅里正咕嘟咕嘟地蒸腾着黄色的油气。面目狰狞的鲁鳌海发话了："不老实就进油锅，老实就只斩手指，你选择！"贝贝吓傻了，不挣扎，也不哭闹。鲁鳌海又问："是哪根手指干的？"贝贝望着翻滚的油锅，他既不愿下油锅，也不愿斩手指，权衡之后，半天才说出一句话："是这根，还有这根！"店家行动麻利，拉着贝贝，直接将手往那砧板上一摁，用主厨刀像切一根青葱似的，没有一点声响就去了两根犯罪的手指。那贝贝的"啊啊"两声惨叫，惊醒了姚二妹，觉得窗外有动静，是两只野猫在那里嚎叫，她把"康师父"砸了出去。

这一夜，姚二妹再难安稳，开了灯，直愣愣瞅着天花板，睁着眼熬到天亮。次日，她去了趟太阳帽。门口保安误以为她是里面的工作人员，就让其大摇大摆走进院区。大红帽有着热烈、温馨的外观，可里面却像一片坟地。姚二妹睃着院区所有房间，没发现贝贝。在一个教室，见到一群小孩拿着画夹，正在那里画鸡描鸭的。孩子们的表情也不如外面幼儿园小朋友灵气，他们显得有些呆滞。听到窗外有脚步声，一个个全都转过头来，痴痴望着来人。他们的眼睛，向你传来一种幽怨和无助。姚二妹逐一瞅了个遍，发现这里都是大孩子，并无两岁多的奶娃。见此情形，她坦然了许多。她问一个工作人员："问一下老师，你这里的孩子还可以领养吗？需要怎样办理呀？"那人说："我虽然不是这里负责的，但我整天守着这些娃娃。"她指着那些小朋友说："这些娃娃，一些情况我也不瞒你，省得又后悔退回来。你看看他们，都像是正常的孩子，其实呀，他们大多有这样或那样的残疾。他们是人家选剩了的。健康的，早就被领走了！你问要啥条件，还要啥条件呀？如今二胎都放开了，以后还有三胎、四胎。这院里的孩子，怕是无人领养了，只能政府担着，哪还有啥指望！"姚二妹没有深问下去。不过，按照这个工作人员的说法，她的贝贝已被好心人领走了，毕竟他至少没有残疾。走出红帽子大门，姚二妹回望大门，面对那个硕大的"楼狗"，双手合十，口中念道：阿弥陀佛！

从此，姚二妹开始吃斋念佛。她想用一种惩戒方式洗刷自己的罪孽，救赎那颗被糟蹋过的灵魂。她不时到大西山普渡寺寻求灵魂的安稳。普渡寺，对于喜欢朝圣的姚二妹来说并不陌生。她的影子出现在这里可以追溯很远。像神秘官员铁盖王、公安局原局长李平这样的人物都带她去过，之后又是陈大善带她来过这里。为啥选择这里？大多都因"灵验"二字。信众们说，太子山大神庙的开示，大西山普渡寺的渡人，各有各的神力。姚二妹来这里，最近的一次，大概是在五个月前的事了。那天，姚二妹送走自己的骨肉后，跑到大西山普渡寺找老住持行云大师，说自己做了许多错事，心里很痛苦，很不安稳，有些后怕，睡不好觉。行云大师的开示，讲的都是普遍真理。任何普遍真理都是放之四海而皆准的。行云大师年老体弱，每日都要送瘟神，他一声“阿弥陀佛”之后，告诉姚二妹：“缘聚缘散，离合当两便。多少旧仇成宿怨，萧然尘外无欠。悠悠晨钟撞心，沉沉暮鼓托意。有情胜似无情，相见不如不见。”那姚二妹能记得这几句话，那是她在跪问大师时偷偷录下的，更重要的是，后面那句话令她刻骨铭心：“相见不如不相见。”

从那以后，每逢初一、十五，姚二妹都会到大西山普渡寺为她的儿子祈祷平安。

这天一大早，她来到普渡寺，咣咣咣的钟声响过，上百名僧众开始做早课。姚二妹在外站定，她看到那领诵佛经的住持换了一人，这人神情沉稳、专注投入、物我两无，所念经书节奏明快、清新有力。这一切已不是老住持行云大师的那种穿越般的诵念了。姚二妹仔细打量，这新住持面相何等熟悉，五官轮廓分明，似在哪里见过。想着想着，心里一热，一下子张口结舌、呆若木鸡起来：“那不是救星保险代理公司老板胡深宙吗？他咋出家了呀？”胡深宙是姚二妹终身不可忘怀的大恩人，就连这样的好人也看破了万丈红尘？当初要是没有他的帮助，那燃眉之急就无人可解。既然有缘，她无论如何也要在恩人面前一拜。她站在大殿门柱一侧，静静等候早课结束。哪想，这早课时间延长了，内容也丰富起来，足有一个多小时。楞严咒、大悲咒、十小咒、心经、赞佛偈、弥陀圣号、普贤十愿、三皈依、善女天咒、韦陀赞，一项不会缺少。看来，这胡深宙就是当个和尚，也要当个执行力强的和尚，绝不当个冒牌和尚。

时间到，经入心，早课也就结束了。

大殿光头攒动，僧众纷纷走出殿门。脚下那片锃亮的青石板上发出嚓嚓有韵的声响，无人交头接耳，更无闲言赘语。那气氛，岂止肃穆二字能够概括。住持迈出高高的木质大门槛，姚二妹上前拦住就问：“请问，请问师父就是胡深宙吗？”那住持见一女子在面前问话，便挥手示意快快让道。这住持没能停步，心无旁骛，视而不见，只顾往前走路。“师父，师父……胡老板！”姚二妹不断喊叫着，那住持担心她乱喊下去，就转身双手合十：“阿弥陀佛，你认错人了！”“不，你就是胡深宙，是胡老板。你那样成功，咋来到这了啊？”住持说：“打住，再乱喊，把你轰出去。我送女施主一句话，往后要自食其力，走南闯北守好道。六道是轮回，也是人生。道，是一种道理，也是方法。你只管记住！”姚二妹哪懂什么道，一阵茫然。那住持说完这些，目不斜视，拂袖而过。

没有小会，哪来大会。悬壶楼老茶客的认知，总是带着季节性。马上就要开两会了，一位老茶客说：全国两会就是从小会开上来的，是从下面叠加到北京人民大会堂的，滨江这的两会算是叠加的中间层，备受当地关注。也就是这年，当地佛教界参会代表有了不少新面孔，他们齐聚滨江市人大礼堂。公安局副局长梁剑作为市级人大代表，却是以一副老面孔参加会议。党政军民学，均用各自的衣饰表达身份。老代表行使权力，新代表补了缺席；老代表带新代表，传递着履职“接力棒”。悬壶楼的老茶客们这就有话说了，一位茶客似乎破译了这会的密码。他说："在滨江，小人物参会是做大圈子，大人物参会准是吊吊嗓子，都称自己是人民的好儿子！"

会议中途休息时，梁剑迎面碰到大西山普渡寺的代表永林和尚。站定，相视。梁剑一阵惊愕，他睁着大眼，吞吞吐吐起来："永林。你……你……你……你不是胡深宙吗？换马甲，不，感觉袈裟一穿，红尘已关——你咋换身份了呀？你曾经说：'意外无处不在，保险就在身边。'我的天哪，没想到关心生老病死的保险老板，如此这般就遁入空门了！"永林住持说："阿弥陀佛，悠悠百姓事，哪事做得完，只求佛祖保佑——世间人做好世间事、做事世间好、做世间好事，阿弥陀佛！"

梁剑越听越糊涂，直言道："我说大师，你绕啥呀，你见了我也念经呀，反反复复'好事事好'的，啥子意思嘛？"

原来，普渡寺行云大师已在四个月前圆寂。普渡寺是一座子孙寺，佛教上叫子孙丛林，住持皆由上一任住持任命。现在的佛教寺院多半是子孙丛林，现任住持都是前任住持的弟子，相因相袭，大多还是一脉相承。早在十多年前，胡深宙就开始研究佛学、译解成唯实论、研习教义，拜在行云大师门下。因一心向佛，五年前离婚了，受了"具足戒"。行云大师圆寂前就写下任命书，明确由他接任住持。

眼下，永林虽已接任住持，但还需佛教协会和民政局双重审核。相关机构的领导说，胡深宙的佛学造诣深，是一位能够服众的好住持，现在只是走程序。

梁剑局长想起往事，不禁感慨万分。他说："法师啊，当年你的一群马蜂竟然让'江湖通缉令'成为一张废纸。你的那番作为，惊世骇俗，给我的印象太深了，我太佩服你了！”

“哎呀，你也是一样的啊！那些年的案子，竟然不让你插手。设卡，埋套，挖坑，好没道理呀！碍于那时的生态环境，你不好抓，我也不好活。佛教也是惩恶扬善，文殊菩萨法器就是剑，那不是摆设。佛也杀过人，杀一个人，救了五百人。杀人与度人，都在一念之间。我搞的‘马蜂复仇’一出，不光是因为我走投无路、忍不下去解了气，也为那么多的喊冤人解了恨，我的做法不一定高尚，但做总比不做强！”永林住持说。

“我记得，你不仅养过马蜂，还到夜总会打过工、做过家政、当过律师、卖过保险，但我总觉得你大部分时间不是在上访，就是在上访的路上。事在折腾你，你也在折腾事！‘大接访’期间，我亲自接待过你们的上访。要不是因为接访，我还真不认识你这个大师呢！我还记得你们四人害怕别人报复，就把信件署名为‘四海为家’。你是‘四海为家’的‘黄海’，而且是一片描绘在天空上的海！”

“你这么大的领导，竟然还记得这些事，好像几十年来都在跟拍我的纪实片。纠正一下，黄海指的是我的那些飞在天上的小动物。它可以遮天蔽日，是我心中的一片天。你登高才可能观看云海、云涛，我就是躺在那里，心灵天空中也有一片黄海，这就足矣！”

“听说，你们都相信前缘，今生是前世安排好了的，包括此时此刻啊！”

“阿弥陀佛！以后千万不要提，忘了吧，度尽劫波，其实都在辗转奔波。凡尘琐事，都是烟云渺事。一场虚空，其实就是五蕴皆空，佛祖早就为我们说透了一切！”

“我再问一个问题：你为什么出家了呀？是不是卖保险遇到不顺心的事了呀？来到这个清静之地后，大师是不是很有收获啊？”

“阿弥陀佛！也只有你可以这样直接问我这些问题。我也只好做第一次，也是最后一次回答。以后再不会给任何人讲了。要说缘由，说来话长。人间经历疫情，给老百姓的健康带来那么多的病痛。为了苍生，普渡寺行云大师，整天领着僧众诵经祈愿，肉身不支，圆寂在法坛上。此举令我深受感动。这位大师对我早有任命，这是一份信任。更重要的是，我有这样三条因由不得不来……”

永林住持把梁剑副局长拉到一个凉亭里坐下后，说：“第一，我的保险已经做得不错了，能做到这种水平也算是奇迹。但这项业务有很多弊端，最根本的问题是解决不了老百姓‘生老病死’的焦虑，这让我很痛苦！其实，老百姓更需要精神层面的东西，富贵也好，贫穷也罢，只要有了‘精神圣宴’，便没了饥饿感。即使顿顿野菜粗糠，也会胜过钟鸣鼎食。我认为，在这方面，佛教能够达成这种境界，烹饪出老百姓想要的‘圣宴’。第二，我一心向佛，向的全是老百姓，向的全是社会期待，老百姓才是佛。这不是标榜自己境界有多高，其实我就是这样想的。我们服务于百姓‘生老病死’，这是老百姓追求美好生活的一个补充。老百姓只有把心灵安放好了，才能充分体现幸福感。我除了给老婆、女儿留下半生所需费用，所有储蓄全部捐给了普渡寺。家人幸福，我也如愿了，这也很圆满了！

第三，信众需要我，寺院需要我。行云大师一任命，僧众无异议，这让我有了精神归属。我的工作也不复杂，主要有三个：一是说法。也就是为僧众讲解佛法，解惑释疑。我有行云大师的开示，全面研修佛学，出版有佛学界广为认同的专著。承蒙僧众对我的抬爱，我的‘说法’很受欢迎。二是安众。也就是令僧众安于修炼，自觉为苍生祈愿。这方面，我会引领。三是维修。寺院一石一木，都承载着文化，加持着佛教精神。要守得住、袭得了。佛教文化是中华文化的一部分，能给老百姓带来精神寄托、心灵慰藉。在住持这个位子上，大家信我、服我、敬我，但更多的旁观者在看着我。你知道他们在看我什么吗？看我是不是真的爱国爱教，这才是根本的东西。我到寺院第一天，就把国旗竖在寺院大门口，所有僧众第一次仰望国旗，眼泪都掉下来了。那面旗帜，寄托着我们最真挚的情感！”

梁剑说：“永林大师，我算是服了，我看到了一位佛教带头人的博大胸怀、精神境界！”梁剑突然对永林肩上的行头有了兴趣，“噫！我有些好奇呀，可不可以问一下，你身上这褡裢里，装的到底都是些啥宝贝呀？”

永林师父说：“我的徒弟名册，老百姓‘生老病死’的需求。褡裢里装的，其实都是佛心。这个世界上，老百姓心安了，这世界就太平了。我这个吃斋念佛的人，也就功德圆满了！”

“哎呀，一个济世褡裢！”梁剑夸赞道。

“过奖了，我不过就是普渡寺第四十三代传人！”

滨江军分区司令梁戈和政委廖方明同是滨江两会的军方代表。梁戈在很远的地方看到梁剑在跟一个和尚说话，大步流星地走了过来，一路带着爽朗笑声，一凑近梁剑就说：“哎呀，我说兄弟，你咋还认识‘红袍大师’呀，他可了不得哟！”梁剑说：“你哪里知道，你当兵在外，这永林大师还是蓄发小徒时，我们就有交往！怎么样？我看这春天都写在了司令员的脸上，看来今天一定有啥想法？”梁戈说：“想法当然有。”梁戈跨前一步，来了个仰天抱酒坛的夸张动作。这动作是军中最英雄的喝酒姿势。出征酒、庆功酒，不同的壮怀激烈，一样的豪情万丈。梁戈说：“会也结束了，又到周末，咱们明天出征。这出征酒，就在今晚！再有就是梁缨从西宁调回来后，还没聚过呢。干脆来个大团聚，就在我家园子。地方大，闹得开，好不好？永林大师也一并请到我家赏光！”永林师父双手合十，说：“阿弥陀佛，我有斋饭。这里的会议结束了，佛教的会才开始啊。”梁戈说：“好哇，好哇，切莫误了正事。那我就不请你了。”梁戈话锋一转：“不过，请了你也麻烦，我们想吃点啥，都得看你的脸色，不便呀！”听到这话，那永林师父嘴里不知在叽叽咕咕念叨什么，再道声“阿弥陀佛”，移步离开了。身边人来人往，人声嘈杂，有代表过来跟梁剑打招呼的，也有军人跑来向梁戈行军礼的，这就是会后该有的场景。那氛围，当过代表的都经历过。

就在这时，陈妙来不知道从哪里蹦了出来。她将警服一脱，脂粉气倍增。她“哎”了一声，说：“刚才我什么都听见了，有酒有肉，我得把我爸叫上！”

梁剑心一喜，眼一亮，啪的一个响掌：“太好啦，这就齐了。”转而又疑惑起来，“哎，别忙，别忙，你们咋回来了？”

立于一旁的梁靖江说："我们在执行任务。"

"哦，是这样。天下警察是一家，一家警察知天下，你也让我知道是啥任务呀！"

"啥任务？什么样的任务也不能往家带呀！"

"懂了。白问了！"

陈妙来转身就去给她老爸陈令壮打电话。

陈令壮正在太子山上干活，听到挂在树枝上的衣兜里在唱歌，"浪奔，浪流，万里滔滔江水永不休"。他赶紧拖着锄头到了地埂上，掏出手机，身子靠着一棵树，就那样歪着说起话来。他说："请我做客？咋不请阿查主任啊！我告诉你，阿查不来，我就没空！"陈妙来说："这是家庭聚会！"陈令壮将锄头一扔，说："家庭聚会咋啦？这辈子，就不能拿阿查当外人！"陈妙来很为难，转身跑去请示梁戈："难办啦，我爸成犟老头了。他说今晚聚会，阿查主任不来他就不来！"没等梁戈表态，梁剑插了进来，抢过话头，说："梁戈，我的大哥，你可能不知道阿查是何方神圣，他是广宁公安局政治部主任。忒远忒远地，几百里呀，又不通高铁，送他一双金翅膀也飞不来！"陈妙来说："他就在滨江，在天使宾馆里，我们这趟任务就是他带队。"梁戈一乐："哎呀，这太好啦，请他，请他，搞快！别让一群天使把他给腐蚀了！"梁剑说："哪能呢，这人我了解，他有一副金刚不坏之身！"

第六章　炼心之棋

自从滨江有了高楼，滨江解放纪念馆就不再高了。过去，人们对它的心理高度，远远超过了它的现实高度。而现在，四周楼房林立，现实高度早就压趴了曾经所有的心理高度。岁月老了，那纪念馆就是高耸入云，又咋样？再高也很难入得了时人眼啊！说它不入时人眼，支持这个谬论的一大重要依据，就是在滨江这个地方解放后出生的人，大多不懂得啥叫解放。而参与解放的解放军，总想把解放的内涵让子女真正懂起来。要懂得起，你就得参加解放军。那梁大山要求三个子女全都参军，成为扛枪的接班人。梁戈如愿进了军校，成了职业军人，这无可置疑是该懂得“解放”的了。梁剑服了三年役，退伍回来考进警校，毕业后考到了半军事化的公安机关，这还是可以敷衍一下世人自诩懂得“解放”的。梁缨过继给战友李铁炮了。她觉得，“解放”是上辈人的血本，是她这一代的课本，是纪念馆里的标本。而要是记不住“李铁炮”，那才叫忘本！李铁炮何许人？李铁炮，原名李二蛋。他的那个连，叫铁二连。铁二连连长叫李铁锤。四战四平，来回打，打得很苦，都说“李铁锤下面有个李二蛋，打出的炮弹是土蛋，帮助敌人收回了金圆券”。李铁锤气得一拳砸向炮弹箱。虎口震裂，流了血。他把李二蛋叫来，令李二蛋必须认领“李铁炮”这个响当当的名字。李铁锤叫着这个名字，列队点了几回名。从此，“铁二连”多了一个李铁炮。被人嘲讽的李二蛋成为远去的硝烟。再打四平，李铁炮打出的炮弹果然全部命中目标。那李铁炮也因此成了炮神，比给他改名的李铁锤提升得还快，成了副团长。李铁炮对家人并不铁，给所有战友都留下了疼爱孩子的印象。他对这过继来的下一代梁缨要求很简单，就是叫她到纪念馆守住他们一枪一炮打来的“战利品”就可以了，要是去与那些男孩子们拼高下，只能拼得眼泪水长流。梁缨虽说跟穿制服无缘，但跟“解放”这个词相关。她调了三个地方工作，都是解放纪念馆。她到了哪里，对馆藏品都是一口清。更重要的是，她不光记得清，还懂。她那一圈子人没一个能像她懂得“解放”的。

梁靖江拉着陈妙来进了滨江解放纪念馆。“姑姑，我们是来接你的呢？”梁靖江立于梁缨面前，真的就像个小学生。梁缨问：“哎，也不介绍一下，这位是谁呀？”梁靖江说：“战友，我广宁的战友陈妙来！”梁缨说：“哦，时间还早，那你们想不想听这馆里的故事呀？”陈妙来悄悄拉了一把梁靖江的袖子，说：“想啊，阿姨我们就是想听。”

梁缨拿着激光笔，光点在一个玻璃柜里来回晃动：“你们看看这儿，这是上辈人给我们的遗产。我的父亲，也就是靖江的爷爷梁大山，他身上的这六块弹片，我们原以为都是瓦弄战役留下的，其实不全是。我们通过鉴定，瓦弄那一仗，只有两块。而在广宁剿匪，肯定是两块。山里土匪大多用的是散弹，就是钢珠打碎了的那种，很好鉴别。还有两块，是朝鲜的，这也是没有异议的，它是美军给他留下的‘礼物’，因为弹片相应物质含量的密度、纯度不一样。就这些东西，在你们爷爷的身体里待了几十年，成为身体的一部分，无法动手术，一到冬天就折磨他。你爷爷走的时候，反复讲，没啥财产留下来，身上的弹片就权当遗产了，它比任何遗产都值钱，都珍贵，可受用几代人呢！还说，共产党人的胸膛，要挡得了子弹，捂得热民心啊！”

“天哪，还有这样的‘遗产’，第一次见到！”陈妙来眼里蓄着泪。她强忍着，久久不肯掉下。

“它让我无数次感动！但今天见到六块片凑在一起，还是第一回。”梁靖江眼里也潮湿了。

“遗产保管条件受限，市委书记秦天定一锤定音：那几块弹片不能作为子女的遗产，它是我们这个民族的遗产，它是我们共产党人的遗产。有他这几句话，分给大家的六块弹片又在这里相会了！”

“再看看这边。你们都是警察了，这是警察英雄尹爱武的父亲吴杰承留下的口琴、军帽——这位英雄到死也没有见到他父亲在战场上给他留下的这两样东西。这遗憾让我们这一代人，怎么也无法去弥补。吴杰承牺牲前，要我父亲无论如何也要把这两样东西交给他的后人。我们动员家人，动员朋友，怎么也找不到他的后人。最后，那个踏破铁鞋都找不着的吴家后人，竟然姓尹，竟然就在我们身边。好多事啊，总是擦肩而过，当正式确认是尹爱武时，尹爱武牺牲了。上面这幅油画，不知道获过多少大奖。看看，破旧的军装，脸上还有硝烟的父亲，很阳刚哦！他抱着拿着口琴的儿子，眼里的幸福感，想掩都掩不住呐，那帽子不戴在头上，却要别在腰上，有创意啊。下面这行文字，真叫意味深长：让爱不再遗憾！”

“这也是第一次见！可以拍照片吗？”梁靖江说。

“可以！但不能发表，有版权的。再往下看，这是我的养父李铁炮使用过的小炮。靠着这炮，炸了久攻不下的大红楼，为后继部队打开了冲锋的道路……”

两个年轻人震撼了。梁靖江把姑姑送上车。陈妙来跟了过来，体贴地关上车门。梁靖江进了驾驶室，打开了音乐盒。一曲《格桑拉》，外加一曲《索玛花》，刚好放完，便到了滨江军分区门口。陈妙来首次把目光投向部队，她既新奇，又疑惑。这部队大门怎么修成了长城模样呀？她突然醒悟过来——都说人民军队是钢铁长城，肯定就该给大家一个长城形象，雄伟壮观。它是一个城市符号，更是一道风景，游人只能远远地拍照，禁止靠近。陈妙来并不清楚，那长城体现的是中华民族的精神。这军分区大门两边是七十年依旧、任何楹联无可替代的八个大红字。仔细一瞧，那字狂放得如骤雨疾风，不差分毫地镶嵌在两边光洁明亮的花岗石上。也只有它，才神气十足，扬我国威。它的上方虽然也是花岗石，却是长城青砖那种仿古色调，有重量，有质量。以这些仿古石砖为主，像积木那样，堆砌出了上面的烽火台、瞭望口、射口等长城应有的防御和攻击设施。

一个阳光灿烂的日子，司令梁戈颇有兴致地上了楼顶。他竟然看见了太子山那块飞来石在日照下的剪影，酷似棋子。梁司令深情说了一句：“啊，看见了，上天的弃子！”

大门口，有两个士兵胸前挂着冲锋枪，在岗哨位置挺立站着。一位姓吴的参谋在门口来回踱步，不停张望着什么。等人。当他确认梁靖江车牌号时，便跑步上前挥手，要求停下。然后自己钻进车，示意减速，往前开。吴参谋提示梁靖江，“任何车辆进了滨江军分区大院，时速都得控制在二十公里以内。就是在这院里正在当家的梁戈司令、廖方明政委，也得严格遵守这规定。”吴参谋说，“规定就是军令。军令如山。司令、政委的司机同样也不敢超速。不服军令，随时把你撂倒！”车内人隐隐发笑。大院别致，那陈妙来想起在电视里见过天安门阅兵时的方阵，整齐划一，可得劲儿了！可这大院里的树木、草坪、花坛，怎么也像方阵呢！即使一个普通人，只要款款步入，也会获得一种阅兵时说不出的将军般的自豪和荣耀！左边地板上，是棋盘道，那棋子摆放的图案，一眼便知这棋才刚刚谋局，战斗尚未打响。谋势在先，谋子于后。它应了“善弈者，谋势；不善弈者，谋子”的古语。吴参谋说：“我陪梁司令上过云雾缭绕的棋盘山，听说那上面的棋子，五百年才动一颗，一下子就大彻大悟起来，他说：看来上天手中的棋子，不是用来下的，而是拿来炼心的。军机如棋，得炼心。要炼镇定自若、炼谋而后动、炼不骄不躁等。一着不慎，全盘皆输。不炼心，你就难以在指挥这个层面闯关晋级，你就难以做一个合格军事指挥员，你就别想到瞬息万变的战场上博弈。你看，炼心好重要呀！”梁缨说：“看来梁戈渐入佳境。下棋嘛，落子无悔。不炼心，就丢子！”吴参谋说：“秦客弈棋抛已久，楞严禅髓更无过。”梁缨说：“军中才俊啊，下一句该是‘万般如幻希先觉，一丈临山且奈何’！这么说来，你们都是下棋人？”吴参谋说：“你这话让我有点眩晕！我是学棋人，这不假，但弈秋不会看好我这个‘门外之徒’！”大院右边，是三十六计雕塑。一计一雕，配有文字。让人驻足下来，自然会求索一番，很容易走到战争中去，透视历史烟云，思考现实对手，你会学到很多军事知识。再往里走，两边都是训练场，右边是大操场。它的中间是足球场，紧挨足球场的，便是一排现代网球场，你会在很远的地方就能听到网拍击球的回声，也能感受到运动员在橡胶地上摩擦出的脚步声。而在左边是四百米障碍场地。陈妙来觉得这里有点眩目，因为一溜过去的那些造型，实在有些复杂。有双杠、单杠、窗靶口、浪木、悬轮、悬梯，甚至还有渡海登岛的训练器材。虽然陈妙来根本叫不出这些训练器械的名称，但她的大脑早已插上了想象的翅膀。军人“经营”的就是战争。这里最热闹的时候，很可能就是主权争端的沸点到了。她觉得很有必要找个机会向梁司令探问一个究竟，这里的操练到底是不是与电视里讲的那些形势有必然联系。她还见到，有军人在列队喊口号，反复列队，反复喊着。她心里泛起疑惑：老是这般重复，能打仗吗？军人为一个细节接受如此重复操练，他们不烦吗？陈妙来参加了三个月培训，其实都是岗位培训，她还没有真正领教啥叫军训呢。她要是参加了真正意义上的军训，她也得这样反复为一个动作细抠。一个周期下来，没几个不脱几层皮的。大院正中，有挥手的伟人塑像。身后是十大元帅铜像。这个她真的看懂了，这些人物之所以几十年还耸立于此，那是因为这是精神遗产，这是军魂。

汽车绕了一大圈，进了一个绿树掩映的小院门口。这时，见到那院子里已有不少客人，东一堆、西一群，叽叽咕咕说着闲话。梁靖江把车窗放下来。大门口上车的那个吴参谋首先跳下车来，动作麻利地到后门俯身打开车门，让客人下车。那动作像极了电视里的一些镜头。这时，就听见梁司令在那里一本正经地讲："我给大家说清楚哈，今晚跟军分区食堂没任何关系。梁某人自己掏钱，叫了两个外卖小哥，几个店来回跑，就跑了这些卤制品，还有大家喜欢的汤汤水水。他们还得继续跑，大家耐心等一等。"梁司令看到梁靖江开的车已经停在院子门口，客人都下车了，就说："哦，不等了，两个小家伙把幺姑都给接来了。大家先坐起，都进去坐起！"这时，听到里屋调桌安椅、设摆酒馔的声响传出，灯光也特别明亮起来，开酒瓶的声音刚过，那酒香味便开始四处飘散。梁司令这时东瞧瞧、西看看，总觉得少了一个人。他抓耳挠腮，再次确认，又来回点数，一看阿查主任由梁剑陪着正坐在外面石桌前说话，梁戈一拍脑门：哎，对了，是陈妙来的父亲陈令壮还没到。便跑去跟梁剑商量："陈妙来父亲这个电话，该由你来打，这也算一种姿态嘛！"梁剑说："我打了呀，他要把他圈养的那些小动物伺候完了，才搭公交车过来，你看看这事！"梁戈不高兴了，"我说梁剑啊，梁剑，你这人做事不够朋友，叫个车接他不就得了！"陈妙来听见父亲就要迟到了，就直接说："不等他了，开席吧。也不接他了，我喊个网约车就行！"梁戈说："还是年轻人有办法。不过，不等他也不行。一定要等到他。他入了席，咱们才好动筷子。我这一辈子呀，有说有做。不怕说不周，就怕做不周。做不周，必然有人来查纠！”就这样，为了做得周，那梁司令又领着大家进了一个偌大的古色古香的茶室。这个地方是他军校同学围炉煮茶的所在，取名“品茶论剑”。梁司令神神秘秘地在一个柜子里倒腾，又蹲下来，朝那里面摸搜，好半天取出一罐珍藏的古树白茶“竹林风”来。罐子里装的这种茶，有球状的，叫“龙珠”；也有铜钱大小饼状的，叫“古树”，很别致。梁司令拿出它时，能听见他嘴里生津的细微声音，显得极为舍不得的样子。他的这番表演，让你觉得这“竹林风”不是一般的风味，是仙茗般珍贵，值得一品。

梁司令小心翼翼地、十分珍重地剥开一粒龙珠，反复端详着，来客见之，很快产生“泡上一珠，别无他求”的味觉期待。他说：“这古树白茶，是一个朋友经年累月在云南一个高山上给守出来的。他守什么呀？守住环保、守住根系、守住品质，最终还守住了它的味道，你说它珍贵不珍贵？你看看，表面圆润饱满，待会儿泡出来一看，你会发现条索清晰，香气纯爽，汤色清澈澄黄，滋味甘甜。大家有口福，虽说在这样一个小小的茶室里，可喝的却是天地精华、金风玉露呢！”阿查主任撇了撇嘴，说：“我说司令呀，说什么天地精华、金风玉露呀，此物有什么稀奇的，我们广宁漫山遍野多得很。”他开起了玩笑：“不过呀，一个司令员，不研究沙盘，却着迷这些，我们心里有些不踏实啊！从危难中走出来的民族，有着切肤之痛。现在，国人对国家安全期待超过了以往任何时候。千里之遥的海上局势，早已让我们那里的牧民都争论不休了。而你，一个司令员，却在这里研究‘竹林风’。敌人一上岸，就是‘龙卷风’。到了那时，我看你如何‘抖威风’呀！”梁戈说：“哎呀，上纲上线，你真是政治部主任，我得好好给你解释：我不喝茶，就无法熬夜；熬不了夜，那沙盘就无法摆下去。喝茶喝得有滋有味，沙盘也才会摆得有板有眼。走，你要是不说我不务正业，我还不好意思给大家炫耀。那边就是沙盘。这也不是什么军事机密，可以公开的！”阿查哈哈一笑：“看看，司令较起真来了。请将不如激将。我不这么一‘激’，今天就开不了眼界。”原来梁戈也在正规部队待过，参加过两次边境作战。仗打胜了，心却打痛了。梁戈身边牺牲了十多名战友。硝烟散去，两场战争被写进教科书。梁戈最喜欢研究各类军事教科书。但他看了这两场战争的教科书，一些地方写得让他有些不舒服。他觉得作为军事指挥员，一群战士把生命交给你，你就不能把它当成路边不起眼的牛粪。他坚持在沙盘上反复推演，这才有了大量军事论文在相当级别的军事刊物发表。梁戈的大部分业余时间都是在沙盘前度过的。

这些客人围过来，看了沙盘，一阵唏嘘，大开眼界。陈妙来也凑过来说：“这海那海的局势，要是也这么用心研究就对了！”梁戈说：“说起这，那我就不给你们说下去了。送你两句互不相干的诗：等闲识得东风面，直挂云帆济沧海！”梁缨说：“可惜了，要是在战争年代，你可能就是一名出色的儒将——拿笔立言传世，拿枪横扫千军！”梁戈说：“这里不是你们解放纪念馆，我也不需要讲解员！”梁缨抿嘴一笑：“谦虚了，低调了，老实了！”说话间，陈令壮已到小院外。梁司令大步流星跑到门口，他见到陈令壮个小、单薄，两手伸出时，只能哈着腰，握住这个好半天都舍不得伸出来的庄稼人的手。梁戈说：“正等你呢！”陈令壮说：“不好意思，实在抱歉！”梁戈说：“抱啥歉，周末嘛，都闲着呢！”陈令壮的手迟迟不肯松开，说：“这会儿，我握住你的手，我感到奇怪，你一个军人，咋也长着茧呀？你是不是也要干活呀？”梁戈说：“差不多吧，你拿锄把、我拿枪，抓的都是硬邦邦，都是干活啊！”这话引得一阵笑声，都说这梁司令没架子，太风趣，接地气。梁剑说：“军装一脱，啥话都说。一双臭脚，无可救药！”大家还是一阵笑。梁剑又问：“哎，嫂子和兮兮呢？”梁戈说：“梅朵朵去了梁兮兮的学校，明天回来。她俩有约定，每季度要搞一次会晤，互相排忧解难。好多东西，一时半会儿难以排解，也就搁在那里了！”

说笑间，在场十多人开始朝那圆桌移步。谁先谁后，都在相互客气推让着。进了餐厅，大家就瞅那桌上，全靠外卖小哥的功劳，肴馔满桌，蒸腾起热气来。梁司令员首先进入自己惯常坐的那个席位，选紧要的人物坐在自己的两边。然后指点大家要坐的位置，尽快归位入席。他这一番利落的手势，跟在指挥部安排圆桌会议似的。很快进入饭局场景。桌席前有好多客人，既陌生，又熟悉。大多平时只是听说过，未能谋面。刚才，只听梁司令一个人在那里显摆自己的白茶，炫耀自己的沙盘，还未顾到大家是否相识，只得让大家把“幸会、荣幸、仰慕、敬慕”这些初次见面时的客气话，放在即将举杯的桌上了。大家坐下来，经梁司令一一介绍，果然，有不少客人口中全是“幸会”之类的词儿。梁司令响亮明快地介绍完毕。阿查主任将眼光往桌前扫了一圈，除了认识梁剑、陈妙来、梁靖江、陈令壮之外，一眼就认出了梁缨，他惊呼：“阿缨，果然是你。天哪，你这是逆生长呀！害得我不敢张嘴跟你打招呼！”梁缨说：“主任，刚才我也怕喊错了，光线太暗了，对不起啊！”梁戈两边望了望，说：“哎，闹了半天，你们认识呀？那我就不再介绍了。哦，对了，你们应该认识，都在广宁嘛，咋可能不认识呢！”梁剑说：“都在广宁不一定就必然认识！你问问梁靖江，他回滨江前认不认识阿查主任？”梁靖江摇头：“真不认识！”梁剑说：“你看看。他们还一个单位的呢。告诉你，是这回出差才认识的。我说啊，阿查认识梁缨，这背后肯定有啥情况！”梁戈不屑一顾：“你那一套，爱把自己绕进去，神经敏感，啥都想追问一番！”梁剑说：“还叫敏感？我早就神经麻痹了，色香味功能障碍。我告诉你，我揪住的这个问题看似老问题，拿到今天来说，我觉得这个问题却是大问题、新问题，仔细想来还是一个复杂问题，应当请阿查主任给我们澄清这个问题！”阿查说：“你讲的问题当然没问题！”大家听得一串“问题”，就放声大笑。梁戈做了个安静、暂停的手势。他一直在琢磨，今天的饭局总得有个像模像样的开局。不搞噱头，但也得有个漂亮的开头。他对梁缨说：“静一静，给大家讲一下，很多年前，我们家梁缨就被誉为收录历史的‘数码相机’。今天，我们就验证她一回。今天，我说的是今天，到底是个什么日子呀？”那梁缨早就知道他会有这么一出，站起来就说：“今天是三月十四日。三点一四，圆周率，无限但不循环，一个具有永恒意义的日子。历史上的今天，释迦牟尼在娑罗双树间涅槃，圆寂前叮嘱弟子：‘以法为师。’还说，‘无论你遇见谁，他都是你生命中该出现的人，绝非偶然，他一定会教会你一些什么。’历史上的今天，被誉为‘宇宙之王’的霍金，他的灵魂开始了永远的宇宙之航。同样，还是在很多年前的今天，一位老人，将体内六块弹片作为遗物，对他的三个子女交代完后事，就撒手走了！”听到这，现场一片静默。梁戈“哦呀”了一声，高声叫道：“拿碗来，给我满三碗酒，我敬他们！”一碗，又一碗，第三碗。梁戈说：“我们敬了圣人、敬了伟人、敬了科学奇人、敬了已故老人，接下来，我提三杯酒！这第一杯——”如此别开生面的酒局，只能出现在这样的家庭。

几圈下来，大家各自拿出临时编的一套又一套理由举杯相邀，将酒局掀起一个又一个高潮。都说“酱香不醉人”，那是你收录错了的味觉记忆。果真如此，味蕾不识浓度高，浓斟杯盏，桌前都是天骄。阿查主任跑去将那空酒瓶拿来辨认一番，突然张开大嘴，哇了一声说：“果然是仰天香酱！”这酒醅后待在山洞里也要若干年，贮存过程需要修心之人务必“多看少动”，才能有此陈润而柔软的酱香。“我的天呀，‘仰天香酱，天宴时尚，来时啥样，走时啥样’。”他说，“这样喝下去咋办呀，啥时才能整到位呀？越喝越清醒，喝不醉人得一直喝啊！”尽管梁司令拿着酒杯在与人讲解为何喝酒要一口品而不能一口闷，但阿查“这酒整不到位”的话还是进入他的耳朵，听清了对面阿查都说了些啥。梁戈便晃动酒杯，伸出手指，朝阿查上下指点，一字一顿地说：“当然得一直喝，喝了才讲你的‘问题’，必须接住刚才的话，你得说下去！否则，你枉来滨江一回！”说到这，他更加来了兴致，站了起来，按住酒杯，提高嗓门，仰着脖子说：“哎哎哎，你们不能忘了，刚才阿查主任的‘问题’还没下文，这原本就是‘问题’，大家听不听他说的问题呀？”梁司令员用眼光扫视大家，一副严肃庄重的口气。那眼光，那神态，分明就是逼着大家表态。除了年轻一点的，可以说桌前全是“场景食客”。场景之应，随口就来，他们齐声作答：“听听听！”那声音清脆响亮，整齐划一。如果是一个营、一个团呼着它，它必将排山倒海、声震四野。这就是有军人的饭局，它随时给人一种力量。场景之应让陈妙来看得目瞪口呆。军人要干的事情，既突然、又自然，既昂然、又毅然。一切都是那样油然又井然。

阿查自称越喝越清醒，说实在的，他真的没醉。说说他讲的问题，也是满足大家一种好奇而已。他说：“梁司令再次发话，我就说了。我说‘没问题’，那是因为都是些历史遗留问题。很远了，我在基层的时候……”有人插话了：“基层喝酒更疯，那时你跟梁缨喝过酒哇？”阿查说：“不，不光是喝过酒，还吵过架！”又有人插话了：“看来是不打不成交哦！”阿查说：“打了也难成交，她那时好生了得！”梁缨见他真的要说了，也放下筷子，干脆把结果说了：“那时候，我恨不得多咬他几口！”这话一下子唤起阿查久远的记忆，使他更加兴奋起来。他将袖子使劲往上捋。捋歪了脖子，也捋歪了嘴，还在那里使劲儿。好半天咬着牙，亮出了胳膊。这才一本正经说道：“快，各位把眼光都聚聚焦，看过来。我都快捋不住了……”梁靖江起身上前帮他捋着，一眼见到，肩头皮肤上的那个东西，像个纽扣印。阿查说："看呀，不知道的还以为是枚贴在上面的纽扣，但谁又能否认，它是一种消除不了的罪证！是梁缨送给我的终身纪念。"

其实，阿查讲给大家的是当年种的牛痘疫苗，也就是一种天花疫苗。那个坑再深，再像纽扣，也是注射疫苗后的痕迹。当年的中国人要是没这个坑，你必然会满脸长坑，会得天花，留下满脸的麻子，非常可怖。留这坑，是那个年代每个人的必然选择。但这坑，如果真的是梁缨用嘴留下的铁证，那你得仔细辨认疤痂子是否是牙印形状。特别是它是否符合梁缨牙齿上下咬合的情形，否则就是栽赃嫁祸，就是陷人以罪，就是伪证清白。在医院皮肤科工作过的梁玉凑上来，一副专家做派，拿腔捏调地说："嗯，要我看，不像牙印，这个坑倒像是烫灼形成的——这应当是医美研究的范畴，皮肤烫灼留下的痕迹，一般有几种：一是定点状，二是发散状……，这有点像定点状嘛！就这个位置，也不值得整形整容呀！"大家越听越有兴趣。

梁剑则大发感叹："哎，你直说呀，不就是火烧的嘛！哦呀，这妹子功夫可了得！我们怎么没早一点发现呀，梁缨分明是刀光剑影中的吐火女侠嘛，她应当行走江湖才对！"大家又是一阵哈哈大笑。

笑归笑，你要是把时间再往前推，你就知道为啥梁缨遇到困难，必须把嘴里尖锐的武器拿出来，用于冲锋陷阵、绝不口软，拼命展示它的锋芒。前面介绍过梁缨的养父李铁炮，这位老革命是剿匪斗争胜利后留下的"镇守常备军"的军代表。这李铁炮与梁大山、吴杰承曾是一个战壕里的战友，一同参加了解放广宁的战役。李铁炮唯一的儿子叫李朴侠。一场瘟疫中，李铁炮的父母、老婆未能挣脱瘟神的手走掉了，留下这个儿子成了“吃百家饭”的孤儿。解放了，天亮了。广宁解放的游行队伍还没有散去，鞭炮声还在回响，那李铁炮就托人将这个宝贝儿子接来了，像命根子一样护着。他们自己也没闹清楚，广宁解放得并不彻底，天亮了又黑了下来，各地土匪兴起暴动。紧接着，谣言四起，说“李宗仁、白崇禧从云南打进来了”，“戴五星的要走，戴三星的要来”。五星代表解放军，三星暗指国民党。一伙反动分子纠集土匪组织起了“西南反共救国军”“中国青年反共救国军”。山雨欲来，说来就来。这些家伙们还让暴动真的成了，把整个广宁城围成铁桶拼命打。李铁炮那个乖儿子也不乖了，溜出去看热闹，活该这小子命有此劫，被土匪抓去做人质，拿他要挟李铁炮的部队投降。那李铁炮早被弹片伤了根，再有子嗣已是奢望。土匪这一着，也真的抓住了他最要命的东西。李铁炮想到革命一辈子，到头来却要断子绝孙，一阵伤感，一阵犹豫。就在他伤感犹豫、拿不定主意的时候，那土匪头子熊黑子却改了主意，眼睛一闭，先让自己眼里的世界黑了下来，再向手下人摆了摆下巴，就那样真的撕了票。正摇摆不定的李铁炮看到还没谈判人就没了，他的眼前也黑了下来。一阵大嚎，也不想活了。他有两个警卫员，一个叫纪发，一个叫彦准。二人跟着首长一并伤感大嚎起来。这两个爱炮如命的家伙，相继给李铁炮当过瞄准手、装填手、观察手和炮长，他们最大的理想就是组织炮兵部队。李铁炮承诺过，等忙完就让这二人都去当打炮的营长。这时，李铁炮用袖子擦干泪水，大吼：“你们嚎个鸟呀？都给我收住，停下来。你们以为我不知道你们的鬼事情？赶快，把私藏的大炮一门不少地全部贡献出来。现在这个局势，你们还想当炮兵营长？能活命就是万幸！”纪发说：“全拿出来也没那么多的炮手呀！”李铁炮说：“拿出来，自然就有！”两个警卫员很不情愿地在一个地道里搬出二十多门炮来，李铁炮嘴一撇：“果然是这样。”非常时期，那李铁炮只好放过这两个“土崽子”。纪发和彦准把炮直往城楼上搬，想要在那上面打匪。李铁炮说：“愚蠢，往那上面架炮，等于送死！”纪发问：“往哪架？”李铁炮问：“哪里土匪最多？”彦准说：“我观察，最多的是城墙外那几棵树下，全部集中在这些地方。但是，朝那树打咋行呀？打树尖，他们正好躲过；朝天打，我们从未干过！”李铁炮说：“我干过，就朝天打——掉下来，就正好消灭他们！”李铁炮还说：“不能擦刮百年古城墙，那都是文化。树可再生，墙不可再建。都看着那些树尖尖，它的下面就是我们的目标！”李铁炮连续下了三道命令：“后退百米架炮，做好掩体藏炮，五分钟弹药箱必须到位！”然后，李铁炮给大家描绘了一个弹道图形，他说：“炮弹打到天上，必须让时间停留，叫炮弹听话。炮弹应在指定的空中位置稍停片刻，悬在那里。它要向我们展示什么呢？展示它是如何与时间凝固在那里的。接下来，炮弹旋停的持久性、静默性将会到达极限，挺不住了，只能垂直掉下，与树尖一同消失！”两个警卫员一听，呀，好神！李铁炮说：“这样短的距离，只能让它这样神！”炮神就是炮神，他只赋予了这两个警卫员扛着弹药箱在炮位之间来回穿插送弹的职责，他自己亲自放炮。只见李铁炮闭上那只有点问题的眼，伸出拇指一测，调好参数，抓起炮弹就往炮筒填。李铁炮脱掉衣服，光着上身，跑步在二十多个炮位前来回投放炮弹，浑身的污渍被炮烟燎黑。两个想当炮营长的“土崽子”见证了神奇，那炮弹果真按照他描绘的弹道模样，升空，旋停，垂直掉下，碰到树尖，伴着一阵雷声，城墙外所有能见的树尖全部消失。爆炸声，裹挟着匪群嗷嗷乱叫声，一点点成为战场的回声。这回声，李铁炮最理解，哪里惨叫最烈，说明哪里被撕开了口子，哪里就随时可以冲出去。躲在掩体里的部队听到炮声，这时全都钻了出来。李铁炮一看：“老子就知道你们在等我打炮，我不打炮你们还要躲下去。”他一挥手：“走，全部扛炮，冲出去！”那李铁炮率先扛上一门炮，带头冲出土匪的重围。紧接着，又在城外架炮。炮口掉头，朝向城内，直接对匪群进行反包围轰炸，一下子扭败为胜。匪群如鸟兽散，全部遁逃。不久后，一些匪首头目都由当地群众扭送到人民政府。抗美援朝开始，梁大山和吴杰承跟随大部队跨过鸭绿江，李铁炮继续留任广宁。年纪大了，寂寞孤独的李铁炮经常为痛失儿子伤心落泪。梁大山每年都要去广宁看望他。有一年，他干脆带上十四岁女儿梁缨，赶了七天大巴车到广宁，把梁缨送到李铁炮的家，一坐下来就说：“我的女儿，就是你的女儿，上户吧！”李铁炮感动得老泪纵横。梁缨不忍心父亲为孤老的李铁炮而悲伤，为了一份孝敬，也就留了下来，再没回滨江。哪知，已在滨江下户的梁缨这时却遇上了在广宁不能上户的情况。她一时成了黑户。普天之下莫非王土，率土之滨莫非王臣。一个没有户口的人将会被视为流民，甚至在有的朝代会看成盗贼。梁缨有些害怕，反复找派出所要求上户口。阿查是派出所一个刚入职的小民警，他的工作就是在派出所管理户籍。他无数次以派出所名义向局里打报告请求解决梁缨的户口问题，可上面就是不同意梁缨户口迁移到广宁，说是“理由不充分”：此女既非嫁人，又非工作，把户口迁到广宁做甚？也只有在今天，在梁司令的宴席上，梁缨才可能把当年那些不愉快的事情作为笑谈，向大家一吐为快，她说：“炮爸坚决不让人说我是他的养女，认为把跟他一块生活说成是养女，委屈了这个小丫头。小丫头是有亲爹的呀。炮爸有炮爸的做人准则，必须尊重他，所以我到派出所就绝对不能泄露一点真情，否则炮爸就会瞪眼睛，生气上火。我往派出所前后跑了多少次，已记不得了，反正阿查这小子就是不给办。炮爸说：他不给你办，你就办他。斗他！像斗恶霸地主一样。有老爷子鼓劲，我有了斗他的勇气，像拿了尚方宝剑一样去了。在派出所门口，我拉开嗓门，大吼：‘阿查，阿查，我警告你小子，你要再为难人，不给老子办，老子就要叫人办你！’哪想，阿查不但不吃这一套，反而恐吓我：‘你一个丫头片子，还老子呐！你再来派出所胡搅蛮缠，我就把你捆起来，当成盲流，押回滨江，扔进三江口喂鱼！’他这么一说，我来了气，跳了上去，又咬又抓！”

梁戈听到这里，放下酒杯，眉头打起了结，对阿查说，“阿查呀，阿查，我说你那时也真是，人家三番五次往你那跑，咋就没感动你呀？咋就不给人家一点面子呀？”阿查说：“司令冤枉呀，我哪里知道她是副市长的养女。她到广宁是两个老爷子私下说合的，哪个晓得呀？要是局里知道是这种情况，早就批了。后来梁缨把这事闹成了一桩路人皆知的新闻，这才逼得铁炮老爷子来了个‘微服私访’，到公安局来说了实话，做了一个简单登记，当天就把户口上了。你看看，就这么简单。分明怪她呀，怪她支支吾吾隐瞒真情，也坑了我，而且坑得不浅，挨了局里一个警告处分。干干净净一袋档案，弄了这么个污点。一路走来，让我麻烦不断。就是这个污点，我每次提升，组织上都要多设一道卡子。理由是阿查这个干部很野，跟群众干过架。一个向宗旨叫过板、让群众叫过苦的干部，如果还要用他，就得看群众答不答应、支不支持。广宁所有干部在提拔使用的时候，都是张榜公示，唯有我阿查，必须是向群众发调查问卷。一次次问群众答不答应、支不支持，你说惨不惨！”梁戈自己满上酒说：“组织上用干部，当然要谨慎，就是要问群众的态度。不过呀，我相信，正是有了这一份份群众调查问卷，才保护了你呀！要不然呀，你阿查哪里扛得住反腐风暴啊。来，我也处分你一次，把这杯喝了，以后就不再提这事了！”阿查说：“咋不提？我得把话说完，梁缨每次办理户口，都是我跑的。保送她读大学，户口是我下的。毕业回来，也是我上的户口。到县里解放纪念馆，到市里解放纪念馆，转这转那，全是我在转。好像我就是她家的专职户籍员。再有，梁缨为铁炮老爷子养了老，送了终，守孝三年，整个过程都有咱们公安参与。她三年守孝期一满，要调到滨江解放纪念馆，户口要跨两个大市，得省里治安总队过一下，这事也是我领着她去的治安总队……”阿查一脸委屈。梁缨听到这里，感觉不敬酒说不过去了。她端上酒杯，摇头晃脑走到阿查身后，说："阿查主任如数家珍，记得比我还清，活档案！来，你劳苦功高，敬你！"古窑烧出的杯总能碰出延长音来，随着当的一声响，阿查与梁缨双双仰脖而尽。大家听得入滋入味，非常投入，这时座上宾客都不由自主放下了筷子，啪啪啪鼓起掌来。梁缨说："哎哎哎，呱叽几下就行了。告诉大家，今天还是白色情人节呢，是女生向男生回赠礼物的节日，我再敬阿查主任一杯，算是答谢了，向你表示深深的敬意！"二人又喝了。听懂这话的陈妙来，一下悟出了点什么，顺手倒了杯饮料，神秘地对梁靖江说："怎么样？敬你！感谢你，让我见世面了！"

离开梁司令的小院，车又到军分区大院行驶。依然悠悠慢行，还是那速度。还是那一车人，只是少了吴参谋。军分区位置在闹市区，就是出了大门也难加速，外面大街上车流高峰已然消减，但门口还是堵车。这时，陈妙来突然见到陈大宽在离岗哨不远的墙边站着，一副神情黯淡、面容沮丧的样子。手上拿着两袋自制的茶叶，"天门山——仙茗暗能量"八个鎏金大字，在大门长城壁灯的照射下，显得光彩夺目。整个盒子全是烫金外包装，泛着黄光。陈妙来早就听人说过，别信那陈大宽手中的茶叶，不过就是盒子值钱，那盒子大多让人拿去送了家属，改作钗奁玉盒，也是物尽其用。这么晚了，陈大宽站在长城脚下做什么呢？也只有在这时才让陈妙来想了起来，晚宴前，她给陈令壮叫了网约车后，就在电话里交代，务必在公路边那株百年芙蓉树下芙蓉餐馆门口好好等着，网约车的点位就定在此地，记着车牌号码。陈令壮说，陈大宽在芙蓉茶庄喝露天茶，司令宴请的事不慎被他听见了，那陈大宽执意要一同到军分区混酒喝。陈妙来一听，这哪行？她在电话里对陈令壮反复强调，口气很强硬：“陈大宽不能来！这是司令家庭聚会，他一个做生意的，影响不好！”陈妙来不让陈大宽来混酒，还有更深层的原因，那就是陈大宽很容易让人联想起陈大善来。他到底跟那个已故腐败官员是什么关系？真要有人问起，陈妙来该作何解释？就在陈妙来与陈令壮通电话的工夫，那陈大宽进茶庄取出两盒储藏在那里的“天门山——仙茗暗能量”茶叶，转身一屁股就进了网约车。他稳稳坐在车内，压根儿就没打算下来。一路上，他对六叔左磨右缠，恳求为他向陈妙来求求情，通融一下。但陈令壮知道女儿的脾气，不敢说和。最后，陈令壮干脆就讲：“你怎么老是扭着不放呀！你有她的电话，你何不给她打一个，直接说了这事不行呀？何苦在我这里跟攻碉堡似的！”那陈大宽知道陈妙来如今已经变成天鹅，自己连只鸭子都还算不上，打电话央求这事儿，一堵就准会堵死，连回旋的余地都没有。想到这，他只好闷在那里不吱声。叔侄僵持，车不停留。不多会，那网约车已到军分区门口。陈令壮只好让陈大宽尽快下车，远远站着。他自己则跟随一个姓吴的参谋进了军分区大院。那吴参谋问陈令壮：“刚才那位是谁呀？”陈令壮刚学会几句“时令口语”，就说：“那是蹭客，蹭车坐的！”吴参谋说：“熟人才蹭呀！”陈令壮一句“不说他了”，就掩饰了过去。这会儿，被陈令壮定为“蹭客”的陈大宽，估摸着梁司令家的酒席散了，人也该出来了，他的心跳也加速了。他觉得，赶来这一趟，虽不能在梁司令餐桌前混酒，退而求其次，能在大门口碰着他们，偶遇一下何尝不是一件幸事。能搭讪，便能搭上线。这是必要的努力。努力就有梦，不努力连梦都没有。没有梦，哪里去找远方。

这时，只见几辆车出来了，可快到大门，也不见有人从车上下来挥挥手告个别什么的。陈大宽有所不知，这些年的廉风早就吹透了军队的铜墙铁壁，风干了长城内外，把客人送到大门口这种“劳神讨打”的礼数，早就让“老虎苍蝇”给带走了。出了自家小院，一句“恕不远送”就是最大敬意。他判定，这车里坐的必然就是那些到梁司令家赴宴的人。陈大宽有了这种判定，心里便一下凉了半截。而车内的陈妙来，明明看到那就是陈大宽，却只能装傻发闷。要是换个地方，换个圈子打交道，那陈妙来一定会让司机刹上一脚，下车跟陈大宽打声招呼。其实，此时的陈妙来心里也很复杂。这些年来，她对堂哥陈大宽这种难上台面的行为不胜厌烦，也为这种拉关系的“执着”精神不胜钦佩，而此时，她只能手捂胸口默念：我的大哥，你要原谅，以后补上！很快，她坐的车就从陈大宽身边一晃而过，拐了一个大弯，就加入滚滚车流之中。潜意识中，那陈大宽已经感到了刚刚开过的那辆车上坐有陈妙来。他有点急了，便朝手中两盒茶叶瞅了瞅，眉间皱起一个疙瘩，他实在有些犯愁。他想，无论如何得找个渠道把这东西交到梁司令手上。他恨死自己了，为啥来时没把这礼物让六叔替他带进去。要是让六叔带进去了，至少他陈大宽这个名字还可以在梁司令这里挂个号呀。想到这，陈大宽肠子都悔青了。这时，陈大宽只好进了门卫室，说自己是梁司令的亲戚，请小同志把茶叶带到司令家去。

结果，陈大宽挨了门卫室里面的人一阵大吼。踉跄出来后，灰溜溜的他更加迫不及待了。转身跑去跟哨兵搭话，想请哨兵帮忙报个信儿，把茶捎进去。陈大宽哪懂“军事重地”的含义。“长城”之下的哨兵站岗，站的就是国土，守的就是阵地。谁也不准靠近，靠近就是侵犯，侵犯即可开枪。那陈大宽没有挨上枪子，算他幸运。不过，一顿“打痛不打残”的拳头，他还是没有躲过啊！梁司令听吴参谋报告：“长城”之下的大门岗亭，两个哨兵惩罚了一个寻事之人。这司令还没听完就来了情绪，愤然一巴掌打在宽大的办公桌上。“啪”的这一声，让身边的地球仪晃动好半天。他问：“谁干的？”吴参谋吓了一大跳。立正。嘴皮一碰，蹦出四字：“两个新兵！”梁司令说：“打得好，嘉奖他们！”吴参谋又问：“那个寻事者如何处理？”梁司令说：“扭送派出所——最近出现新情况，瘾君子吸食冰毒、麻古的胆子越来越大，他们‘快活’之后就招惹是非，禁毒民警全在秘密布控，我们也应做好策应，跟他们打好配合！”“是！”吴参谋敬礼，走人。

离滨江军分区最近的派出所，就是普渡寺派出所。该所地处通往普渡寺的半山腰上。楼阁台榭，红墙绿瓦。它的外观回应了普渡寺主体建筑的风格，而它的大门却还是派出所规定的颜色和标记。一个半军事化机关的正规化建设水平展露无遗。它原本是一个亭子，以前叫“回望亭”，是过往游客小憩回眸观景之处。那一年，亭子在一场山洪中被冲毁。寺院申请财政在原地重建亭子，以方便信众避风纳凉。而公安则申请在那里建一个警务室，打通服务群众“最后一公里”。管财政的副市长岑建大笔一挥：公安牵头重建回望亭，修旧如旧，留住百姓念想。警务用房融入其中，全面统筹。不出两月，一座别致的仿古建筑出现在半山腰。门口挂牌为“回望派出所”。一些游客见后，心里总觉得有道坎过不去：“这个牌名有点伤人呀，让人一看是挂给违法人员看的。原来的回望亭，回望的是锦绣河山，回望的是来时路，回望的是初心啊，现在回望派出所是啥意思？我们为啥要回望派出所？仔细一想,有点让人发怵！”他叹了一口气，进一步解释说，“现在弄成回望派出所，看那一道道铁门，好像大家刚从那道铁门出来似的，这亭子修得再好，我也懒得在这里停步，实在令人不爽！”首任所长敬韦明听了这话，坐不住了，马上写报告将回望派出所改成普渡寺派出所，这才没了社会杂音。

在军分区“长城”大门前“寻事”的陈大宽，就被送到这个名字里有“回望”的派出所。巧的是，滨江禁毒支队支队长张广友组织人也布控在这半山腰上。他们设了许多暗卡，一些瘾君子以为这里就可以避开万丈红尘，来此“快活”无人过问，其实哪有这等好事。那陈大宽“寻事”被押上山时，一路上桀骜不驯，很不服气。但当他见到警棍、警绳时，怯弱起来，身子都快瘫了，他从未见到拿着棍棒、绳子执法的。当他冷静了一会儿后，想到自己身后也有势力，特别是堂妹是警察、堂妹的准公公还是公安上的领导，老子还怕啥。于是，陈大宽便来了一段从未有过的狮吼：“啊……啊……老子冤枉呀，是当兵的打我呀，外面打黑我挨黑打呀，这个天呀！”身边两个警察把警棍往地上磕得直响、警绳也搭在了他的肩头，陈大宽像触了电似的，瞬间骂得更凶，连公安局的梁剑副局长也成了骂的对象："狗日的不长心肝的梁滚刀，千刀万剐的梁滚刀，你手下的人，个个全该挨刀……不问青红皂白，随便抓人，不得好死！"陈大宽的确很冤枉，这种情况，只要他不是那类"快活"的人，在派出所说明一下情况，不用待够二十四小时，一顿"公民遵纪守法"教育之后，就可以放他走人。果然就在次日，派出所宣布陈大宽获释。这时，陈大宽才知道，昨晚留置进来又在今早获释出去的，真的还不止他一人。一大批他不认识的人陆续走出派出所那道特制的钢铁大门，这门就是他们内部的人也得人脸识别外加指纹在指定时间内方可打开。

陈大宽发现，从派出所获释出去的人，大多都不下山，而是径直往山上走了。他疑惑，他们是不是跟我一样，也觉得能够一脚跨出派出所那道铁门，肯定就是得到了菩萨的保佑，应当到山上普渡寺去磕几个响头才对呀？特别是那些明明犯了大事、触犯刑律而又被保释出来的，他们必然会像打了鸡血似的一路往山上狂奔。那些正在狂奔的定是这类人。他还见到，上山的人都把脚步收住在回望亭，歇上一口气。估计大家都会求索一番那亭子两边写的"回看城阙路，望岁心空切"到底想要表达啥意思。而再往上走，便是那副楹联："由贪入贫皆因一点所误刀口舔血，从婪到焚却为非分之想火中取栗。"几乎无人不会不去品评、去联想，甚至去对号入座，觉得这楹联如白话，虽不工整，倒非常浅近，前因后果说得清清楚楚，了然无惑。对那些迷途中人该是当头一大棒喝！继而又想："无论由贪入贫，还是从婪到焚，掏心掏肺把错在哪里给说清楚了。可人生在世，好多时候，还是晃晃悠悠地把拉人进坑的诱惑当成了机会，分明就是身不由己、情难自禁，大多还是随波逐流、接受暗示。罪根在诱惑，罪人在接受，罪心在发酵。心痒痒的，觉得沾一点无所谓，便沾了。今日放纵，明天再收不迟。有此侥幸念头也就放了。说来也是，一个人如果把这满世界机会都当一个个诱惑，一概拒绝，那你一定会失去很多本该拥有、本该享用、本该独占的东西。到时候，看到别人全都揽了过去，你会悔恨交加、惋惜不已。它给你带来的缺陷，往往一生也无法修补。这样说来，人生最大的遗憾，就是没有抓住一些诱惑，把良机看成了诱惑。就是这普渡寺的那些僧人，也说不定会把许多诱惑放在背后悄悄享用呢！”这些“重回自由”的人，也只是这么一想，无非就是安慰自己、宽恕错误、原谅恶行，一旦上前瞧见那“普渡寺”三个庄重威严的鎏金大字，就那字的气势就把他们不干净的灵魂统统扫往五里雾中。一个个全都跪下，磕起头来，默默念道：“谢天谢地，阿弥陀佛，罪人终于出来了！”这就是他们的矛盾心态。如此现象，你怎么可能说清他们心中那种摇摆不定的信仰残疾、精神病垢呢？他们爬起来，再去请得高香，点燃插进炉内，又是几拜。该有的节目，这些上山人得倾情表演完。他们根本就没有心思去领略这古老寺院的珠帘绣柱、画栋雕檐、秦砖汉瓦、楹联绝句等文化内涵。内心平静一番之后，就来到那座配殿里休息一阵。配殿均为雕花廊柱，大多连接着拱形走廊的休闲廊座。那上面从未刷过油漆之类的现代材料，它之所以能保持锃亮透明，全是来来往往的游客用屁股给坐出来的、用手给抚摸出来的。凡是有包浆的地方，那年月则更久了，也都是百年古木呢。紧挨配殿一处是一间小耳房。这是方便之地，也是暖心之地。即便类如此地，也置有逍遥享受的藤椅，标明“老弱享闲”。他们处理完内急，就近养养神，或者坐在那里，等有了全面的准备，再进耳房。反正配殿那里面四处有座，可以尽享免费的佛教音乐。旁边就是精致的玻璃展柜，摆放了大量碟子和珠宝，随你选购，无任何诱导消费及强行推销之嫌。来此信众坐上一阵，心静了，差不多也该饿了，可以去“心空斋”吃顿斋饭。到大西山的信徒只要进了普渡寺，吃斋饭是必做的“养心功课”。他们信奉“吃斋饭，免灾难”这句俗话。在那桌上勉强夹上几筷子，做得再难吃的素食，只要闭上眼睛就可一口吞下去。碗里干净了，便是敬食养德。咽下去了，你就有了福报。大家相信这种吃斋饭对灵魂的洗礼作用，也就慰藉和放平了从派出所出来的那颗不安的心。拜了，吃了，这也就放下了。到了晚上，保证你无贼风扰梦，没淫雨滴窗。那斋饭吃的是流水席，随来随吃，放下碗筷便走。你千万不要去走过场、走形式。入尘不染，出尘不失。“走”得不虔诚，也是要走霉运的。那么，接下来往哪走？你要是一个有心人，就会发现，他们大多还是往“来来去去大茶楼”那个闲聊大厅走去的人最多。那茶楼老板叫卜同快，高兴了不知从哪里抄来一副楹联，一看确有一些雅趣之感：去燕新辞主，来鸿旧作宾。只因茶楼大厅宽敞，用了一些阔叶绿色植物作隔断，围了一个个宽松的私密空间，隐约听到一些茶客拿着牙签在静静掏牙的细微声音。茶客越来越多，不同声音相互裹挟，这便形成了嘈杂的嗡嗡之声。但这种声音，还远远达不到嚷闹、喧嚣的程度。有虫鸣般的音乐作衬，最多的还是熟人间打招呼、握下手就转身走的那种。突然，两个奇怪的人名被喊了出来，惊动四座，让很多茶客听到后瞠目发呆。

“赵二怪！”一个高喊。

“马大哈！”另一个嗓门更高。

只见大堂里冒出两个闷墩。在直呼对方姓名后，张开双臂，大步流星直赴对方怀里。滑腻的牛腩大肚紧贴着滚圆的桶状蛮腰，就那样扭去扭来死劲抱着缠着，难解难分。二人泪水长淌，半天没能松开。身子就那样来回摇了好一阵，十分不舍地分开身来。二人拉过一张残朽了一个角的榆木茶桌，小心翼翼将屁股落在了椅子上。他们唏嘘感叹，酷似久别重逢的亲兄弟。

“哎呀，你还活着呀！”赵二怪原是滨江市公安局局长李平的司机。这是一个喜欢在雾霭下行走的小人物。那些年的公安都说他说话办事习惯在阴山背后，大多是在雾锁云笼的环境中神出鬼没。而那李平早在“打伞破网”中被判刑入狱。都说李平能出来已是遥遥无期，不会给人留下更多的记忆。

“托佛祖保佑，我还活着。可那个人，已经拜拜了！”马大哈一副看淡世象的样子。他说的“那个人”就是那个“神秘官员”“盖事之王”。马大哈给他当过多年的司机。他在滨江留痕不多，相当部分都是马大哈给他抹掉的。这就是马大哈的功劳。他抹掉的都是有滋有味的东西。他这样做，其目的就是不让作家毛卓重新拾起，浓墨重彩给铁盖王写上一笔。

过去这两个司机碰在一起，那是家常便饭。那时他们虽然长得棱角分明，不像如今这么胖。但他们会蹲在大厅一个很不起眼的地方，学着太子山上的那块飞来石，久久保持一种“无言守候”的状态。当然，飞来石是一枚弃子，而这二人却不是多余的。这种“无言守候”是一种忠诚的表达。因为他们跟的那两个老板就是他们的一片天。当然，这两个老板干的都是大事，必须碰在一起。这样一来，两个小人物不碰也得碰。碰了、见了、懂了，两个小人物也不能乱讲。你要憋得难受不小心漏了风，根本就不知道你会怎样消失掉。也只有在今天，他们才深深懂得，反复这样“碰”，必然留下永远抹不去的记号。工作要留痕，有的痕留下就是罪证。仔细想来，没有这两个老板在“碰”中留痕，哪来“沆瀣”“勾结”？怎有“串通”“伙同”这样一些词儿出现在起诉书上？其实，这些词儿都是那些年他们“碰”出来的火花呀。这两年，若想再要“碰”在一起，也只有在佛祖保佑的地方“偶遇”一下。此种状态，让两人倒是真的成了弃子。当然，这两个“小跟班”眼下能碰一下大肚子，也算不错了。到底错不错，民间的道婆有话这样讲：大肚相碰，碰的都是孽根祸胎。而书上古僧却这样说：挂壁梭飞秋蜕骨，沧溟老蚌尽怀胎。

“哎，人都是‘胎来抬去’，生死轮回。到时每人都会辛辛苦苦绕一大圈子，还会再回来的。我说呀，这眼下虽是明媚春天了，可我却有一种秋风扫落叶一样的感觉呀。这感觉让人头发冷，让心发紧，让腿发软！好叫人丧气哟！我在派出所待了一宿，为什么呢？为的就是离愁海的事。”赵二怪将眼球一转，做了一个愁苦状，“你听听这个名字，一个多么古怪的名字呀！我要记住它都很费劲，怎么还可能知道它呀！他们把我弄到普渡寺派出所来问话。问来问去，没有把我问哑，倒是把他们给整哑了。一本正经坐在那里，像个二愣子似的愣住我，问不下去了，让空气都‘僵’在那里了。看到他们那样犯愁，我也着急呀。我急的是我怎么不是他们的解愁药。我要是真的知道一点，说给他们，他们也不至于那么愣着我呀。可当年李平就是不给我机会，我没有看到呀，没看到哪能瞎编呢？说起这事，我也纳闷，社会上都说‘问题官员，五毒俱全’，啥都沾，恶贯满盈。可我的这位老板，却是有‘天缺’呀，咋说也不够那个水准啊！他们讲，离愁海经营之事，能让人‘快活’。那李平怎么不往这上面快活快活去呀？嗯，怎么就这么怪呀？你马大哈进去，怕不是也问‘快活’的事呀？这快活的事儿，莫不是也让梁滚刀给逮着了？凡是能闪过大刀的人，出刀都狠！”赵二怪一边说，一边抖动那只跷起来已经很困难的二郎腿。二怪太胖，那腿交放上去又滑落下来，来回了好几次。他说着“快活”这事，也令他有点想入非非。莎士比亚说：锁不住眼睛的人干不成大事，眼睛是泄露灵魂的窗户。赵二怪那黑白眼球一闪，虽然只有那么一点细微的光亮，也能让人辨别出他内心深处那点“快活”的想法来。这小子全然忘记了昨晚的折腾。

这马大哈同样又来了一套，说：“咋不是呀，都是问‘快活’的事嘞。这两年，我马大哈拿到类似的‘传唤证’，已是有过几回了，每次感觉都不一样。这次接受传唤，就像站在大海边感受一场天气变化。开始是狂风暴雨，后来是和风细雨。问来问去，我就看到海浪退潮了，激动的大海也平静下来了，变成海阔天高了。最后，他们就对我慢慢失去了兴趣，觉得让我继续待在那里是多余的，没啥价值了！”

“你这种感觉让我身临其境啊！但要说你待在那里没有价值、是多余的，那也是不可能的。说不一定呀，他们还可以拿你消遣逗乐呢。”赵二怪有几分诡谲。

“你以为他们喝酱油撒酒疯——闲（咸）得慌呀？你想想看，如果再待下去，我肚子这么一大堆，鼓得再大，到了时间点上它就会像气球似的瘪下去，全得靠食物去把它填起来。他们一看，还要管饭，吃得多，就不由得动了心。动的是什么心？恻隐之心、小人之心呗。特别是这世界所有的小人之心，无论如何，也填不饱我这个君子之腹啊！你想想看，不光是我这肚子浪费粮食，还有我这屁股，肯定也会磨坏他们的椅子呀。那椅子是铁的，走的时候都活络开了。你看看，全是给人添麻烦的事呀！你没有听人说吗？不怕山芋烫到手，就怕遇到癞皮狗。那个崔警官把我上下左右打量一番，大概担心可能遇到一条癞皮狗，就叹了一口气，说了一声‘明早天一亮，赶快走’。说实话，哪个龟儿子才知道有个什么离愁海。你赵二怪觉得这个名字很古怪，我怎么觉得这个名字有点像仙界的感觉呢。是海上仙境呀，‘离愁离觞恨天低，且醉且梦怜海浅’，又是在海上，那‘快活’你想都想得出来：烟涛浩渺中的峰峦古木，似隐似现的亭台楼榭，也真够你去悟的了呢！但是，他娘的，我真的不知道这离愁海搞的是些啥子事呀，要是类似陶渊明搞的桃花源，这还为民生作了一大贡献呢！好事呀，可是那些年就是不知道离愁海，老子只晓得有个胖大海。这胖大海，那铁盖王才喜欢几天，就不喝了，觉得没啥味道！”马大哈一路调侃自己那种“不知道”的心态。这般谈吐，也非普通司机的水平。看来跟着坏透了的“高人”也得有文化，否则你在他身边混不下去。那马大哈说出这些话时，双手交叉抱于胸前。赵二怪早就懂得，这个动作暗藏心机。有这种动作的人，往往叛逆性很强。他们也许外表很重视你、有亲和力，内心却往往忽视你的存在。他们会把强烈的挑战和攻击意识埋得很深。对一些敏感话题，能掩住的东西绝不给你泄露一丝一毫。要说这些年来马大哈有啥变化，就这个动作算是最大的变化。看得出来，这个动作已经成为他的一个习惯性动作。这个动作透露了他内心世界中还有一个世界。

赵二怪、马大哈这两个围着“老板”鞍前马后忙不迭的无名小卒，双双渡尽劫波，侥幸没事。而今已觉是老天眷顾、格外开恩了。赵二怪戏称自己“逍遥法外，看惯生死，管他咋弄”。但那马大哈却仍有追求，他说“命里带凶，没能慎始，但求善终”。这二人虽是几大专案里面的边缘人物，但却有硬性要求，不得擅自离开居住城市。根据案子调查情况，得被请去问话，随叫随到。若传唤不到位，公安将对他们实施拘传。由于专案组带“联合”性质，参与调查的纪监委还可以将拘传改为留置。应当肯定的是，尽管他们自诩车夫，但他们所侍之主，也曾经给了他们比普通人难以得到的东西。人们说，别以为这两枚“小卒”在棋盘上不那么惹眼，地位不高，作用不大。可官场上有一个说法，叫“一个司机半个儿，生命交给车轱辘”。他们平时的喜怒哀乐，更容易牵动领导的每一根神经。他们知道的东西太多。如今这二人同属那种“行到水穷处、坐看云起时”的人物。那么，无可再行的水穷之处，他们又看到了什么呢？他们自己的说法是：水穷之处都是高台，站在那里最容易看清，原来当一脚跨进来时，这路就没有选择了，也退不回去了。看清了什么叫玩弄权术、失意遭罪，什么叫讨好巴结、糟践受辱，甚至什么叫起高楼、什么叫楼倒塌！当然，经历了，就不足为外人道。不足为外人道，又何必向外人道呢？所以，你要真想听他们道出点什么真货来，也是相当费劲的。也许只有他们“圈内”的人能听出点个中味道！

如今的赵二怪，举止除了显得体态笨重，已不是从前那种蹑手蹑脚让人感到很“阴”的样子了。那谈吐，像是换了个人似的。满口哲理，心灵鸡汤。一张嘴便是那些时令口语。熟悉他的人觉得他比以前油滑，不了解他的还以为这人有品位。他说：“宁可拜错神，绝不跟错人。谁也不是神仙，跟了，就得认了。人生如棋，落子无悔。现如今呀，你跟的那个擅长‘拆弹提拔’的神秘官员被划为坏人，我跟的那个天天喊‘统一思想’的人也成为坏人。”赵二怪说到这里，用手指指天，又指指脚说：“就算这两个人，头上长疮脚下流脓——坏透了顶，这咋能表明我赵二怪、你马大哈也跟着腐烂不堪、浊臭熏人了呀？不是那么回事。就说我们这个岗位，大家不是都这样说，‘一个车夫而已’呀！一个车夫，想想看，你有啥资格跟这样的官员同流合污，你有啥条件跟他们狼狈为奸？你就是想当个坏人你还高攀不上。就是跟着吃喝，也上不了正桌，吃不上正餐。偶有擦边吃喝一下，那也跟做贼似的。狼吞虎咽，食而不知其味！你要是说我们跟错了人，那好，谁叫跟的呀？是组织。

对！既然是组织叫‘跟’的，那也是错在组织。这一点，谁站出来否认，我赵二怪就跟你装妖作怪！既然组织安排没有错，我们跟着他们怎么可能算有错呀？有人暗地里给我说，是我站错了队、走错了路，你看看，这不是有点影射组织错了吗？‘影射组织’那是内心不纯洁呀！不管怎么讲，现如今，把人整得灰溜溜的，谁想得通呀。我的哈哈兄，我是堵在那里了，怕是这一辈子也通不了！”

马大哈说：“有什么可堵的？说白了，都是一种选择。官员是一种高风险职业，我们选择了靠近官员。这就变相地选择了高风险，成了一个‘影子官员’。我们原本可以隐藏在官员的影子之下，躲一躲，哪想把车一开出去就曝光了。身正不怕影子斜。我们自己的身子再正，跟了这样的官员也会留下一个歪影子。聚光灯下的影子最引人注目。我们就是在众目睽睽之下，掉入了‘影子陷阱’。由此可见，这哪里选择的是工作、选择的是老板呀？没有那么简单！而这种选择，大多还是我们自己主动，没有谁来逼你。到头来，是倒霉还是得势，反正都拴在一条船上了，一触礁，你就是背对着风浪，你也好不到哪去！结局就是这样的。我想，既然跟定了人，初心就是良心。错了，也只能错到底！否则，会遭人耻笑。假如哪天我不幸成了坏人，我也要当一个有道德的坏人。大家对你觉得很可惜，那你一定就有可爱之处。这就是人心！”

赵二怪觉得损失最大的是自己的形象，说：“人，就是过客。这很难呀，被人尊重才算得上‘过客’。否则，只能算‘路人’。有想法、有激情的人，才会去当‘过客’。这‘过客’

不是谁都可以当。人过留名，雁过留声。你要想‘过’得精彩、‘留’得光鲜，你才被尊为客。上客、侠客、说客、远客，哪个不是‘过客’啊，他们高贵啊！在别人心中刻录自己的人生，这注定让你活得很累。当别人拿你作为心中的参照标准时，你不免成为别人的‘过客’。也就是说，一旦你被别人精神膜拜时，你身边经过的所有人，统统被你视作‘路人’。当然，在这个世界上，一个人能够成为别人的参照标准、精神楷模，也只能在一个区间里成为别人的‘过客’。要是放在拉长了的时间里、搁置在一个扩展了的空间中，同样还是‘路人’。留名留声，留的都是痕迹，留的都是让别的‘过客’能够关注的、能够分享到的东西。但是，来匆匆，去匆匆，过客何曾有归人，路人焉能不匆匆？正是这样，历史不会记录我们这些小人物的。只有那些写野史的，可能会用余光把我们瞟上一眼，作为他们笔下的一个点缀，或者一勺作料而已！”

那马大哈则说：“能够让野史瞟上一眼，成为作料，那也算是人物啊！成为这样的‘过客’，已经是‘客尊’了，颇受景仰。我认为，大多还是可能作为被同情的‘过客’来看待的，比‘路人’稍稍好一点。他们会调侃我们，说我们哥俩是入错了门，用错了情，爱错了人，这小人物没有选择，如此而已。当然，也必须正视一个问题，就是我们付出的东西虽说看不见、摸不着，但也是我们内心世界最珍贵、最有价值的东西啊！如果你坚持要做一个评估，说现在损失太大、受伤太深，那也只能怪当初投入太多，眼光太浅，没有找个大师帮助预测一下！我们没有看清呀，官场也有一个‘丛林法则’，充满了达尔文主义。在那些岁月里，也有不少跟这两个‘老板’走得很近的人物，他们为啥到目前依然是‘风雨不动安如山’呀？从他们身上，我早已看出来了，‘跟人’也有很多种跟法：有跟事不跟人的，有跟人不跟事的，有人事全不跟的。那些‘不倒翁’，什么也不跟，他们只‘跟风’。跟的是一种精神风尚，跟的是一种时代潮流。事实上，那两个‘老板’也是这个风尚、这个潮流的参与者。只不过呀，他们在用‘跟风’伪装着内心的叛离行为，粉饰他们的信仰残缺，美化他们的精神滑坡。你说说看，这该有多可怕？你以为我们很多人在跟这两个‘老板’走在一起的呀？错了，他们貌合神离，内心格格不入。人们羡慕他们是‘不倒翁’。其实，这世上没有倒不了的‘翁’，只有抓不牢的‘根’。根深叶茂、根粗枝壮，根深才能长出挺然屹立、抗拒风暴的大树。你说这‘不倒翁’，是不是一种假象呀？人们永远也不会明白，内在‘根系’的培植，需要一种脚踏实地的力量，这样才能长成参天大树。直到今天，一些真正的‘跟风者’，在主流社会之中成为不声不响的‘撸袖官’，老百姓不评价他们，却在内心看好他们，嘴里也就这么叫着他们。我说啊，像这些人，才算得上是真正的‘官场高人’。他们通过规避政治风险，让自己始终保持住高而不危、高枕无忧的状态。可钦可佩啊，他们有眼力，能够高瞻远瞩，这成就了他们的高风亮节，让我们对他们高山仰止。他们在这个世上，近朱也好，近墨也罢，无论近什么，无论怎么近，都没有让他们红得发紫，也没有让他们黑得发亮。这也算是我们‘跟官’这么多年看出来的一点点‘官道’，你说是不是呀？官道，就是官法之道。

法，就是遵从、效法。他们遵从、效法了‘官道’，这才选择了正确的‘航道’，即使在大风大浪中行船，也会有惊无险地摇着桨。这些人当官，那叫当得稳稳地，智慧啊，高啊！”

赵二怪说：“你说的这番话，才叫高！你要是当初不跟铁盖王，就悟不出这些道理呀。这么多年，从未听你有过什么哧溜不塞、鲜鲜亮亮的‘官道理论’。看来，你这是老佛爷念素珠——肚里早就有数哇。你要感谢那个经常背对观众的人！仔细想来，我们心中也有不少发着光芒的人物——魏老爷子，还有那个李淮海，你看他们都一把老骨头了，却依旧给人钢筋铁骨般的正气。他们也有‘我自横刀向天笑，去留肝胆两昆仑’的气节。‘粉身碎骨浑不怕，要留清白在人间’这样的话放在他们身上最合适。他们的眼里容不得一粒沙子，可他们的后人心里装的，竟是一块块鹅卵石，哪有什么回应呀？他们的榜样力量再无穷，也只是给外人留下一点赞叹而已！两位能让石头感化甚至可以唤醒僵尸的老人，可对铁盖王、对李平这两个大活人，没有丁点儿作用。各守各的信条，各唱各的歌谣。那魏老爷子再施加人格影响，那李淮海再表达革命气节，那又如何呢？他们那一套，早就不入时下官员之眼。这些官员见得太多，‘五岳归来不看山，黄山归来不看岳’，哪会把你看得跟他们一般高呀！他们看自己是五岳、是黄山，环顾四周，不过就是土丘。也正是有了这些错觉，才认为自己境界高，早已看尽风花秋月、潮起潮落，对前人也就不屑一顾了。他们做得最多的，就是保持自己的神秘感，创造别人的压力感，张扬官场的权力感。这‘三感’，是他们人生的三大信条，是他们生命存在的一种形式，大家只能眼睁睁看着他们越走越远，眼睁睁看着他们跟两位老爷子拉开距离，眼睁睁看着他们一脚踩空，摔进深渊！”赵二怪不由得联想起自己犯的错。他说：“我很后悔。人犯错的原因很复杂，但不认错的原因却很简单。因为认错，是纯粹的负收益。甚至，有时认错会让你搭进一大笔成本，风险很大。这个买卖愿意干的人不多。虽说结局有时候很尴尬，我还是不得不低头认错。我感到，死不认错，看似伤了真理，实是诛了内心。”赵二怪指了指自己的胸口：“有段时间，我这里痛。我告诉你，那可不是一般的痛。后来发现那是心有挂碍。好多时候，心有挂碍跟心有猛虎差不多，恐惧、战栗、惊骇，有时强行抑制住了，就发冷！虚报的账单，不过五十多万，但过不了胸口这个地方。你我都是知道的，就那点钱，我要用这种心理状态将它高高举起，好折腾人呀！可就在那些日子里，我根本就不知道心痛是不认错的原因带来的，你说怪不怪！以为换个地方，啥都结束了，天远地远的，人家哪里会追着我还那个钱呀。哪想，他们对我越是静默，我就越是觉得诛心。越是诛心，这里就越是绞痛。我受不了啦，干脆还了那个钱。”赵二怪再次指胸口：“这里，就这里不痛了，这里不痛了你说怪不怪呀？”马大哈用手指着赵二怪，哈哈大笑，说：“你这整成心魔了，走邪了，哪有那么严重呀！”赵二怪两眼一转，坚定地说：“心魔？对，就是心魔！有的心魔会让你有许多失去常态、感觉古怪的行为。确切地讲，有一种病叫‘放不下’。这种病就是让‘惦记’成为心死的标记。这一点，你早就应当懂得的。”赵二怪突然想起了什么，马大哈说：“我不知道‘放不下’是一种病，觉得挺新鲜的。”赵二怪有点惋惜地说：“我说马大哈呀，你真是一个马大哈！你比我都清楚，那‘浪情运动馆’的事呀。那里面真正管事的，还是你的‘老板’铁盖王呢。你不得不承认，我们就在那个连窗户都没有打开过的地方，阅尽了人间春色，听够了风雨雷电啊！经历了，你怎就可以忘记呢？当铁盖王这个神秘官员用魔法‘盖’住那些混账魔事时，运动馆的街对面，经常有两个老人躺在楠竹椅上，‘守’着那一片令人不安的空气呀。我把他们这种行为取名为‘守空者’。听着这名儿、这词儿，你一定会有一种轻飘飘的感觉，这就对了，生命中原本就不能承受这种‘轻’啊。但‘守空者’内心必须特别强大，需要一种难以想象的魔力才可‘守’得下去。我说哇，这是一件常人难以理解、难以洞悉的事情。明白过来，才知道它的珍贵。是两位老人用行动给了我们最深刻、最浅近、最动人的告白。这两个老人，一个就是铁盖王的父亲魏老爷子，再一个则是我的‘老板’李平的父亲李淮海。这两个老人‘守’在街对面，他们的起心、动念是什么呢？是乘凉？你朝这上面去想，那就大错特错了。大冬天的，乘什么凉呀。我说马大哈呀，你要是连想都没有想过，那今天我给你挑明。我说的这些，是这两个老人精神世界最原始的图景。他们身后的街坊居民不可一见，从他们面前走过的匆匆路人不可能明白，他们的儿子因为不屑这样的事情，也就只能在鼓里蒙着。而真正知道的，你会觉得很不可思议，告诉你，就是那一片空气。只有那片空气才收录了这两个老人内心深处埋藏的不可排解的隐忧、后怕和绝望。两个老人明明知道自己的儿子在那片天地里搞鬼做坏事，却无能为力上前去阻止、遏制和劝说。他们只能那样‘守’着，守住那一片空气不要被罪孽、凶恶、陷害等令世人所不齿的事情污染和荼毒。做到这样，这对两个老人来讲，该是一种怎样的折磨、怎样的煎熬？这种折磨和煎熬，就在他们心里慢慢演变成了心魔，成了执念，成了风雨无阻的坚持！他们这种‘守空’的方式，就是把自己儿子‘看着点’，帮忙把权力‘盯着点’。希望‘守空’不是‘空守’。这便是他们最大的愿望，也是两个老人最真实的动机。唉，苦心的老人，不知老天看到没有啊！他们在街对面的那种‘守’法，虽说无奈，却是一片真爱。虽说无助，却是无声的抗议。在今天，抗议成了一种斗争形式啊！你没看到同‘两面人’作斗争，只要提升到‘斗争’这个高度，说明了那是一件很难很难的事呀。你要盯得紧、看得牢。若是稍有疏忽，眼一眨，一转身他就会戴上一副假面具，角色一转换就去干坏事了，可怕得很呀！我不知道那两个家伙是不是‘两面人’，但无论如何，他们都戴着假面具。那面具已经长进肉里去了，没办法取下来。让两位老人最痛苦的就是这种事情。这两个老人的‘守空行动’，对戴着面具的人，显然是一种很大的威慑力、很强的一种心理攻势。从这个意义上讲，他们‘守’的，哪里是空气啊！我说马大哈呀，当初我们为啥就没有看透这一层哟，为啥就没想到那两个家伙干坏事已经让两位老人陷入不能自拔的心理障碍了呀！而我们呢，眼睁睁看着他们过不去那道坎，却没有能力上前体贴地扶上一把，真后悔呀！唉，不过话又说回来，上前去扶，也没鸟用呀。两个老人只有‘守’到他们的儿子没‘魔’事了，心中也就没有

‘魔’了，‘守空者’才没空守一场呀！” 马大哈听得太投入，嘴里哈喇子出来了。他用手胡乱抹了一把嘴上的东西。竖起拇指，左右晃了晃，说：“他娘的，赵二怪五十万换来一种‘心魔理论’，你值呀！让我感动了。现在我给你的一生下个结论：你在人间走一趟，不会是‘路人’，也不会是‘过客’，是创言立说的天才。赵二怪呀，刚开始嘛，我还觉得你大惊小怪的，讲了这么多，才发现你是一个真正的旁观冷眼人，观察得细，琢磨得透。能把我装进筐子的，都不是藤条编的。不过，你讲起这事，倒让我记起铁盖王父子的新情况来了。前不久，铁盖王的老婆袁旺琪找到我，让我开车带她去了趟‘绳情医养中心’，在那里见到了魏老爷子。这个老人变化太大，坐在轮椅上让一个年轻的护工推着，根本认不出人了。连我也不认识了。痴了，‘嗯嗯’地好半天说不出话来。太可怜！在那里，你知道我还见到谁了呀？李平的父亲李淮海！他也在那里面呀，不知为啥，也呆了！一双深陷的眼睛，就那样木木地盯着我。”赵二怪说：“咋整成这样了呢？是不是那个中心不咋样呀？”马大哈说：“咋可能呢？这个中心的老板是冯玉辰。冯玉辰是魏老爷子的接班人，他敢乱来，上天都不饶他。你可能有所不知，当年的麻绳厂改制，弄成私有制后，那魏老爷子在里面是有股份的。那个‘绳情医养中心’是麻绳厂投资修的，自然，这魏老爷子相应也有股份在里面。至少，魏老爷子也应该算是那中心的老板之一了。他跟那里面的人，除了冯玉辰，其余的都是‘主雇关系’咧。那里的养护人员难道对他们的老板还做不到体贴入微呀！难道还不能实施‘天花板标准’服务呀！就在魏老爷子的认知能力没有出现障碍的时候，他就拉李平的父亲李淮海跟他一道到那里享受医养生活。当时，魏老爷子对李淮海说：‘李平倒霉了，他爹不能跟着遭罪。好汉做事好汉当，好马上路跑到头。盯不住他们的事，防不了他们的心。拼了老命去打晴空保卫战，雾霾还是免不了。算了！’这样，冯玉辰就同意了魏老爷子的想法。公司有的是钱，那李淮海到‘绳情’入住，至今也没交过一分钱，跟着一道享受上乘的医养条件。‘绳情医养中心’虽说远离了雾霾，但这两个老人心里的雾霾却一直存在着。他们整日发呆，那呆病也就附上了身！”

赵二怪望着天，叹一口气：“我的天哪，都呆了。这无论如何让人感觉不舒服！你说，老都老了，又得这病、遭这罪干啥呀，这算什么事呢？不过，我刚才听你说铁盖王拜拜了，他又是咋死的呀？”马大哈说：“哎，咋死的？你咋不先问问他之前是怎么活的呀？那铁盖王在滨江待了那么多年，有几人知道？”马大哈来了兴致，伸出一个大巴掌，掰上了他那粗壮的指头，一根一根地数着，“他的名字是假的，他的简历是假的，他的学历是假的，他的家庭背景是假的。他有五个不同名字的身份证和护照，全是假的。他还有三个亲生孩子，咋办？总不能‘做’了，也必须做假，改名换姓成为别人的孩子，不准喊他爹！想想这些，这官当得也受罪。”接下来，马大哈小心翼翼地揭开最后一张防伪标签：“告诉你，我也只能对你讲，是那一张造假失败的脸，给他带来了麻烦，边境口岸的人脸识别系统整成升级版的了，那玩意精度太高、功能太强，铁盖王没能躲过啊！最后嘛，你想想，跑出去太难，死起来难道还不易呀，所以……”那马大哈正在揭秘死亡真相，两个警察过来了，出示传唤证，说：“好，你们两个正好都在。走，到派出所去！”

赵二怪、马大哈彼此一怔，相视无言，说走就走。二人的屁股终于离开痛苦不堪的座椅。那是茶楼刚刚买的藤包铁的座椅，钢筋骨架，富有弹性。今日竟被二人摧残了一个多小时。这会儿像缓了一口气似的，浑身舒展开了。“来来去去大茶楼”的楼主卜同快，打这二人坐下的那一刻起，心里就极为不痛快。卜老板一直感到那两个闷墩坐的不是椅子，而是一屁股坐在了他胸口上，让他觉得憋气。那二人每动一下，都在蹂躏着他的胸膛。只有当他们被警察带走后，卜同快这才跟椅子一道如释重负。两闷墩跟着警察刚刚走到门口，这卜同快还两手抱在胸前，久久瞪着两把可怜兮兮的椅子。他说：“两个闷墩喝了半截茶，两把椅子成了半残废！”“活该被公安拿走！酒楼贪杯，四处逞威，肚子赘肉一大堆！”有茶客这样说。

这话还是被那马大哈听到了。他回头朝那茶楼门口望了一眼，也只是哼了一声。门口依旧，楹联还在：

去燕新辞主，来鸿旧作宾。

第七章　点石成金

有妈的孩子才有抗衡厄运的资本。大量的困局、变局、破局，总能考验你是否扼住了命运的咽喉。孩子落在坏人手里，比刀落在谋杀者手里还可怕。后来，人们这样评价这次案件分析会——一次“在灵魂上召开的会议”。

会议主讲人是张广友，他说：“掷骰子似的营救孩子——骰子不知自己的朝向。孩子不懂得什么叫命运。要破这个局，需要无数双隐形的手，不动声色地让这孩子脱离魔掌。今天，我们在创造一个神话！巧合的是，我们知道的大量神话，都是从营救一个弃儿开始的。如果没有牧羊人，神谕铁定了的俄狄浦斯的命运，就会被改写，‘斯芬克斯之谜’将无人破解。如果没有法老的女儿抓住那只载着小摩西逃离波浪的筐子，哪里还会有《旧约全书》流传至今。那么，我们应当扮演什么角色呢？我想，最好是那只筐子！”

张广友讲这话，暗示了一个操作策略。

但梁剑听了他的话，却有些惴惴不安。他说：“我非常理解张广友这些带有暗示性的东西。我在想，在这个世界上，不能有太多的‘如果’，更不能总是拿‘如果’说事。案子办多了，这两个字会像游魂一样缠着你，让你不得安生。一旦有了许多‘如果’，就会进入一种逃脱不了的魔咒！有时候，让我们亮了无数张底牌，还不知结局在哪里，你说这有多可怕！”

张广友说：“再多的‘如果’，只不过是‘排兵布阵’。不喜欢太多的‘如果’，那是因为梁局长有舍不得打出的底牌。你永远没有‘王炸’打出来。大家总以为是把‘底牌’亮完了，正愁的时候，你又来一张。一些‘神仙案子’就靠你这么反复亮，揭开谜底，我们哪里有你这境界！”

张广友讲这一通话，也为打通自己的逻辑堵点。他没有料到，自己一当上禁毒支队支队长，就摊上如此难办的案子。眼下，他手上掌握的情况——有秘密布点获得的，也有内线通过交通员传递过来的，甚至还有人贩子嘴里讲的。全是碎片互不关联的信息。会上，为使各路专家对案情有个全盘掌握，他必须将碎片进行排列组合，无缝连接，给大家一条环环紧扣的思维链条。他说——

“……传宗接代，这是融入我们血脉的文化。正是在这样的背景下，我们一些社会成员一旦有了无后的遗憾，往往会带来精神上的残缺，一个有精神残缺的人同样会给社会带来许多麻烦。鲁武厚与施莉艳结婚后，多年怀不上孩子。两口子见到身边‘丁克’的困苦晚景，不免有些忧虑。他们不愿步人后尘。在饱受‘无后’的精神折磨后，他们三番五次往红帽子跑。早些年，红帽子是滨江弃婴的‘中转站’，但这两年却已变得冷落起来。没有现成的婴儿可供丁克家庭领养，这两口子只能在这里挂个号，请求管理人员帮忙‘留意一个弃婴’。为让这里的大小领导对此事上心，这两口子也少不了逢年过节来这里施以小恩小惠。正当二人翘首以盼时，那天，来了一位‘送子观音’，将孩子放在红帽子门口。都知道，非婚生子在滨江流动人口和青少年中，早就司空见惯。他们往往碍于道德、隐私等原因，忌讳与管理人员当面交涉。而常常是给弃婴佩戴一块挂坠，或者别的什么信物，留下孩子的出生年月日，便悄悄离去。红帽子的郝阿姨见到天上掉下这么一个男婴来，就直接给鲁武厚打电话，让其快点过来看看是否合意。鲁家夫妇一听，立时赶到红帽子。夫妇俩反复端详孩子体格，觉得模样乖巧，也不怯生，就马上抱到儿童医院作全面体检。医院的结论是：除了稍有营养不良，身体所有指标都很正常。两眼黑亮，一笑还俩酒窝，煞是可爱。接下来，夫妇二人便与儿童福利院签下了收养协议。鲁家夫妇还向院里提出了不得泄露孩子身世的要求。他们认为，倘若给孩子留下非亲阴影，很容易造成心理障碍。他们不愿意养一个有这种人格残缺的孩子。在这名弃婴被人领养之前，红帽子早就留下了这名弃婴的照片，留存了监控录像和 DNA 等相关资料。红帽子无法找到弃婴的父母，而眼下又有人前来领养，‘寻亲’的事儿也不再去推动。一般而言，父母有遗弃举动，大多经过深思熟虑，‘开弓没有回头箭’，‘闭嘴不改出口言’。虽说民政部门为这孩子向公安机关提过‘寻亲’意愿，但当时的监控录像模糊，没有条件将这起弃婴案侦办下去，于是基因配对也只是开了一个头。鲁家夫妇把这孩子视为亲生，很是疼爱，也取了个乳名叫‘贝贝’。红帽子福利院对这个弃婴的那份担忧也就此得以释怀。但他们哪里知道，鲁武厚闻知同学施怡斯在省城一家大医院做试管婴儿，喜出望外，带着老婆施莉艳去了好几趟那家医院。试了一次又一次，果真‘试’出一对双胞胎来。下了种，施了肥，足月产出一对龙凤胎。人就这么怪，有了亲生，悔了领养。贝贝再也不是鲁武厚的宝贝了。鲁武厚觉得再‘养’下去，就是给家添累，给心添堵。说不定哪天，这小子亲生父母找上门来，弄得鸡飞蛋打也难说。于是，就找到人贩子覃甫道，说了自己的想法。这覃甫道一瞅是个男孩，高兴坏了，给了两万元，让鲁武厚脱手离开。覃甫道的下家是一个外号叫‘妥神’的人，此兄等的就是这类‘抢手货’。而滨江的‘货’更是‘奇货可居’。妥神给了覃甫道三万元钱，慌慌张张叫人不要数了，催着走人。妥神没有半刻停留，抱着贝贝连夜乘车南下，又把贝贝转交给云南边境一个名叫尤二勇的人。此人是离愁海贩毒团伙一个舵手级别的人物。都知道，离愁海不是海，它是一个组织代号，是由海洛因带给他们的贪欲之海。很多年前，公安机关对这个组织开始跟踪。遗憾的是，那里的海水太深，我们一些‘精卫填海’的做法，没填平那片罪孽之海。他们也有不少诡谲的地下通道，但玩的都是些金蝉脱壳、瞒天过海之类的雕虫小技。孩子一来，围上一群‘军师’。其中一位军师叫左存根，四十岁上下。离愁海生意红火的时候，此人每年都要在滨江停留一些时日，等到货物派发后，再回到缅北园区。前些年，正是他的一番作为，被离愁海奉为‘破浪之神’，谁都佩服他有一双打通堵点的隐形之手。姚氏犯罪集团覆灭后，这位大神也跟着在江湖消失。毒品北上通道从此不再。有一段时间，我们一直怀疑左存根与姚氏犯罪有内在关联。但姚氏数百万字罪证材料表明，此人没有涉毒犯罪问题。离愁海海水的‘流向’只是在姚氏集团的边缘绕行，找不到任何关联证据，形不成犯罪链条。赵二怪、马大哈接受了最现代的测谎，也看不出他们有隐瞒说谎的迹象。公安隔三岔五对这二人发传唤，主要用意还是拖住他们，老实在原地待着。这一招也很灵！只要这二人不东跑西颠，我们总能从一些蛛丝马迹中找到一些启示。有的人看着这二人的肚子就犯愁。愁的是啥呀？‘当人犯，得管饭，饿得心慌死了算。’死了，你啥都得不到。何况，人家还算不上是人犯呢。好了，不说这个。这离愁海贩毒团伙的军师们一看是滨江的孩子，而且还是个男孩，这等于给离愁海里的‘航空母舰’加载了‘人工巡航系统’，虽然它跟不上‘电波’，但它很可靠。北上这条让无数船只搁浅的航道，很可能因为有了这个‘系统’而复航。我们内线传回的信息表明，离愁海正在寻找这孩子在滨江的母亲。一旦找到，就得先做上几单。同时，通过‘做单’寻找机会，策划几起‘男童失踪案’。他们认为，如果再有七八个这样的孩子，将不愁在这批孩子的身后组织一支替他们冲锋陷阵的‘敢死队’，为他们设计的地下通道蹚雷阵。有了这样的组织结构，未来滨江将成为谁也难以打掉的‘中转站’，畅通无阻地直达广宁，然后消失掉。很多年来，离愁海的不变法则是‘把人弄痛，把货放重’。现在的做法依然是把人先‘弄痛’再说。但要把‘货’放多少，这就不得而知了。具体说来，现在的贝贝就是砝码。它可能产生亡命之徒，可能让人刀锋舔血，可能逼人铤而走险。虽说离组建一支‘敢死队’还很远，但是否会产生赴汤蹈火的‘逆行者’，我们可以拭目以待。尤二勇的这种做法，分明就是逼人带着炸药包去奔跑，闯烈焰，跨火圈，还不让你引爆它。也只有痴心父母为亲生骨肉愿意去冒这等风险！现在的情况是，我们与毒犯，谁先找到这贝贝的母亲，谁就有了掌控这事的主动权。也就是说，眼下我们倍加关注的，还不是贝贝由谁掌控，而是贝贝的母亲在谁的手里。这才是问题的关键。如果我们不赶在离愁海的前面，我们这帮兄弟也就只能采取最原始的办法：守路口，查疑车，熬更守夜，接受过往司机的心堵埋怨，甚至暗骂。经历太多了，懂得守卡子那种枕戈待旦，翘望天明，是一种怎样的滋味！”

张广友似乎给大家抛出了一个死结。没有奇思妙想，谁也不能打开它！

“且把这个‘结’先搁在一边！”梁剑借机给大家作精神松绑。他说：“现在有一个新说法，量子有了感应才叫纠缠，信息生成逻辑才叫分析。张广友用他自己的理解，给我们带来了一段‘世说新语’，这不是简单的无缝对接，也不是奇妙的梦幻神奇，而是‘今生遇见已无再见’的一个案子。案子的第一步就是要找一个女人。张广友把它比喻成带着炸药的人，这很形象。把炸药捆绑在身上，然后逼她去跨越火阵，还不让碰到一点火星，这一招毒啊！我们没有撒手锏。它逼着我们采取‘放’的态度：放他们‘逃单’，放他们坐大，甚至放他们肆无忌惮地在我们的被窝里下崽，我们还不能吱上一声。同志们，这大单他们想做，我们何尝又不想呢？我们得黏住大单，允许它‘逃’，看它咋‘逃’，但绝对不能让它来无踪去无影，让我们黏不住。既如影随形，又隐形不露。这考验我们黏住‘逃单’

的技巧！刚才张广友把情况说得很通透，那么，问题来了：第一，那孩子一路转手，现在需要一个准确的定位，要确认。悬疑最大的地方就是现在那个孩子还是红帽子里的那个孩子吗？出现‘狸猫换太子’的情况没有？这需要内线提供铁证。拿不出真凭实据，会砸掉我们的饭碗。第二，我们是在进行一场特殊的‘寻亲’活动。这种‘寻亲’，难就难在我们是‘一厢情愿’的第三方。当事双方全被蒙在鼓里。眼下，没有任何迹象表明，母子之间有‘寻’的诉求。谁寻谁，谁找谁，没有一方是主动的。为了‘截货’去‘寻亲’，同样会把事情搞砸。就算是我们运用特殊手段在茫茫人海中找到了这孩子的母亲，那又怎么样呢？她要是待孩子是生命的一部分的母亲，那贝贝必将获得生命般的守护。贝贝若是母亲生命中的累赘，那他的遭遇将会很惨。大家想想看，我们找到了贝贝的母亲，可我们正好遇到了一位不愿揭开当年弃婴‘伤疤’的母亲，那又怎么办？事情的结果不仅会迁怒这位母亲，还会给慈善机构的红帽子带来‘不慈善’的麻烦，引来舆情风波。这原本攒钱的生意，一下变成蚀本的买卖！我们很可能是热脸贴在了冷屁股上，惹来一大圈人咬牙暗恨！第三，要是离愁海找到贝贝的母亲，情况可能大不一样，他们才不管贝贝是不是母亲生命中的一部分，他们照常可以通过要挟手段，逼贝贝的母亲为他们当卖命的马仔，孤注一掷在滨江打入一块‘楔子’。都在说，许多筹码可以互用。那么，我们是否也可以将贝贝作为筹码使用呢？具体讲，我们能否让贝贝的母亲打入离愁海的心脏，充当我们的内线？我觉得她不一定有那样的担当，至少目前没有这个把握。

即使让贝贝的母亲知道贝贝的处境，也难说她会主动站出来有领回孩子的意愿。央视有一档节目，叫《等着我》，这无辜的弃婴很可能此生永远也等不到母亲良心发现。这是我的猜度，会不会这样，不好说。但愿这仅仅是一个猜度。”

“没有猜想就没有科学，没有揣度就没有判断。所以梁副局长的‘猜度’很重要。我认为，可以用这种方法去考证一个母亲对孩子在感情上的黏合度到底有多大。母子分别，存在一个时间距离、地理距离、心理距离等。这些距离有的会拉开感情距离，有的则会把感情拉得更近。这值得我们具体分析，因为它直接影响着我们的行动。”刑侦支队杨兰兰提出的这个命题非常新鲜，她说：“这个问题，不要认为挺玄乎，它的科学性紧贴着我们下步工作的靶向性、有效性。掌握了它，会让我们少一些腿脚奔忙之苦。我不懂禁毒业务，既然是集体会诊，我就这一点发表点一孔之见。我现在是一个孩子的母亲，懂得什么叫母性的光辉，也最了解天下所有女性在诞生小生命之后的普遍态度。那么，我们来看看，专家们是怎么看待弃婴的？我了解到的是他们早就归纳了‘六种痛’‘三不舍’，我们要摸清案件嫌疑人到底属于哪种情况。”

杨兰兰进一步解读：“‘六种痛’：一是缺陷之痛。就是说新生儿有先天畸形，这弃婴事件第一痛，叫创痛。二是香火之痛。重男轻女，是男就留，见女就弃。唯有男丁才能接续香火，偏偏只生女婴，就难免一痛，叫怅痛。三是滥交之痛。流动人群和青少年早已成为非婚生育导致弃婴的高发群体，在尝了禁果之后，他们不想留下苦果，叫悔痛。四是生存之痛。经济拮据，只能将弃婴放在社会福利机构，让其受到保护，这是抚养带来的痛，叫愧痛。五是感情之痛。婚姻出现破裂，双方觉得带上孩子会给重新组建家庭质量减分，只好抛弃，谁也不养，只好遗弃，叫短痛。六是身份之痛。怕触犯法律，担心引出其他隐私问题，只好将孩子遗弃，叫隐痛。至于‘三不舍’，指的就是他们送走孩子后，存在三种挥之不去的心理阴影：一是在孩子生日这天，会有‘不舍的牵挂’；二是当听到婴儿的啼哭，会有‘不舍的惦记’；三是牵过幼小的手，会有‘不舍的想念’。这些‘不舍’，会像魔一样缠着遗弃婴儿的女人。其实，她们终身都在忏悔。骨肉分离，大量的遗弃案例表明，丢掉自己的孩子往往会把一个女人搞垮。‘伤离别’说起来委婉，直接一点：别离就是伤，离别就是痛，它是人间最无奈、最不得已的事情！只要我们要把填空题改成判断题，把分析题改成运算题，就会有准确的求解，这样才有‘寻亲’的收获！”

“‘六种痛’‘三不舍’，真切的情感归纳。这里面的任何心痛、任何不舍，对于女性来讲都是心灵天空的灰色雾霾。孩子没有残疾，父母不是冷血动物，符合‘心痛不舍’的条件。当然，它考验着我们的运气。如果我们的对象有强烈的‘相认、相聚’的愿望，这更增加了我们‘寻亲’的动力。眼下，我们应当将碎步改为快步，两步并作一步，走在离愁海的前面。挡住他们的视线，占据优质的视野去寻找弃婴的母亲。不管我们的对象认不认遗弃的孩子，我们都必须找到她。如果我们的对象有足够的潜质，搞个‘零基础’速成班，也不是不可能的。多一颗楔子打进去，将会有意外的收获！”梁剑越讲，他的眼睛越亮。

“人海茫茫，让人眼花缭乱，权且认识也会溜过。我们的工作靠的就是情报引领。有线索才能跟进，有跟进才能揪住头绪。都说麻雀飞过也有影子，可现在，连影子都没有一个呀，哪里去找什么麻雀啊？”禁毒缉毒专家陈天强气馁地讲道。

“咋没影子呀？影子还是有的，只是没有找到麻雀！”现场沉闷的时间太长了，听到这话，大家哗地一下来了一阵笑声。禁毒缉毒专家罗天佑说：“那红帽子的监控为啥不算是一个影子？模糊，进入不了大数据智能化比对，说明我们这系统有问题。面部稍有斑点就六亲不认，那还要他干啥？现在我们只能放下智能化。我看了一下，不是不可以肉眼比对，大家不妨一试呀。嘴多了，容易多嘴多舌，统一意见难，耽误大事。但要是眼多了呢？眼多了也许会明察秋毫。有的天生是火眼金睛，只是我们没有发现。多找些人看看，说不定有的人一下就认出里面的人来了呢！”

“你们不知道给出的视频有多糟糕，不是雪花，就是马赛克。能从雪花中找人，能从马赛克里找马，除非你是神仙！”民警詹飞表示质疑。

“现在，我们只知道小孩的生日。这是红帽子从那孩子身上的玉坠上获得的信息。这是院方留存的资料。在滨江，我们已经筛查出同一天出生的孩子有 1248 人！这已是很小的范围了。如果挨家挨户登门造访他们的父母，然后用排除法留下可疑的父母，这样做，工作量同样非常大。这是一种笨办法。不过呀，这种最笨的办法也最为可靠！”民警傅纪彤指出。

梁剑拿着一支签字笔，不时在指尖旋转。每当他的思考就要突破的时候，他总会把笔玩出不同花样来。旁边有人窃窃私语：“刀哥开始准备划口子了！”果然是这样，梁剑说：“我想问一下，那位女士将孩子放在红帽子门口是在什么时候，街面上有没有天网？那一天，公安机关在那条街面上巡逻都撒出了哪些警员？请帮我查一下！”

日子可以查到，但那是一年前的事了。街面所有“天网”只存储七天至半个月时间不等的视频。而那时的所有视频，都会被后面的视频“碾压性”覆盖。有人说，“这么长时间了，信息都磨成齑粉了！灰飞烟灭，找回来，就是神话。”

“既然什么都调不出来，那一天的街面巡逻警察能不能调出来？”梁剑追问。

指挥中心一位同志气喘吁吁地抱了一大沓巡逻记录。工作人员很快翻到那一天的那一页，说：“就是这一天，一级战备，是蒲清初带陈夫可负责街面上巡逻！蒲清初是快要退休的老警察，目前已经办了手续。陈夫可是新警。那时的出警，是临时搭的一对‘师徒关系’！”

梁剑心里一悸，问：“哎，你说的哪个陈夫可？难道是培训中心那个‘小公子’呀？”

“滨江公安系统只有一个陈夫可。对，就是他！”

梁剑一拍桌子，大吼：“谁要你们这样干的？还就是他！我记得局党委会上曾经有过明确，陈夫可到综合部门任何岗位都可以，就是不能到执法部门！”

现场，正好负责综合部门的后保中心主任安欣叹也参加了这次会商，那一拍吓得他腾地站了起来："报告梁副局长，当时人手太紧，拉不开栓了，就把陈夫可给派上去了。不过，陈夫可到滨江街面执勤到底有过几回，也是屈指可数的，我想，前后加起来也不过六七天！"

"执法记录仪能记录和储存多长时间？"梁剑继续问道。

"要看芯片容量，还要看是哪个厂家。工作时间，大概就在六至八小时，待机时间是一周。录制的信息，仍然是后面的信息覆盖前面的信息，碾压性覆盖。要想调出信息来，那是一种幻想！"安欣叹回答。

"叫陈夫可，带着他的执法记录仪过来见我！"梁剑的嗓门越来越大。人们心想，这陈夫可要是能在雨停之后接上几羹残留的屋檐水，哪怕是几滴，也都金贵得要命。

陈夫可跑步到会议室。他浑身汗涔涔地。一声报告，一个敬礼，让会议室里空气更加紧张起来。他的执法记录仪早就没电了。执法记录仪是由个人保存的单警装备，一线执法民警就是通过它记录个人执法全过程。他的关键作用就两个：一是监督执法，二是固定犯罪嫌疑人违法证据。陈夫可将这个巴掌大的玩意送过来，插上插座，开始充电。接着，技术工作人员帮助他把执法记录仪连接到会议室液晶显示墙上。这时，所有的人都盯着偌大的墙面视频。他们等待奇迹出现。技术员调着调着，竟然真的调出了当天街面的视频。

大家哇的一声，兴奋起来。

那画面清晰极了。有人惊呼："我的妈呀，这都能调出来，向执法记录仪致敬！"大家很快看到，视频上一个女人抱着孩子往红帽子儿童福利院行走的背影。脚步有些迟疑。画面断断续续，晃动很大，能看清孩子熟睡的面孔。但大家需要识别的不是那个孩子，而是背对镜头的这个女人。这个女人是谁？现场所有人都在唉声叹气，很无奈，“美女，你啥时候掉过头来呀！”视频放了很长时间，大家非常失望。属于这个女人的镜头结束了。从头到尾，她没有回过一次头！

梁剑紧紧盯着陈夫可：“这镜头是无意的。你，你认识这个女人？”

陈夫可却又紧盯着屏幕，好半天才说了一句：“这个背影，好熟悉，好像在哪里见过呀！”

“定格，放大，再放大！”梁剑突然站了起来，他指着液晶显示墙，急切地交代。那技术员满脸是汗，紧张地调着，他一直不敢正眼去看梁剑。因为案子每到攻坚的时候，梁剑的目光总是带着寒气。

“放大了，反而模糊了！”陈夫可说。

“这么说，你熟悉这个女的！回忆看看？技术员，快把红帽子儿童福利院提供的监控拿出来，多放几遍！一些专家都说看不清楚，无法进入数据分析，拿出来让陈夫可识别一下，动作快点！”梁剑似乎看见了一线希望。

红帽子儿童福利院的监控视频再次播放。

投屏墙上，雪花，马赛克。视频里，只见一个女人东张西望，慢慢靠近红帽子儿童福利院门口。她非常犹豫地将孩子放在门槛边。然后转身，一阵小跑，离开了监控视频。画面不全是雪花点，转身的那一瞬，依稀看出一个女人的大体轮廓。

陈夫可心里一热，直呼：还用看呀？那不就是姚二妹嘛？！就是她。

这是一个跟陈夫可有过短暂生活的女人。视频里的几片雪花，哪能蒙住他的眼睛。雪花如同纱幔，似隐似现，若有若无，反而激活了他的记忆，唤醒了溜走的时光。那生活，尽管一地鸡毛，却已是铭肌镂骨！

“你确定？”梁剑表情严肃。他双眼紧盯陈夫可。

“姚二妹的身影，不用过度识别，只要动一动、晃一晃，就知道是她！”陈夫可语气坚定。

“快查，姚二妹分娩的日子！”梁剑急促地下令。

“四月二十四日。”一直守候在电脑前的工作人员，几乎在几秒之内查出了姚二妹的孩子出生日期。

“吻合。有没有 DNA 样本？”梁剑进一步问。

“有。两人都有。要测？”

“要！马上。”

所有样本、资料都有库存。半小时后，得到鉴定结果：落入离愁海手中的那个小男孩，具备姚二妹所有遗传特征。他就是贝贝！

真相揭开。

杨兰兰一阵惊愕，久久望着天花板。那表情，那神态，分明在说：我的天哪！现代科技，证实了从一个最不可靠的人嘴里可以得出一个最为可靠的信息的结论！

梁剑环视四周，严肃地讲道：“我有三点思考：第一，点石成金，将姚二妹化腐朽为神奇，成为我们的人！即使她现在失去活力、颓废不堪，也要这样做。姚二妹这人，如果我们不用她，别人也会加倍地用她，而且会用得让人目瞪口呆，让人惊慌失措，让人无法招架、难以应对。我们用她，就是要化鸥为凤、化险为夷、化剑为犁。第二，大量工作的难度是‘度人’。‘度人’的难度是‘度心’。把‘心’抓过来，比抓人都难啊。当初‘重新起底扫黑’这些工作，让姚二妹全家遭到毁灭性打击。她极有可能对我们埋下了仇怨的种子，内心必然存有不愿合作情绪！我们一定要以攻城的状态，拿出时日，把她给攻下来。即便对方懒得往前动上一步，我们也必须向前走九十九步。第三，把事情做成功，很累。做失败了，不累，却可能会遭罪。我们宁可受累，也不去遭罪。大家务必看清楚，不想遭罪的累活，还得接住！”

梁剑又对陈夫可说：“今日起，陈夫可进入专案组。希望你甩掉包袱！我将把这事向章锋副市长报告！”

“是！”陈夫可蓦地站起。敬礼！泪水长流！

这是陈夫可进入滨江公安机关以来，自认为首次受到了重用。

会议散了。梁剑与张广友二人不肯离开。留在还弥漫着讨论气息的会议室里，双双发起呆来，延伸自己的思考。

梁剑在一张纸上反复写着“妥神”二字，问张广友：“这妥神到底是何方神圣？没这个妥神，这贝贝咋到的离愁海就会失去逻辑链条……有人曾经抓到一个骗子，就是这个骗子，吓唬人家是进派出所还是进女厕所，办妥之后都称他神，从此就有了妥神。我怎么也想不起来了，是不是他呀？”

进派出所还是进女厕所，只是梁剑记忆中的一个闪现。一切都要以证据作答。

“这个妥神，还是离愁海内线提供的。人贩子覃甫道也就知道这么一个外号。谁也不知他的真实姓名。哎呀，这种事情，能够让外人知道一个代号，已经谢天谢地了。全都知道，会要了人家性命？我请求，我带一个组，重新提审马大哈。目前，虽然还没有信息表明他跟离愁海有直接关系，但是潜意识告诉我，妥神跟浪情运动馆有关。马大哈曾经跟人吵架，就骂人家像个妥神似的。可见，妥神是浪情常客，我判断，至少不排除他是马大哈生活圈子里的人！”张广友说。

马大哈被反复传唤到派出所，都说“连一根稻草也没捞到，打了专案组的脸”。这天，马大哈再次收到传唤证。他只说了一句“今天又让我去混饭吃”，就被上了铐。进了询问室，马大哈依然被铐着。他问：“今天对我上起刑来了，啥意思？”张广友说：“怕你不老实！”接着就问：“我说马大哈呀，这段时间派出所反复传唤你，说明你对案子很重要。你得配合！在这里，你讲的所有情况，都要承担法律责任。所以，你要如实回答我的问题。我问你，妥神是谁？”

马大哈朝张广友一怔：“原来，你们反复传唤我，就为这个呀！我要说出来了，你得保证往后不再传我了，烦死我了。而且，你得马上把我放出去。”马大哈语气强硬：“我要一个承诺！”

“嗯哼，我要是不给你这个承诺呢？”张广友也在试探这个闷墩的底线。其实，这张广友同样有颗“小人之心”。他猜度，这派出所只有一口大铁锅，正好可以放进马大哈那牛腩大肚，尤其是他见马大哈那吃相，也心堵，分明就是衔石填海，不知啥时能饱。不再传唤他，既满足大家心愿，也减轻派出所负担，何乐而不为呀？

“兑现不了，我宁可把牢底来坐穿，也绝对不说出妥神是谁！”马大哈一再坚持。

张广友愣住了。一种犹豫踌躇之态，一种内心挣扎之情，全部写在脸上。他第一次在讨价还价的嫌疑人面前让步，非常不情愿地说：“好，同意你！”

“立字为据！”马大哈得寸进尺。

“请马大哈先生抬头看那上面。那是一个监控镜头。对你的询问，有全程录像。这难道还不足以为据吗？我讲的每一句话，它都将记录在案！”张广友给人铁一般的面部表情。

“那好，我说！妥神就是陈大宽，陈家湾人，那些年喜欢泡在浪情！”马大哈说得非常干脆。

果然如此。

“好，放你！”张广友说。

张广友回来一查证，得知情况是，那陈大宽就是陈大善的堂哥。陈大善是滨江市的副市长，因涉黑被判刑。出狱当天，汽车抛锚，死于阳平湖水库。

张广友兑现了对马大哈的承诺，决定不再传他。

但是，马大哈离开派出所后，次日失踪了。一周后，三江渡派出所治安组组长、民警叶旬泽带队巡江，发现上游漂来一具尸体，打捞上岸，经过数字化人脸识别，此人就是马大哈。

悬壶楼茶庄的好事者，刻意要守住历史传说的纯洁性。他们说：马大哈并非滨江人，更不是陈塘关人，他是铁盖王找来的一个外地司机。三江水只会守护三江人，要命也只会要外地人的命！

马大哈供出妥神陈大宽后，民警称："可以采信。"

可陈大宽又在哪里？

都说陈大宽在"手拉手"公司"闷声发大财"呢。他领着陈大年、陈妙香、陈妙季，这两年接了大量旧房改造单子。"手拉手，拉了皮条，拉了生意，难说拉住了人心啊！"一个念头上了梁剑那颗多疑的心：马大哈走了，得把陈大宽拉住。他要是攥着马尾巴跟着马大哈走了，这案子将会被社会诟病！他打电话给陈妙来："丫头啊，你约一下陈大宽，我查了一下地图，离他公司最近的地方是竹楼茶舍，你请他喝一次茶吧。时间定在明天上午十点。"陈妙来说："梁叔，那我得请个假，有事吗？"梁剑说："案子上的事，核实一点情况！"陈妙来说："懂了，我只负责把人约进竹楼就可以了？"梁剑说："是呢！"

陈大宽应约到了竹楼茶舍。二人见面，笑声满堂。陈大宽如法炮制，也给陈妙来带了两盒"天门山——仙茗暗能量"茶叶。陈妙来一见，说："两块敲门砖，走到哪里就是这个'暗能量'。我说大哥，你我还用这么客气呀！"陈大宽说："你就是我们陈家的活菩萨，再怎么样，也得把你好好供着！"

张广友头天晚上带队到广宁。次日上午十点半，直奔竹楼茶舍。陈大宽一见传唤通知书，瘫倒在地，磨叽好半天没能爬起来。陈妙来生气了，一跺脚："起来。大哥，你好没意思。

你好好配合不就得了！”

张广友给陈大宽上了铐，带走了。

审问陈大宽仅几句话。

张广友首先对陈大宽讲了两个人物：覃甫道是“收荒者”，尤二勇是“接货人”。然后，神秘讲道：“我说，妥神啊妥神，这一前一后，中间没有一个人，生意恐怕怎么也做不成啊！”

听了此言，陈大宽脸色惨变。低着的头慢慢抬了起来，惊疑地问：“你，你啥都知道呀？”

“啥都知道就不找你了。你要是给我说了假话，那就是做伪证。做伪证，要承担法律责任，你陈大宽比谁都清楚！”张广友晓以利害。

“冤枉呀，都是铁盖王的司机马大哈叫我干的。这王八羔子，总是拿我给姚世福做过工程这事要挟我，胁迫我，假若不听他安排，就要告发我。还说，我二十多年前就喜欢黑吃黑，吃过人贩子的钱，给我取了个‘妥神’名儿，说我办妥一些麻烦事，神通广大。我的天哪，妥神再神，哪能瞒过公安啊！”

一瞬间，呜的一声，那陈大宽放声大嚎。

“我信你说的！但现在，你只能在这儿待着。一出去，你是第二个马大哈！”张广友说。

“天哪！”陈大宽嚎声拉长，变细，直到哑掉。

筹码只能放在秤上，才能称斤论两。

贝贝这个筹码却放在尤二勇心上，这分量就无法换算了。它是赌徒疯狂押出的赌资。母爱有多重，它就有多重——秤杆另一端挑起的全是母爱。

离愁海几个谋诈的军师开始谋战。

左存根一行十多人，夜潜滨江市。这可是谋而后动的一步大棋。

尤二勇严厉对他们讲道：“如果在最短时间里，你们这些大侠找不到贝贝的母亲，那么也将有人在最短的时间内有大侠找到你们。到了那时，就是上天也保不了你们！”这帮人出发前，做了大量的功课。除了录像、拍照，还收集了贝贝体液，甚至头发、指甲等。全都妥妥帖帖有序放进越野车后，这才星夜过境北上滨江。这些滨江过去的常客，在今天也有许多不同寻常之处。他们分散住在一些很不起眼的鸡毛店里。有时，也会在悬壶楼茶庄这样一些具有标志性的地方喝喝茶、望望风。

左存根的姐姐叫左存芬，是姚世禄第三任妻子。这是一个典型的风尘女子。她是姚世禄当年在云南寻求做煤炭销售代理商时，在一个茶马小客栈里收获的一大“惊喜”。当时，左存芬虽说大字不识几个，但长得婀娜多姿，丰润精致，是古道边过往茶马商人心中第一号标致人物。此女深谙交际世故，煽情撩人，却又傲气得让无数富商馋涎难攀，不敢轻浮靠近。一些翩翩少年，连谄媚的勇气都没有。左存芬慢慢变成了深闺难见的夽内之货。

那天，姚世禄住进客栈，吃完饭正在回廊出神，这疯丫头竟在拐角处不慎一头撞进姚世禄的怀中。那姚世禄顺手一把就搂为床上尤物。一年后，生得姚二妹。左存芬如何赢得姚世禄的欢心，她总结了只有女性才能懂得的投怀送抱秘诀。她为姚二妹传授了一整套人生成功的“出牌方式”。姚二妹受了“真传”。别人十八变好看，二妹十八变娇艳。她不为普通少年所慕，却是官员趋之若鹜、心动愿养的那种女孩。左存芬从不沾惹姚世禄生意事务。养尊处优，每日不是睡觉，就是吃肉。尽管嗜肉如命，却让她的身材更加健美。她平日并不喜欢穿金戴银、粉妆玉砌，却保持着婀娜丰润之美。那些年，左家承包了一片土地种植烟草。靠天吃饭，一家生活也算殷实。烟叶不愁销路，主要向红塔集团供货。小本生意不足以让姚氏帮助提携。长期以来，两家各自营生做事，相互撇得很清。正是如此，姚氏专案组在寻找姚氏集团涉黑犯罪证据时，左氏家族这边无人受到传唤。姚氏集团覆灭后，左氏这边的亲人很少有人再来滨江望风谋事。遭难不寻亲——姚氏兄弟往南夜逃时，路过云南左氏家门，也未作片刻停留，就直奔缅北去了。姚氏兄弟过境后，被当地一个名叫蓝启龙的军阀逮住。因为他身上有一对古董如意，送给这个地方武装头目后，便有了暂时的栖身之所。那一阵，连绵不断的炮火也没让姚世禄有更多的不安。

那些年，“地下特工”早已不是经邦经国、党派组织的专利。色诱、拉拢、胁迫、收买等玩法，早在离愁海这里根深蒂固，被用得稔熟。平日，左存根那一干人大多还是散居于一些客栈，发展一些社会耳目，他们各有潜伏之责。

左存根在滨江一个“不如一见”的小客栈约见了姐姐左存芬。见了面，没有寒暄，左存根直接问了姚二妹近况，算是“投石问路”。左存芬只能对他讲：“老弟啊，树倒猢狲散，大难一来，一股风就把好些人给吹跑了。亲人之间，也都互相揭发，为的是换得那点自由，哪里还有多少做人廉耻！”左存芬说：“要说姚二妹这孩子，也很难回家一次。不说姚家被风吹散让她飘荡在外不沾家，从大学毕业后她就不沾家。女孩嘛，该有自己的人生，养好自己的青春。现在，她就是沾了家，又有何用？谁养她？她在外面找点事儿做，兴许也能把自己顾着。不过，她在这些年到底顾没顾着自己，养成啥样，天晓得！”

左存根听了这些话，觉得母女都守住了一个“养”字。他又问：“姐，我记得过去你们认识不少公安上的人，现在还有联系吗？”

“哪里认得他们。只不过挂了一张虎皮，吓唬吓唬那些蠢蠢欲动的骚山羊！以前，我还认为我们家保安就是公安，后来才知道，哪有这种好事呀？怎么可能跟他们一样呢？家里势力再大，警察也不可能来保卫你！警察是政府安排到大街上来回游走晃动的人，哪有义务守在你家门口呀。你没听说大街上那些牌子都写了些啥呀？都是在劝说呀。‘别打架，输了住病房，赢了坐班房！’他们只管小年轻不要惹是生非，要求车辆行人都规矩点行走！你看看，人家都忙这些去了，哪还可能把那张虎皮挂在你的墙上？”左存芬说完这通话，令左存根一阵隐笑。但他还是要趁机向姐姐问下去：“代理你们家案子的律师，都是哪些人呀？”

“别提了，那些律师一来，就吹牛打赢了多少官司，漫天要价。有从省城请的，有从北京请的，也有阳光律师事务所的。阳光的卢伟被抓进去了，但他手下的律师没受到多么严重的影响，手里拿着证，还在帮人打官司做代理！”左存芬回答。

“他们目前还有没有留在滨江的？”

“倒是有一个！他在打完官司拿走最后一笔钱后，被人请去打一个‘长江非法捕捞水产品’的一个官司，是北京一家律师事务所的人，叫齐天。这人应当还在滨江，口气很大，说是要把一些领导弄下课。其实，都是唬人的，既要吹牛皮，又没肺活量！办世禄的案子，也是这口气。他们不敢说梁剑，提起这个名字就称‘滚刀’，不过只会自保而已，其他都是托词。我们已经被这种夸海口的人整麻木了！”

左存根心里一热，就跟左存芬一道约见了齐律师，地点就在悬壶楼二层包间。齐律师没等他们开口说话，便请求他们帮忙做一件事：“你们姚家干亲家陈大善，出狱当天就溺亡了。他的出狱，属于戴罪立功咧。他的违纪违法行为，对儿子陈夫可未构成直接影响。现在，陈夫可加入了一个涉毒专案组，得到重用和信任了。这还不说，他还介入了捕捞侦查工作。如果你们熟悉,能不能给我介绍认识一下？非法捕捞水产品的官司，非常难打！”

“这让你失望了！我呀，只见过死鬼陈大善，没见过活人陈夫可！他这个儿子，从未谋面，我也不喜欢场面上的你来我往！”左存芬冷冷地说。

“你们不是干亲家吗？陈夫可与姚二妹应当熟悉呀！”那律师做最后的努力。

左存芬听如此说，哈哈大笑，说：“你还是个律师呢，天下第一蠢！什么干亲家？那都是酒桌上的话，你也当真呀？酒劲儿一过，哪个干亲家不是野心家呀？”

干亲家跟野心家扯到一起，也只有左存芬嫁到姚家后才提升到这种认识高度，得益于圈子文化的影响力。

那左存根听了左存芬怼了齐律师一句，反而对齐律师的话有了兴趣，问："齐律师啊，你说的陈夫可那个涉毒专案组，到底是抓什么案子的呀？"

齐律师说："风波之后，贩毒不过三江。最堵是滨江。但听说现在又有'暗渡'迹象，公安机关正在密布侦查力量呢。我不代理这类案子，人家随口这么讲的！"

左存根故作正经说："顶风作案，就是找死！"

左存根这话是故意说给左存芬听的。左存芬一直感到这老弟有涉毒之兆。

近山近水，方可识鸟知鱼。左存根此番领队北上滨江，仅凭与齐律师、左存芬相见，便给那帮"大侠"两条策略：一是请求陈夫可帮忙协调联系市局打拐办，向他们提供孩子DNA样本，希望找到孩子的母亲；二是重新拾起姚二妹丢失的社会关系，赋予姚二妹寻找孩子母亲的义务。他认为，如果姚二妹现在的生活没了依靠，这也算符合"收留打工"条件。姚二妹是在金钱满足中长大的，手中拿的各式各色名包，过去放的都是一日几换的细软，现在最多也就放些卫生用品、手机之类，不可能再有什么贵重东西了。

这天，左存根又在茫茫人海中找到了陈夫可的母亲陆娣。

左存根见到陆娣，就滔滔不绝地讲他当年跟陈大善关系如何好，交情如何深，谎称姚家对陈大善仕途上的支持，是他左存根及其他兄弟伙集资提供的。左存根说，陈大善这位大哥是运不好，不幸碰上此等事情不说，竟还搭上性命。痛失兄长，心里格外难受。左存根当着陆娣的面，还抹起泪来，并一再表示：“往后若有需要，千万不要客气！”最后，他说：“我想见一见侄儿陈夫可。”

最后这句话，才是左存根这番表演的真实目的。

陆娣阅人无数。人生大戏，她本人就是戏中一角。大量角色演技早已变成陈词滥调，再怎么努力也演不过实力派加创新派的陆娣。这位“问题官员”背后的女人，经过这些年来的历练早就变得成熟老到、城府莫测。她慢吞吞、悠悠然地对左存根讲道：“你的这番深情，让我感动，我会给陈夫可转告的。不过，他整日不沾家，也不知道他在干些啥！”

左存根急忙说：“谢谢你！我等着。”

左存根等了三周时间，与陆娣见了四次面，却未能等到一回陈夫可的约见。左存根判定，政法机关要求政法干部“净化朋友圈”，很可能自己被陈夫可给净化掉了。无独他左存根，凡是跟姚氏家族沾亲带故的人，要想接触陈夫可恐怕都是一件好难好难的事了！

左存根觉得，使命玩的是命，完不成极有可能搭上一命。他下的不是“踏破铁鞋”的功夫，而是“人肉搜索”的成本。他竟然打听到了姚二妹的下落，并取得联系。这一两年来，姚二妹的亲戚朋友，就像躲避瘟疫一样躲避她。他们认为，“姚氏大厦”四梁八柱一朝毁垮，至少姚二妹发挥了蛀虫作用。姚二妹经不住恶言指骂，也受不了那些如芒的目光。而舅舅左存根主动来找，没有轻视和白眼，也算是一剂暖心的鸡汤。但姚二妹何曾知晓左存根的来意。左存根认为，知其心方能动其心，动其心方能掳其心。姚二妹同意约见，谁知是否捧心而来，但用心的部分，得下一味用情的药！

这天，左存根与姚二妹的一番对话，让左存根见证了一个从磨难中走过来的高冷莫测的外甥女。

“我是一个被众人口水淹死的人，你咋想起来找我呀？”姚二妹问。

“长江的水都没淹死你，口水算什么？”左存根说。

二人顿时哈哈笑起来。

“说正经的，你现在做什么工作咧？”左存根问。

“喝酒！”姚二妹理直气壮，有一种满足感。

“这是你的工作？”

“不！是职业。也就是职业喝酒人！只要没人喝过我，就会有人高薪聘请我！”姚二妹自豪地说，“这是靠实力拼出来的岗位！”

“职业喝酒人，了不得！嗯，江湖有传，说你还生了一个孩子？”左存根又问。

“哈哈哈，亏你还说得出江湖二字。难道你不知道江湖险恶呀，难道你不知道造谣诽谤已经成为仇视官场的一种常态！我喝酒，养活自己，又怎么样了。孩子，你们也不想想，一个靠喝酒为业的人，怎敢生养孩子。这样的职业生出来的孩子，会是什么样子你想过吗？我也问问你，你知道大诗人李白吗？……你咋就不知道他的后代都是傻子？”

姚二妹矢口否认自己有孩子。她这口气，也让左存根感到姚二妹不好对付。

不好对付也很正常。左存根没有经过专业培训，不懂得质询中的诱导法。他控制不了自己想问的事情，就继续给自己制造尴尬。他说：“你没有孩子就好！我是想打听一件事情：在你身边的女伴中，有没有丢过孩子？有没有小孩被人贩子拐卖的？”

左存根问出这话后，也自嘲地笑了。觉得问得的确有些唐突了，不应当这样直接。但姚二妹却显得非常机警，她不但不愿回避这个话题，反而想延伸这个话题的内容，放大这个话题的社会关注。她肯定地说：“有！而且就在前不久。”姚二妹语气果决。

“你瞅瞅，这里面，有没有你认识的？”左存根从背囊里掏出几张小孩照片，像扑克牌似的一张张翻着，其实就是同一个孩子不同角度的照片。那姚二妹感到很突然。她并不清楚，贝贝怎么成了照片上的这个孩子。

姚二妹朝那照片投去的第一眼，就震惊了。但是，她怎敢相认？端详一会儿，脸色惨白。她又大摇其头：“我不认识这个小孩，没见过！”

姚二妹无论如何也掩饰不住内心的紧张、疑惑、惶恐。她的这番表情，一点也没有逃过左存根的眼睛。

姚二妹呷了几口茶水，压住怦怦跳动的心，淡然问道：“这孩子在哪里？”

“在缅北！”

“嗯？”

姚二妹一直屏息回应，她不会轻易就被人家拿捏。无论多大的屈辱，都打落牙齿含血吞。她强力掩饰自己，离开了舅舅左存根。回到鸭溪棚区，关上门。也只有在这时，她才大放悲声！这就是取下面具后姚二妹的本真。这就是骨肉难以相认的灵魂挣扎。

姚二妹怎么也想不通贝贝为什么会流落到缅北。她心惊胆战，六神无主，怎么办？这个舅舅现在经营什么？难道是在贩毒？她不敢想象。

很自然，姚二妹一系列举动也让敏感的左存根感受到了这孩子跟她有关。

"要想点石成金、化腐朽为神奇，就必须催生姚二妹来自灵魂深处的嬗变和认同。我的做法是，把她的心撕开一个口子，然后钻进去，两心相触，以心换心。最后，成为她离不开的人！"杨兰兰说，"这是我与姚二妹沟通所持的工作态度！"专案组对杨兰兰此行寄予厚望，期待她能精诚所至，换得真心，赢得先机！

曾经，参加封存姚氏家产的张广友，对姚二妹有过告诫："任何时候都不能漠视公安来电。否则，你会丧失法律赋予的权利，甚至遭遇意外伤害！"正是有了此言，杨兰兰把姚二妹的电话一拨通，只嘟嘟两声，便通上了话。姚二妹接电不含糊，应约爽快。就在她见了舅舅左存根的次日，在悬壶楼茶庄一个名叫"济世厅"的包间与杨兰兰见面。

杨兰兰没穿警服。一坐下来就拿出警官证对姚二妹说：

“看看，我的长相，一个最不容易被人记住的人。好在警号是333，又最容易被人记住了。我叫杨兰兰，是滨江市局刑侦支队副支队长。其实，让张广友、陈夫可这两人中任意一人找你谈话，优势都在我之上。只因我是一个女的，跟你有女性话题。组织一声令下，我便向你靠拢了，也希望你向我也靠一靠，让我荣幸地成为你的朋友！”杨兰兰一边谈话，一边观察姚二妹的眼睛。她说：“没让那两人来，还有一个原因，就是领导充分考虑你的感受，他们跟你有过一些私人交集，害怕节外生枝，给你带来不便。希望你能接纳我，认同我，信任我，我的妹子！我们之间的交流，特别是我的一些问话，请不要回避。很多东西，对你的安全很重要。还有，只要你毫不保留地回答我的问题，你也无须再去面对陈夫可、张广友这些老熟人。再去面对他们，无疑揭了陈年伤疤，不忍心，也太残酷！”杨兰兰用真诚告白走近了姚二妹。

“谢谢杨姐！理解是菩萨心，旁观是众生相。我只能向菩萨磕头！”姚二妹说完这话，把脸扭向一边。看得出来，她是一个不会轻易磕头的人。

不平凡的杨兰兰觉得面前这个女人不寻常，她会不会是一只“煮不熟的鸭子”？杨兰兰干脆直截了当地讲：“其实啊，我们早就知道你有过一个孩子。你是用坦荡和从容的态度，证明了这一事实。那天，你抱着孩子去闯陈大善的灵堂，外面早就传得沸沸扬扬了，而且陈夫可还是目击者、见证人。要不是因为你对孩子的抚养遭遇困境，要不是胡深宙网开一面帮你退保让你度过困难时光，我们也不可能加入进来暗地关注你。你与孩子贝贝的‘退保’，那是一笔很大的费用。可惜你没有把它用好用活，不日又让你重陷生活窘境。把孩子送到红帽子福利院，这是你明智选择。但是，并不是所有孩子到了那里都很幸运。领养他的夫妇在次年怀上了一对双胞胎。那对夫妇原本有能力留下你的孩子，可就是因为不是亲生的，从嫌弃到遗弃，就一步之遥。说心里话，整个过程，最受伤的是孩子！”

“你讲的这些情况，全是我做过的噩梦。伤心和痛苦，都是罪有应得。人啊，透支的快乐，要用无数的失落来偿还。有些事，能想通，未必能接受。接受了，未必不难受。我呀，醒悟得太晚了！”姚二妹眼里开始滚泪。

“妹子，不晚！听我接着讲。这孩子遭遇第二次遗弃，如果领养人将孩子归还福利院，这还算做了一件良心事。问题是这家夫妇把这孩子转手卖给了人贩子，这便是一件恶心事。他把问题弄复杂了。这人贩子只为钱，他也没有想到会落到云南边境一个叫离愁海的贩毒集团手里。离愁海是要拿这个小孩作为筹码，胁迫他的家人帮助转运毒品。你的贝贝不幸给撞上，成为人质。现在你的孩子，就在离愁海那帮人手中！一旦确认是你的孩子，他们就要向你发起强大攻势，逼你为他们赴汤蹈火、闯关夺隘！”

姚二妹腾地一下站起来。她已经控制不了自己的情绪。一边是离愁海左存根，一边是公安上的杨兰兰。姚二妹无须选择。她嗵地一下跪在杨兰兰面前，哇的一声嘶鸣起来。她说：“救救孩子！救救我！”脆弱的姚二妹泪水长流。

那一声嘶鸣，和着临江的风，萦绕在悬壶楼济世厅。

杨兰兰内心虽然强大，但也会在别人的故事里，流自己的眼泪。她说：“妹子，你别这样。你是受过教育的人。有一句话非常适合你：人生经历的所有挫折，都是开启智慧莲花的淤泥。路走多了，你知道坑在哪里；亏吃多了，你知道伤在哪里。衡量一个人成功的标准，不是他攀登的高度，而是他跌落后反弹的力度。你的全部人生加在一起，就不是一般的力度，它足以让你在滨江与离愁海这段路上，来去自由。他们中的任何一个人，都不会是你的对手，核心是你跟我们配合！”

“你高看我了。哪能呢？要是将生命倒回几年，我站在那里，就是一种武器。仅用眼光扫射他们，就能让那些有非分之想的男人落荒而逃。而今，我寄希望于你们。只有你们站在那里，才会令他们惊慌失措、抱头鼠窜！配合，我会的，我一定会的。我听从你们的安排！”姚二妹急切地说。

“我们在离愁海的眼线说，最近有一批人潜伏到了三江一带，要寻找那孩子的母亲。你最好不要主动接触。但是，一旦找了你，就应当仁不让、据理力争，毫不犹豫地将孩子争取回来。自己的孩子回到自己身边，这是天经地义的事情，是人们常说的天理。天理是镜子。镜子无所谓善恶，但它具有照出善恶和辨别善恶的功能。孩子毕竟是你身上掉下来的肉，天下做母亲的都一样，那镜子能照出我们内心最真实的感受！如果你真的不看重你的贝贝，别人自然也就不会拿他当回事儿。后果不用思考你都会知道，你及你的贝贝的安全都将成为问题！”杨兰兰说。

“他们已经有人找过我了。我见了照片，是贝贝，没敢相认。好后悔呀！”姚二妹说。

“哦，原来他们还是捷足先登了，我们姗姗来迟。不要紧，那人是什么人？还会找你吗？”

“我舅舅，左存根。还会来找我的。我猜测，他在离愁海已有很多年了，应算核心人物。对了，我突然想起了——他们特别希望能结识你们公安上的人。我判断，他们最终目的，就是想借助你们的力量为那孩子‘寻亲’。有了筹码的主人，才能体现筹码的价值。不过，一旦知道我就是孩子的母亲，主人找到了，这目的也就达到了。接下来，公安机关将是他们避之不及的地方，而我将是他们重点操控的对象。你看，我说的是否正确？”姚二妹这样讲道。

杨兰兰竖起大拇指：“你有很高的潜质，难怪呀！”

“难怪什么？是不是因为我过去的经历太粗放、太另类、太龌龊！”

杨兰兰瞬间紧张起来：“妹子，你是太高冷、太孤傲、太单纯，你再有智慧也难免遭人算计！”

姚二妹俯首弄指，有些腼腆，已经很少有人这样夸她了！

“我不希望你孤军奋战！你心里知道就行了，从今往后，你将是一只小熊猫——属于重点保护对象。我们随时都有人在你身边。记着我的电话，记着我们值班电话。我们还有一个同志，叫刘司格，就住在你们附近。”

“瓜州棚区？”

“瓜州棚区。野鸭成群，一番好风景！”

“茕茕孤影，半梦半醒！”

二人都乐了。

不日，在一个名叫“归心茶舍”的地方，左存根再次约见姚二妹。这一回，姚二妹用了一整天的工夫，积蓄撩人养料：她染了头发，穿金戴银，粉妆玉琢。此番气象竟让左存根见后很不自在起来。他记起舵手尤二勇的一句忠告：“魔鬼都怕风骚女人！”

果然，左存根见了姚二妹，声音都发抖了：“二……二妹啊，我似乎啊，记得你们家跟警察有很多来往交集，想必现在还有不少穿制服的朋友效力，不知现在还交不交往，还交不交咧？”

姚二妹向他投去鄙夷的一眼。她说：“怎么不交？交往有多种。地下交往更是托物引类、和光同尘。公安交往的，难道就不能转入地下？生存嘛，无非就是占据一个舞台。你方唱罢我登场，台前幕后各奔忙，轮流转呀！只不过，现在跟公安交往，不是过去那种一边榨油挣钱，一边还死劲吆喝！”姚二妹毫不避讳。

“太好了！认识打拐办的人吗？”左存根问。

“你说说，想做啥？”姚二妹反问左存根，紧攥话语权。

“上次给你说了，受人之托，得想尽办法找到那个孩子的母亲！”左存根一脸无奈。

“正式告诉你，本女子就是那个孩子的母亲。”姚二妹扬起头，直截了当。

“不可能，这哪可能呀？”左存根故作紧张。

那姚二妹掏出手机，翻出贝贝照片："怎么不可能，看看这特征，下巴这小斑点，是不是一样的？他是从我身上掉下来的！你就是捡着了，也不可能像母亲观察得这样细致。"说着，她一再指点孩子的其他特征，镇静坦然。左存根兴奋道："哇，太好了！"

"咋又太好了？你是希望这孩子是我的，还是希望一撇两清？"姚二妹问。

"我希望你该得到的一定不要放弃，该付出的一定不要吝啬。你想不想与你贝贝打个视频电话，说上几句话呀？"左存根问。

"想！"姚二妹果断回应。她只能这样。不入别人的套，就难埋下自己的套。暗斗环境中，真正的希望会伪装成陷阱，而真正的陷阱又往往会伪装成希望。

左存根联接离愁海的尤二勇。这个掌舵人接上电话开口便问："老左啊，啥进展呀？在滨江如果再找不到孩子的母亲，就想办法给我再弄几个小家伙过境。你要是走进死胡同会挨砖头的！"死胡同挨砖头，这是一个只有他们自己才能听懂的黑话。不愧是尤二勇。二勇，二勇，一个勇字还不够，再加一个。左存根立即将他打住，说道："一码了一码，一事了一事，往后再说！我要给你一桩惊喜——孩子的母亲已经弄到手了。现在，她要与小家伙视频对话，你靠近房顶天窗，那里信号强！"

尤二勇让工作人员帮助视频连线。

贝贝并不认识姚二妹，但姚二妹一眼就认出了那就是自己的孩子。她一声声呼唤着，"贝贝，贝贝……"可那小家伙只是朝视频望了一眼，就跑开了。看样子，贝贝并没受到虐待。此番视频对话，听到自己母亲呼喊，那孩子一点回应也没有。作为弃婴的母亲，姚二妹还是抵挡不住对亲生骨肉的相思之痛、离别之苦，不由得肝肠寸断。嗓子提着气，不停抽搐。任泪水长流。左存根联想起上次给姚二妹看照片时的情景，觉得姚二妹没有撒谎，不是表演！关掉视频，左存根对姚二妹说："确认这孩子是你的！"

"那又怎样？你们想把这孩子怎样？"姚二妹语气强硬。

左存根"狼舅奸兄"般的心肠暴露无遗。他觉得必须把这个筹码用足用够，用得姚二妹心甘情愿。他对姚二妹说："二妹，我很喜欢你的性格。亲归亲，事归事，都在不同道上求生存，讨生活。不瞒你讲，孩子在那边何去何从，也不是我说了算，我只算是一个旁观者、传话人。我只是觉得，你要跟离愁海合作，一切都会好起来。合作成功了，事业做大了，不仅可顺理成章把贝贝'渡'到你的身边，而且，你还可以捞上一把，让你的生活不至于落得一地鸡毛！"

"你还当舅舅的呢，你当的是哪门子舅舅？拿我的孩子做筹码，要挟我。天哪，这个世界，谁还相信'娘亲舅大'这一说法！"姚二妹生气地说。

"别用亲人、道德来绑架我。什么筹码？什么要挟？言重了，亲情不敷衍，现实也很骨感，我完不成任务，不光是我有生命之虞，这孩子也有厄难之险，正因为'娘亲舅大'，我才想要对你救助到底，脱离苦海，何不顺势让自己真正走出来！"左存根振振有词。

“你这些年究竟在干什么？”姚二妹目光一遍又一遍地扫过左存根。

“别问这些，知道多了，反而让你睡不着觉。眼下你要做的，也很简单，就是帮那边开车。这车开好了，也会让你开云见天、开花结果的。不妨试一试，试一试总不会错！”

“开车？多长时间？如何保障贝贝的安全？”姚二妹问。

“这是一份付出，它可折算为报酬，取决于你的积累！”左存根精神原子弹藏半个露半个，拿捏得恰如其分。

“看来，开车是一张入场券！”姚二妹觉得自己在谈一笔交易。

“也可以这么说，入场券。不过，拼一张入场券，总比拼酒强，那会轻松很多。开车和拼酒，都会遭遇罚单。但拼酒，遭遇的却是生命的罚单。就从今晚开始，把一台‘沙漠王子’开到广宁，如何？”

“就这？”

“就这。”

“你别食言！”

“食言，我立马消失掉！”

姚二妹打了一个响指，一副重出江湖之态。

舅甥之间，于一个金钱至上的家族里，亲情早就剩下一张纸。用得着，那上面写着亲情；用不着时，那上面就布满灰尘。

第八章　离愁通道

伪装掩饰，是为了走向另一个空间。

姚二妹用头套压住长发，戴上一顶棒球帽，惊现一个“假小子”。按事先约定，她畅通无阻、大步流星到了杨兰兰预约的密点。她把与左存根第二次约见详情和盘托出。当谈及左存根强逼她开一台“沙漠王子”到广宁市时，杨兰兰双手朝姚二妹肩头一拍，说：“妹子，你碰到了生命中的贵人。一位‘大神’送给我们一句名言：做你没做到的事情叫成长，做你不愿做的事情叫改变，做你不敢做的事情叫突破。当有人逼你去突破，那他就是你生命中的贵人！”姚二妹像是悟出了什么，说：“我会珍惜这个‘贵人’！”接着，杨兰兰递给姚二妹一张“狗皮膏药”，严肃地说：“带上它，这是一贴两用的神器——不小心擦刮扭伤，用它救急；还可拿它定位，精准到米。你把这贴在油门脚踏板下面，放心驾驭你的‘王子’，我保证‘无人问津’，确保你出色完成左存根交给的‘神圣使命’！”姚二妹觉得开了眼界，拿着膏药左看看、右瞧瞧，与平时用的膏药并无二致。很快，她又摇起头来：“带它何用？那左存根要求不走国道，用这‘狗皮膏药’还不如一张真格的膏药！”杨兰兰说：“放着国道不走，去走机耕道，会把你折腾死，筋骨散架，你没尝过。如果赶时间，你就是开通宵车也熬不下来。有了这个东西，你知我知，左存根不过只看结果罢了，而你将在广宁的路上始终受到关心、看护，有何不好？”姚二妹打了个响指：“照你说的办！”

数日来，这辆“沙漠王子”尽显“王子风范”。从离愁海园区到滨江市，潇洒超脱，逍遥自在。披着云和月，也辗着尘与土。数千公里，一路北上，从未驶上国道。凡有公路道闸检查之地，一律绕行。每段行程，都刻录着“经得磨砺，耐得风霜”的铁侠风范。它的最大变化，就是途中换过“标签”——三副牌照。那不过就是车鼻子上的一个符号，此种障眼法早已不入公安法眼。左存根将车钥匙非常犹豫地交给姚二妹，嘱咐说：“哎呀，原打算陪你一道北上，但水土不服，拉肚子。这车就交给你了。建议你呀，不走国道，走 X、走 Y 都行。一路多保重！”姚二妹把头一扬：“这些字母，我懂。凭什么呀？我有的是办法在高速路上畅通无阻。我们姚家，这两年走了麦城，难道也丧失了走高速的权利？哪家的王法？交警，特别是高速交警，过去为我们挡了不少事，但他们也没少拿姚家的好处！这条北上之线，甭担心。一路交警，所有领导我都认识！”左存根也想试一次“水”，自己落得逍遥自在，闻听这种夸海口也想验证一下，干脆就给出条件：“你在高速路上如此熟络，谁信？假如你能讲出几个领导的名字来，我就让你自行安排！”这送到姚二妹嘴边的话，完全就是她悬在嘴边的菜。她深吸一口气，没有丝毫停顿：“总队长卢天义、支队长陆成华、副支队长鲁以宁、大队长路长锋、副大队长栾兆生……”左存根伸出双手，做了个“暂停”动作。姚二妹不再“点名”。左存根说：“好好好，你自行安排吧！”

姚二妹此番言行，印证了杨兰兰当初对她的评价：他们中的任何一个人，都不会是你的对手！

左存根心里有底、嘴里也硬，他在电话里对尤二勇说：“我手里攥着的哪里是姚二妹，分明就是一纸‘高速免检证’！就是神仙在高速路上检查，也会在这张‘免检证’面前打瞌睡！”

“有这种神效，离愁海如有神助！”

公安从来都是挂图作战。沿着图上左存根标定的箭头，姚二妹将车开至广宁一个叫海子汽修厂的地方停下来。广宁公安对这台车有不间断的视频跟踪。值守民警雷云飞，早年是陈夫可在广宁的“一日之师”。这个“三缺雷神爷”，威力不减。别看他“三缺”，关键的地方，总是缺不了他。姚二妹一出发，他便盯上了屏幕那个缓缓游动的小红点。雷云飞心知肚明——从滨江过来的“王子”，闲云野鹤之辈。最多到海子汽修厂走走秀，体验广宁大山深处的阳光与野风。车内装载何物，他们比姚二妹都清楚。车一停，姚二妹按照杨兰兰的指令，撕下刹车板上的“狗皮膏药”。随后，又按照左存根的要求，把钥匙交给了汽修厂一个小工，径直往宾馆床上一躺，就呼呼进入睡梦！整个过程，那雷神爷何尝不走心！

闲适三日，姚二妹又神清气爽地将车开回滨江。一月之内，她从滨江到广宁，三趟往返。来回调换五次车牌，悄无声息，无人使绊。就是路过牵肠挂肚的狼牙口，也都清风雅静。传说中的车匪路霸、交通检查，不过就是时间老人嘴里的唠叨。左存根对姚二妹的行动耳提面命、密切关注。姚二妹对左存根的指令言听计从、百依百顺。那姚二妹除了自由选择高速公路，其余全都按照指令行事。“急功近利”的姚二妹得到的报酬是，一周有两次跟贝贝视频通话的机会。就这回报，也是杨兰兰给她支的招。有了这样的媒介，的确免了做母亲的相思之苦——姚二妹开的是王子，保的是儿子，这是不容置疑的。只要儿子生命安全，她乐意承受这份苦！

这天，左存根取走行车记录仪，让詹迎功带给离愁海尤二勇。尤二勇喜出望外，视同至宝。这个只有在车辆事故之后才想起来的“黑匣子”，也只有在这时才成为离愁海分析“路情”的重要数据。尤二勇立即组织风险评判组、路线勘查组、掩护行动组、马仔运送组、决策指挥组的负责人在野人山燕子洞里会商。这几组中，风险评估组成员全是尤二勇身边的军师，走到哪里他会带到哪里，如影随形。那左存根是路线勘查组成员，虽为尤二勇屡建功劳，却非身边跟班之人。

燕子洞里，一排排蜡烛光血淋淋的，映照着一张张刻满了岁月的脸。四周一片阴森，不时有滴水垂落的声响。透过积水的光影，可以辨清洞顶栖息的一群蝙蝠。这些小动物虽已熟睡，但眼睛却闪动着绿色的光，星星点点，忽明忽暗。尤二勇在一个石桌前对大家讲道：“想过八戒的生活，就得承受悟空的压力。不难看出，左存根带回的信息，全是用生命换回的。这是一种壮举，弟兄们，我们熬出头了！从姚二妹完成的风险地段线路勘查看，这台车，从缅北到滨江，再到广宁，特别是滨江到广宁这段‘挖坑埋雷’的地段，竟然不见‘引信’存在，更无‘燃点’可能。这就告诉我们，没有必要再去怀疑这条通道的安全性了！现在，大家再看看车载监控，至少看上五遍，不要只欣赏这女孩子如何优雅开车，而要看看她是不是我们能够吃定的菜！”

那帮军师们一遍又一遍地“过”那视频，反复研判从滨江到广宁沿途可能存在的坑、套、雷，反复透视姚二妹驾驶状态、心理变化迹象。大多军师认为：可以重开北上通道，将“王子”请回离愁海，渗砂挟货，让罂粟花与索玛花重逢，要想提升离愁海新境界，就必须有人把它看成灵魂通道！

也有跟尤二勇心跳不一样的人。

他叫杜问策。这个名字大有老谋深算的味道。此兄是风险组成员，还不是离愁海的核心要人。他在燕子洞的发言让人惴惴不安。他说：“亲人绑架亲人，灵魂征服灵魂。说到底，它表达了对离愁海这个组织的一片忠心。看似惊心动魄，可现实也并非多么复杂、多么艰辛。我随便把另一条线传递回来的情况为大家挑明一下——姚氏鼎盛时期，金满山，银满山，却并没有泽及左家的山。地理距离与感情距离同在，这也许正是一些远亲的无奈。而今，姚氏家族分崩离析，这感情距离将会拉得更大。‘树倒猢狲散’，谁又愿走近那种人家出来的‘猢狲’呀？‘遭难不寻亲’也是尽可告诫这样的人家，要是碰到人情冷暖、世态炎凉的事儿，也得认了。再说姚二妹，这个女人跟警方关系熟络，认识很多人，和她交往很深的不乏其人。这既是好事，又是坏事。好事是她可以帮我们摆平事，搞定人；坏事嘛，就是她也能碍事，折腾人。眼下，她能够按照左存根指令做事，并非舅甥这样的血亲关系使然，大多还是因为小家伙这个筹码在我们手中。至于左存根这个舅舅的身份，他是否是姚二妹遭难后的可寻亲人，这还真的是个大大的问号。我甚至认为，姚二妹是一个‘双料货色’，她既在为我们服务，也在为内地警方服务！此女从来就具备这种左右开弓、昼夜不停的能力。就像她当年侍候两个男人一样，彼此浑然不知，却又做得游刃有余。目前，她跑了几趟广宁，几乎没有遇到任何‘堵点’，这是为什么？兄弟们，不值得怀疑？”杜问策这最后一问，嗓门很大，意在引起大家注意。当场另一位风险组的兄弟发话了：“杜哥这一问，问得老子心惊肉跳，的确得小心！”尤二勇站起身来，“姚二妹，姚二妹，这个名字，听来怎么就这样熟悉呀！”尤二勇没有深想下去，只是说：“还有多少人能问出杜问策之问呀？既然没有，下一步，让左存根带姚二妹面商！”

杜问策早就把尤二勇看透了：他只尊重强者，对弱者绝不手软！

得内线赢天下，失内线丢性命。

广宁市禁毒民警雷云飞不断收到来自离愁海的信息。巧言以饰：“已到非常之时”，狼牙口将会成为“拉不伸的问号”。雷云飞懂得这“问号”背后深意。按照惯例，“货”该出来了。离愁海放大招，惊动“问号”。一语双关——“问号”是人，不是符号。何许人也？长期以来，离愁海的信息铁板一块。那个“问号”只能用最传统的方式传递最可靠的信息。马帮在深谷中唱着你听不懂的歌谣，说明交通员带着“问号”的使命来了。悠悠古道，有许多回头路，那便是接头处。传递砖块和瓦片，是禁毒缉毒史上达成的默契。自从陈夫可到了滨江，因给雷云飞当了一天的徒弟，这让广宁禁毒民警在滨江有了“第一张熟悉的面孔”。禁毒支队长张广友向决策层提议：“让陈夫可加入进来，他具备交通员最优秀的品质。取代‘马帮’，让他干，何劳砖块和瓦片？一路轻骑，有何不好。建议陈夫可与雷云飞见面，共谋狼牙口大事！”

张广友叫来陈夫可说：“想不想再去见一见你的第一任师父呀？”

“做梦都想。不过，他那个岗位太敏感——纪律比工作重要。怕的是见了，恐怕再也见不着了！”

“要是组织安排呢？”

“不见！”

“为什么？”

“没有酒喝！”

“你小子贼大胆，忘了戒令等于背叛誓言！”

“戒令也有窗口期——可以不喝，但不可以没有！”

“喝在该喝的时候！”

“正是此意。拿得出手，至少两瓶！”

“不，给你备上两箱！”

“那就有门了！”

“有门？关键是要敲开那里的山门。我告诉你，过去两地公安共同打击，隔山放炮，互不见面。这回，我们打算有人站在山上，盯着放炮，给个手势，让彼此有底！广宁这边也有相同的想法。这个问题，争执了很长时间。大多数人觉得让马帮夹带，顾忌太多。自己办事，能睡个好觉。也有抱住‘传统’滚几重山坡的人，觉得不找马帮干这事不现实，很多地方我们的人无论如何也替代不了马帮。甚至认为，少了马帮，离愁海的电波就会消失在崇山峻岭，说得很可怕呀。有人还举例，马帮最熟悉狼牙口古道，一旦离开他们，我们就摸不到北。马帮可以让货物眨眼间消失，也可以让货物瞬间出现。这就是他们的本事。我们没这个幻术。大家的想法很多，何去何从，要有一个专人对接，你可堪当此任！”

“没问题，酒在哪？”陈夫可眼巴巴望着张广友。

“你这小子,我讲了这么多,你念念不忘的,还是这酒哇！”

“领导，要我去，得先谢师！那雷云飞给我当了二十四小时师父，是‘一日之师’！”

“还没到‘终身为父’的时候，搞那么庸俗干啥？两地公安原本感情深厚。再说了，从产酒地区带几箱酒，送给嗜酒地区的兄弟，这是拉动经济需要，是宣传行为，允许的。你陈夫可要是以个人名义向师父雷云飞送礼，极有可能把自己‘送’到纪监委去！”

陈夫可听得如此观点，一下子对“什么叫五湖四海，什么叫组织行为”有了深悟，说：“我不会出现这么严重的问题！”

其实，张广友最不放心的就是狼牙口。

曾几何时，公安禁毒一次次失手于狼牙口。一提及此地，滨江、广宁两地禁毒精英，如鲠在喉。他们说，省厅允许放过过境“货物”再过滨江，却未料到货失狼牙口，这不仅让广宁公安蒙羞，也让滨江禁毒民警有愧。真不如提前在滨江解决省事。但是省厅说，之所以要把“运动目标”放在广宁，是为了“一揽子解决”，这是大局。可是，一段时间过去，离愁海突然清风雅静，没菜了，“一揽子”也就变成了空篮子。而今，离愁海打算重开北上之路，这让心里正在发痒的禁毒民警打起了精神：机会来了！其实，公安机关从来就有一个共同的关注点，那就是无论是滨江禁毒能手，还是广宁禁毒精英，都会看重狼牙口这个犄点。都想在犄点打下楔子，结果都没有打进去。这是两地都不愿管又特难管的疆界。在没有高速公路的时候，狼牙口曾是茶马古道必经之路口。特有那种古道西风瘦马、驿路蹄痕踏花的味道。一个路人皆知的是非之地，千百年来的咽喉要道。一般说来，马帮只有成群结队路过这里，这里才堪称平安大道。你要是单枪匹马、形单影只，就得砰砰放着枪走，这才安全。枪支管理办法出台后，枪支被收缴，马帮只能组队用古怪的吼声为艰辛的驿路壮行。有人称，狼牙口张着的是血盆大口，不知道吞下了外地多少奇珍异宝！当地百姓介绍说，往大山深处走去，一片原始森林，覆盖着从未开发的溶洞。据说当年谪官发配的官员路过此地，押役与谪官在狼牙口都会统统沦为苦役。历史上，官兵曾经对此有过多次清剿，但都是做做样子。土匪、盗贼、毒贩在溶洞你方唱罢我登场，利用天然条件隐身藏物，过着神仙一般的日子。高速公路修通后，狼牙口这段茶马古道仍然为当地过往百姓所利用。悠悠古道，铃声阵阵，山道上的马帮同样会唱着最古老的歌谣，经过一个又一个绝壁险地。他们会不时来一声长啸，穿越时空，让人感到马帮从历史的深处走来。他们赶马，赶的就是别人赶不走的风险。而那些毒贩始终认为，有风险的地方就是最安全的地方，有黑道的地方就是能通达的地方。总之，警察来不了、蹚不过的崇山峻岭，就是他们别样的风景。正是这样，他们长期盘扎在狼牙口，居险施诈，养威图财。

这天，陈夫可真的从张广友手中接过两箱酒，说："领导放心，这酒不会白喝！"就启程向广宁驶去了。车开至狼牙口，停下来。陈夫可下车查看地形，果然山势险峻，一片葱茏，路边有几家客栈。门口的石阶上，深陷着无数过往驴马反复踩踏留下的蹄窝。青砖绿瓦的建筑，一口口"大白锅"置于房顶。亦古亦今，不伦不类。有人说，那客栈是专为熟悉的马帮预留的，外人休想进住。他们宁可空着，也不让你进去睡上一觉。这里面必有猫腻。紧挨着的是三家杂货店，五家小面馆。这些小商小贩，都有一个相同的规矩，店门口摆放的方凳，十元坐一次，叫"坐费"。他们的小店商品也不可轻易能看的，只要往里瞍上一眼，缴费五元，叫"看费"。不给坐费，也不留看费，你想要脱身，不失大财，也会残废。古道上，东张西望的路人，大多有心怀鬼胎、图谋不轨之嫌。陈夫可两忌都犯了，忽听有人嘘的一声口哨，吆喝道："各就各位！"一群黑压压的人，围着陈夫可拿出了花式格斗状态。一双双饿虎一般的大眼，直勾勾地瞪着他，让他心里一阵阵发怵。陈夫可瞬间明白过来，便进店搬了一箱矿泉水，拿了几袋牛肉干，多付了一百元钱才脱身。接着，陈夫可又回头跟店老板孙多多套起近乎。

哪想，不但套不出孙多多任何话来，陈夫可反把自己给套进去了。孙多多说："你想打听这溶洞有多深？有什么好玩意儿？告诉你，我爷爷的爷爷走进去，就再也没出来。山上过世的百姓，也都送进里面，那里面停了多少上辈人的棺材，数也数不清，也许那就是极乐世界吧！在我们这里，也只有同一个家族的人才敢进去！外人想要进去，只怕是不想活了！"

陈夫可说："听说尤二勇长期在外，这些年从未回来过，他的弟弟尤三贵还被公安机关抓了，难道是尤氏家族在这里已经失去势力了呀？你知道这兄弟俩不？"

那孙多多眼睛一愣，警觉起来，说："你一个过路人，咋知道这么多事呀？还晓得尤二勇、尤三贵。这些大人的名字，能随便挂在嘴边的呀？"说着，就喊了一声："来人！"很快就来了几个光头人物，他们的手腕上全都戴着玛瑙手镯，那孙多多对他们交代说："你们得想个办法，让这位来客忘了他所牵肠挂肚的事儿！"

一个叫大光哥的问："怎么处置？"

孙多多说："先'留置'起来！"

陈夫可亲历过许多风浪，但到这个份上，心里难免有些惊慌。他给张广友发了一段语音："快到狼牙口救我！"接着他被蒙上双眼，戴上头套，扣了手机，直接推进一个无名溶洞。

当地人都清楚，那是一个祭祖的地方。虽说有活人祭祀的传说，但当地人的记忆中还是牲口居多，听说也用过死囚。总之，这是一个非常原始的祭坛。

果然是一个法外之地。

在滨江的张广友听了语音，定了位，接上杨兰兰，就往狼牙口赶。路上还跟广宁方面打电话，希望出警配合。

“都说广宁清静，可还是有人乱来，而且还这样猖狂！”张广友心里老大不悦。

“夫妻档，你我两个开了个先河。”杨兰兰窃喜地说。

“特殊情况，是梁剑局长这样安排的。也只有他才有这种不避嫌的决断！滚刀嘛，游刃有余，有底气，不会怕什么！”张广友开始打起盹来。

路上，梁剑在给张广友的电话中说：“你们也不要太紧张。别总想赶路！我估摸着不可能有多大的事情，无非就是一些地痞小村霸、小路霸之类，二十元钱就能脱身那种。说不定那小子舍不得花点小钱。那样的尴尬事，我经历过。那几个土霸王，又够不上打击条件，最多算是治安教育对象。你们两口子处理完，就在当地休息几天吧。天热了，那些地方凉快，你们连婚假都没休过，趁机补一补！”

张广友摁下手机，往旁边一扔，就对杨兰兰说：“哎，梁大人几次错判形势，说实话，他的足智多谋已经受到质疑，我才不信他的那一套！”

狼牙口的孙多多领着一帮棍棒军，把陈夫可推推搡搡钳在溶洞的一处缝隙中，七手八脚在他身上搜这搜那，竟然搜到一个警官证来。几人一看，傻眼了，觉得惹祸了！你望着我，我看着你，惶恐无策。其中一个叫朵子的人，急忙给尤二勇打电话。尤二勇一听，大发雷霆。这个来自狼牙口的“老大”，深知“非礼”一个警察的严重性：“惹怒了滨江与广宁两地公安，狼牙口的几个溶洞将不复存在，你就别说尤三贵是否还在这个世界上，那都是梦！那尤三贵携带的货量原本就够死刑，快叫孙多多听电话。”尤二勇又对孙多多吼道：“若想保命，第一，跪下道歉，放了那个叫陈夫可的人。你们胆子够大的，陈夫可不是广宁人，你们就可以胡来呀？第二，送上一程，这是江湖道义，要像祖宗一样侍候他们，往后遇见，还得这样侍候！”

陈夫可被人从溶洞送出来。他的第一件事，就是给张广友发去一段语音：“平安了，放心！”

走在半路上的张广友、杨兰兰听闻此言，哈哈笑了起来。杨兰兰说：“还是不能质疑梁剑的判断，最终还是你错了呀！”张广友说：“侥幸撞上！”杨兰兰说：“只要没有漏掉成功，都不是侥幸！”接下来，夫妇俩将车头一转，用火热的激情将车开进一片冰川。

以孙多多为首的店家老板，将陈夫可前呼后拥着，像孙子似的不停道歉，称是“一场误会”“大人不记小人过”等语。不仅如此，还送给了陈夫可两只野鸡、一头岩羊，一再讲“不成敬意”。

陈夫可像做了一个惊魂之梦。虽说进了溶洞，可两眼一蒙，如入黑夜，只有猜想那些没能看见的东西。出了溶洞，到了高速路口，几个店老板仍然喋喋不休，对陈夫可客套着，恳请以后来狼牙口做客。那陈夫可遭遇冷热两重天，很不自在。但礼多了，他也就不再怪罪那伙人了。特别是看到野鸡、岩羊之类的野味装满后备箱，这种收获也算熨平了他那颗受惊的心。他一上车，就直接开到了广宁公安局。

陈夫可见到雷云飞，左一个师父、右一个师父叫得人心都酥了。他一再表白：“师父，我是前来认父的一日之徒！”雷云飞看着陈夫可，半天没有反应过来。陈夫可又指着车上的“礼物”说：“我这是来孝敬你的！”那雷云飞指着陈夫可，哈哈大笑起来：“一日为师是对的，终身为父那就算了！没想到呀，当了一天的师父，没说上几句话，还收了一车礼物，赚大了！”

“我还记得你教导的‘三个不必’——不必纠结于外界的评判、不必掉进别人的眼神、不必扭曲自己的心理。它一直是我的人生座右铭！”

“不说这个，我宁可听听狼牙口的事！”

“师父，在狼牙口几家店老板，一提说尤二勇、尤三贵，屁股都夹得紧紧的，胸口也挺了起来，就差甩腿立正了！”陈夫可说。

雷云飞说：“告诉你，胜过甩腿立正！这两兄弟是一胞所生。尤三贵是尤二勇的弟弟。这两兄弟国内国外遥相呼应，货到狼牙口，就闪电般消失了。多年来，公安机关在狼牙口做了许多赔本的买卖，也只有你攒了两只野鸡、一头岩羊，丰富了我们的食堂。不过，我告诉你，尤三贵早在一年前就被我们抓了，至今未判。主要原因，还是他的同伙迟迟未能归案。上级要求通过做他的工作，把离愁海那帮人全部网住再说。但后来又听说离愁海有新的创举，我们也不知道到底是些什么惊人之举，内线也不敢讲。”

陈夫可说：“有一个解救人质行动。人质是姚二妹的孩子。现在姚二妹正被胁迫着为他们蹚雷开路。”

“是组织这样安排的？”雷云飞思忖道。

“不全是！很可能是因势而为。”陈夫可说。

“你这次来的目的是什么？”雷云飞问。

“成为你的交通员。我这是来拜码头的啊！还有，给你当了一天的徒弟，也没当够呀，想接着当！关于离愁海的事，我有一孔之见：干脆把工作清零，放了尤三贵，让他戴罪立功，成为我们自己的人。听说尤三贵也有非一般的潜质，让他出去把离愁海那帮人引回来，不是不可行。刘备大意失荆州，让尤三贵‘大意’一回，行不行？”陈夫可说。

“放，就是培养‘大意’！我也是这么想的！”雷云飞说。

“‘大意’需要‘惯养’，需要用时间来浇灌。”

接着，陈夫可把自己在狼牙口的遭遇说了一通。一再强调这个地方实在有些蹊跷。尽管这兄弟俩一个在国内被抓，一个在国外不回，可这个犄角旮旯仍是尤氏的天下。那陈夫可干脆就讲：“狼牙口是外星人的领地，我担心那里面的几大溶洞在做科学实验呢！”

“最好是科幻。但法院正考虑宣判尤三贵，却不是空穴来风！”

“暂缓最好——‘宣判之日，死心之时’，堵了离愁海的路。我看，只有省厅才能够干预此事。”

“我们可以写报告，提出强烈请求！”

“现在，要把跑到国外的也抓干净，太难了。水土不服，不好搞。国内没有了，重点都转移了。破案打击量太少，我们做得最多的工作，就是社会化、系统化治理。跟我们一块干事的那些成员单位，全在研究新形势，建新机制，在防范上做文章，禁毒缉毒好像是一段往事啊！可我们是一支专业的破案打击力量，务太多的虚，就是一大浪费啊！”

“你这么一说，好像过去的拳头现在伸成了巴掌！”

“你这说法形象！谁说不是呀？这让人很忧虑。还是要把巴掌攥成拳头，打过去，以绝后患，这才是正理！要是我们这支队伍无案可做，刀枪入库，大家都改行了，哪一天暗流成势，孽海离愁，滔滔不绝，会把我们淹死的！”雷云飞说。

陈夫可问道：“有一个叫海子的汽修厂，据说跟离愁海有联系！”

“那是引离愁海回国的希望，也是他们重要的联络站。只要那帮人不回来，谁也不能动这个地方。曾经有人想动，局长吉克丹发话，除非你放弃抓捕尤二勇那一干人！有了这话，再也无人敢提了。你们那里的姚二妹，多次开车到这里，杨兰兰反复叮嘱，提出安全保障需求，目的还是从长计议！”

“从长计议，那你还得收了我这个交通员！”陈夫可再次请求。

“不行。你暴露了！”

“怎么可能呀，在哪？说说看。”

“狼牙口！”

“这么快呀？”

“做传递情报的交通员，掩护身份很重要。这碗饭不好吃。我师父的师父——是谁我就不告诉你了，他干了二十多年‘选训派’，是‘铁甲包裹’瞒过世人的。人命关天，你不这样做，人家就要做掉你。你入行不是一张白纸，你就干不了这活儿。不过，你是一个很好的谋士。你有过一次实战经验，我还没有像你这样的经历！”

“天哪，这么严格呀！那我的价值……”

“你的价值，要是跟马帮相比，落差太大，因为我宁可相信砖头瓦块，也不相信你！”

“基本就是废人了！”

“不要骂我！‘三缺雷神爷’，好响亮的名字，其实就是废人，你啥也不缺！”

第九章　一滴隐泪

“沙漠王子”驶上红土地，便有一组组流线体的梯田闯入视野。天光乍现，格外壮观，非倚天之刀难以刻绘。让人感受到堪称艺术巨匠的不是人类，而是上天。在车上，左存根与姚二妹并无多少交流。姚二妹开着车，只顾欣赏沿途旖旎风光。而左存根与尤二勇却不时通着电话，报告一晃即逝的路牌。他们保持着层级间的请示与受命。有的对话也让姚二妹断断续续听见了，但听见最多的还是路牌上的文字。当闻说尤二勇要亲自带队提前一天到口岸一家名叫“天边小客栈”住下来迎接二人时，左存根倒是有些受宠若惊，一脸喜出望外。如此冒险到口岸迎接队友，是入伙离愁海的其他成员所不曾有过的礼遇。

途中，左存根不忘向姚二妹讲述尤二勇在离愁海的前世今生。他说：“这位仁兄能成为舵手，手法也算匠心独运的了。他外观还是挺清爽的一个人。中等身材，气质儒雅。大学学的是药物制剂。受过系统的生产技术基础训练，掌握了药物制剂研究、开发、生产整个流程的技术。曾参与过在滨江和广宁两地制药厂的建设。这两家厂转手卖出后，尤二勇有了原始积累，阴差阳错，就在缅北创建了一个‘离愁海商圈’，经营着一个隐形的经济帝国。”

“啥叫阴差阳错呢？”姚二妹问。

“这话是他自己讲的。尽管他不愿深讲，但这‘阴差阳错’绝对掩盖了一段历史真相。个中蹊跷，谁去探问？时间会像橡皮擦一样，会把你关注的东西一点一点地擦去！”左存根说。

“那为啥又叫离愁海呢？”

“这个名字过去人们有多种解读，可尤二勇他有自己的解释。他说，我到这里纳流为海，将蓄下的离愁抛在身后。虽说是欲海，但它是人类社会的需求，是拯救灵魂的事业。宗旨还是‘为人民服务’呢！主要还是向内地销售各种药品，包括很难搞到的印度仿制药。多年来，离愁海滋养着我们，让我们收获了人生，也成就了后人！”

听了左存根如此介绍，姚二妹心里大致明白了这一干人在异国他乡到底箍了个什么样的商圈。上天总是把姚二妹安排在刀锋上行走、在狼窝里生活，也培养了她叼着刀子找猎物的狼性。她只能抱着“看破不说破，说破惹大祸”的信条去面对她所洞悉到的所有真相。该顺杆儿爬的时候，她抓着杆子就会上，绝不躲避闪身。她说：“如此说来，那‘舵手’是顺应民心之主呀，做的还是为民造福、布散阳光的顺民生意哟！”

左存根说：“你呀，难得的聪明！当然可以这么理解‘生意’二字。其实，一些道理原本就很简单——生意，生意，就是生出来的主意呀，是想尽各种办法去赚钱。这生意做久了，就生发出无数见财起意的念头。有了生意也就有了生活的意义。把生意推演到这一步，也算是灵魂中对生意的心路演绎！不奢望挥金如土、纸醉金迷，只希望办事有钱、生活不难！一句让人耳朵听出老茧的俗话：这也算是一种梦想，一种价值追求。其实，在这个世界上，只要你具备了一定的身份和地位，就没有不干净的灵魂，也没有不干净的钱！自我标榜是什么，那就是什么。你说有多纯，那就有多纯！中国最早的古币，叫刀币，繁体字的钱，不仅有两把刀，还有戈矛呢，而国外称钱干脆就直接叫作刀呢。这就告诉我们，钱这东西，充满刀光剑影。用大刀去战胜更多的对手，才能获得更多的刀。还有，为了钱，少不了会尔虞我诈、明争暗斗，免不了动刀，发起血战，这就是钱给人带来的残酷现实！”

姚二妹说：“你很有一套，佩服啊！左家的优质基因全都在你这里。过去，我没把钱想得这么残酷和血腥，哪能把钱跟刀联系在一起。那些年，来得最容易的还真的就是钱。所以，我没有看重这把可以吓唬别人的刀。我要是实现了财务自由，将‘刀把子’掌握在自己的手中，也不至于把孩子送去‘坐过山车’，惊恐万状，最后想知道到了哪里，还得看别人的脸色！人啊，就这么怪，好些时候，就那么一个念头。一念天堂，一念地狱。要么让你华丽转身，要么让你一败涂地。运交华盖，你躲不了，也越不过，哪怕站在那儿纹丝不动，你也都招惹灾祸！眼下，就更不好说了，自己没有抓住命运的缰绳，反倒让别人卡住了命运的咽喉，你说惨不惨？”

“别说得这么可怜，咽喉还完好地长在你自己的脖子上，截至目前，我也没有强迫你做任何事情。你的咽喉，你出的气，比我都顺畅多，我才是看着别人的脸色生活！”左存根有些紧张了。

“你多虑了，我只是打个比方！”姚二妹小手一挥，很是洒脱的样子。

尤二勇口口声声说是到口岸接南下贵宾，此兄却在天边客栈里跟身边几个“谋士”打起了麻将。鏖战犹酣，十分激烈。侍于一旁的杜问策反复提醒：“舵手，左存根、姚二妹，他们二人正在外面恭候您呐！”尤二勇一边出牌，一边毫不在意地讲道：“叫他们进来。”他依然只顾摸牌，打牌。左存根、姚二妹已经在一旁站了好长时间。尤二勇目不斜视，眼睛只在桌上，手里的牌“杠”了两次，这才又若无其事地问道：“怎么还不请进来？”左存根说：“舵手，我们在此，等你发话呢！”尤二勇大拇指摸着牌，让大脑去猜度麻将的图案，脸上的表情写满了判定的真相，最后送给大家一副失望的神情。他说了一句：“好哇，你等发话，我等摸牌，都再等等吧！”

一圈过去，尤二勇自摸和牌。

也只有在这时，尤二勇才慢腾腾转过身来，蓦地大惊失色起来：“哎呀！果然是贵客，是贵客！我老听左存根说姚二妹，耳朵都听起老茧了，这才见到真人。失敬，失敬！”

姚二妹年纪虽轻，却也阅人无数。她不为所动，只是略一施礼。旅途劳顿，因要见“舵手”，也不过略作梳洗。美人坯子还在，稍一雕琢，虽不让人眼饧骨软，却也自有几分丰润动人之处。站在那里，依然招眼。

就在尤二勇转身那一瞬，着实也让姚二妹大吃了一惊。她突然记起什么来了，显得镇静得出奇。她晃晃悠悠摇着头，端详着尤二勇，不紧不慢地说：“你不记得我，我可忘不了你。

你跟着铁盖王当了三天小司机，让你变成了收割机！”

尤二勇两个眼球翻起白来，直呼：“我的天哪，是你！我哪里就成收割机了。我一直在想着一个相同的名字，咋就这么巧哇！”

“一个‘巧’字能概括这个世界呀？”姚二妹一脸矜持。

空气凝固得吓人。

尤二勇向所有人使了使眼色，一个个悄悄散去。都看明白了，神秘的尤二勇与这位女客人有故事。

尤二勇要与姚二妹单独说话。就在大家纷纷离开那个包间的时候，杜问策突然内急不行，转身就在那包间的厕所里蹭了起来。节骨眼上，他迟迟未能“闪身”，也是无奈之举。这老兄心急火燎的，在坐便器上刚一使劲，外面便只剩下尤二勇和姚二妹了。杜问策觉得差不多了，但他根本就不敢捋好裤子走出厕所，更不敢在座便上有什么大的动静，甚至连便后冲水的动作都不敢有。他懂得，这会儿走出厕所的严重后果是什么！

“铁盖王在什么地方呀？”尤二勇关切地问。

“我是死而复生的幸运者。官场地震，处处支离破碎，能有几家是完好的？留下的只是记忆。也只有记忆才不是残缺的。我知道，铁盖王要是不扶你上马，你哪能在这里招兵买马。你就是再怎样伤天害理，你也可以指鹿为马呀。仅就这一点，你心里比我都明白！阎王殿上没有糊涂账，那是要拿阳寿说事的！”姚二妹出言机智。

“是啊，是啊，旧账难消。回首往事，全是不虞之事！那时，实在太穷了。古人都说，人穷起盗心。不然，怎么可能偷了你们姚家的奔驰车呢！虽说卖了一点钱，但还没有还清赌债啊。那年月，黑吃黑，十万轿车卖几百，千里之外抓盗贼。‘江湖通缉令’，这够神速的了，但也没办法呀！最后，还是铁盖王收留了我这个罪人，让我给他当了几天司机。他很厚道，在他知道我的真实情况后，不但没有把我扭送公安，反而还送我一台车，指了一条到缅北的路，天大的好人。最让我感动的是，他还送了我许多钱，安排专人把我送到边境，让我连夜逃掉！仔细想来，我倒是对铁盖王心生愧疚。我，我对不住他啊……”讲起这些，尤二勇两眼潮湿。他打从内心里对那个“神秘官员”既感激，又负疚！

姚二妹心想，尤二勇这段人生告白，倒是填补了左存根百思不得其解的“阴差阳错”。有了这段插曲，尤二勇那前世今生，也就有了很强的逻辑关系。

“人有人样，官有官相。那是铁盖王顾及自己的脸面。如果让大家知道一个领导身边窝藏了像你这样一个罪犯，那铁盖王如何在官场混下去？算你小人得志，有命有运，正好撞在一起了。我看你呀，当了三天司机，也是领导身边擦过油水的人。谈不上忠诚，也说不上背叛。至于我，我也很感谢你的，三天时间，你接送了我三次。劳驾你啊！不过，这三次，也让小女子看透了你……”尤二勇急切地问，“看透什么？”姚二妹抿嘴一笑说：“你同样是个好色之徒呃！哎，你打住，别否认，是你的眼睛暴露了你内心的图谋！”

“丢人，你放过我，行不行？”尤二勇说。

“丢什么人？历史车轮，要是不把英雄跟美人拉在一块，那就只能是一个独轮车。靠着独轮车转动的历史，只能倒退到刀耕火种的年代，根本就跑不起来。还是两个轮子跑得快啊。你说说看，是英雄丢人，还是美人可耻呀？应当说，都是了不起的人。有的人，在观察别人的时候，总是谴责别人道德败坏，而他自己又在败坏道德。你说，这有多么可笑？你也不要太嘚瑟，有两件事情我要告诉你：第一，人要讲良心，你要是伤害美人，铁盖王和他身后的人，是饶不了你的，你该懂得他和他的同僚是怎样收拾一个人的。第二，过去的事情只能烂在肚子里，还不能把它拉出来。这全靠你自我管束能力！你要是闲得蛋疼，把老娘过去的事情翻出来当成'茶话'扯捏一通，不管你离愁海有多大，再大你也不是太平洋，你呀，最多不过就是这个小塘子的小鱼虾。小鱼虾就只够炸着吃，还轮不上煎的份，更够不上一盘菜。"姚二妹咬着牙，好一种把控对方的气势。在他的心目中，对付面前此人就是"小儿科"！

尤二勇的确有一些后怕。但他很在意自己在离愁海的身份和地位，说："自然，自然！但当着众人，你得给足我面子。"

"你是舵手，我哪会做过分的事情！"姚二妹冷冷地说。

"晚上一定要喝一顿。过去酒逢知己千杯少，现在酒逢知己千杯少。见到姚二妹，难得呀！"尤二勇极力调和着气氛，将姚二妹往心腹知己上引。

姚二妹也只得借坡下驴。她非常清楚，谈话就是心理上的较量，有时，哪怕有一丁点差池，就会带来一生的悔恨。姚二妹拿出一副看透世象的神情说道："事业做大了，都这样！"

厕所里的杜问策听着二人暗斗的对白，也捏了一把汗，觉得这是一出难得的人生剧本。但他在里面待得太久了，那滋味啊，并非“久居鲍市不闻其臭”。哪有可能久居就没感觉的事呀？他一熬再熬，特别希望外面这二人快点结束谈话。暗斗平息了，就应有点轻松的话题。

姚二妹也感到这房间空气不对，就说：“这是啥地方？怎么有股屎尿味，走，出去透透气！”

尤二勇和姚二妹前脚跨出门，杜问策后脚就从“鲍市”里出来了。他像幽灵一样出现在众人身后，“厕所蹲听”这一幕仿佛从来就没有发生过。

几小时后，广宁市公安局雷云飞得到“姚已赢得信任”的信息。雷云飞将这信息送到副市长、公安局局长吉克丹那里，吉克丹说：“这样的情报，应当共享，传给滨江的章锋、梁剑他们。同时，尽快给省厅发专报！”

女人一旦有了孩子，哪怕她天南地北毫无边际地闲扯，最终都会回到孩子身上来。姚二妹见子心切，问尤二勇：“告诉我，我的儿子呢？”

“马上，马上！”尤二勇说。

大家似乎忘记了左存根这个人物，是他带了姚二妹千里迢迢到了离愁海。此时，他竟变成多余的人。他没有回到房间，而是躺在车上，呼呼睡起了大觉。此时，他并不在意车会开向哪里。

四台“沙漠王子”继续南行，在边境的密林中咆哮起来。似乎以此才可以展示离愁海不可征服的实力。但是，即使引擎轰鸣赛过卡车，也隐隐能听见远处传来的冷枪冷炮。战火就在身边。他们相信，此等政局下的对局，可能出现残局、困局，但绝对不会是死局。

到了离愁海的另一个园区，一位“工作人员”模样的人把贝贝带了出来。小家伙身着名牌衣服，干干净净，不像是落难的人质。贝贝认不出亲生母亲，木讷地站在那里，两眼痴痴地望着，脑子里在搜索碎片化的曾经。空气沉寂、静谧。小家伙一时半会难以拾起记忆的一鳞半爪来。姚二妹蹲下身子，张开双臂，说：“来，贝贝，我是你妈妈呀，过来！”那孩子直摇头，不理会。姚二妹眼眶蓄泪，久久不肯滚落下来。

“啊哈，不像母子啊！”杜问策信口讲道，旋即一怔，觉得说错话了，“该死！”他直打自己的耳光。

“放屁，这里没你说话的份！”尤二勇开始守护着母子二人的声誉。

“这孩子，内向，就这性格！”姚二妹极力掩饰着什么。其实，她心里敞亮着呢，跟这些人打交道，做不成朋友，也不要成为敌人。对他们表现深恶痛绝，只能把自己推向绝境。一切都要顺其自然。她淡然地对杜问策说：“别急，我不指望这小家伙在离愁海成为小蛟龙，只要他健康快乐，这就够了。拜托大家，费心了！”

尤二勇再次对大家讲道：“你们都出去，我要单独与姚二妹说事！”大家纷纷离开现场，悄无声息地到花园里散步。外面那些人，有的在探问左存根回滨江看到的情况，有的则讨论重新开辟北上通道的问题。而这边，尤二勇和姚二妹却进行着非常贴心的对话。

“自从知道是你来了，我的压力就来了。姚二妹啊，你要是单枪匹马再回去，能安全吗？”尤二勇问道。

“我一个女人，肯定得有人陪着。”姚二妹说。

“我实不相瞒，原来的想法是由你往滨江、广宁这一路段跑上几个来回，挣够一生也花不完的钱。你的贝贝就放在离愁海，对你的拉动力强、创造力大。让他变成你在行动上的刺激点，这是我的醉翁之意啊！现在想来，我这种考虑是多么幼稚、多么愚蠢、多么缺少人性！”尤二勇说。

“不，截至目前，此举何尝不是好意！醉翁玩的不全是花招。我想告诉你，我并无将贝贝接回国内的考虑。你按照既定决策行事，我不会乱了你的方向。因为我也需要挣钱，也要生存。油锅里的钱，虽然烫手，但并不一定非得用手去捞呀！有人对我解释什么叫钱，一句话：无刀无矛，就成不了钱！深刻啊！”姚二妹说。

“我知道，这话是左存根说的！”尤二勇说。

“这话直白，有道理，我信！”

尤二勇盯着姚二妹，半天不语，两眼呆呆地变化着，慢慢睁得像铜铃。然后，他啪啪啪鼓了几声掌，说：“无刀无矛，成不了钱！能有此等豪气，那就合作一把！关公刀，丈八矛，上天眷顾，我与尔曹！”

尤二勇一副江湖气派。那姚二妹也从不败在江湖。她当场双手抱拳，表示入伙，口中念道：“上天眷顾，我与尔曹！”

尤二勇回到“北上作业图表室”。

虽说是大家吃“大锅饭”，但落实到具体项目，尤二勇还是习惯挂图作战。你要把“饭”吃得更好，你的付出就会更多。

第三日乃尤二勇选定的出行黄道吉日。姚二妹按照离愁海的安排，带着“货物”就要驾车北上。尤二勇给了狼牙口店商新的接头暗号，交代手势表情。他还安排“军师”杜问策与姚二妹一道押货，从未有过的“轻车简从”。过去类似的“商务行动”，至少得有三台车、六个马仔护送，而今，尤二勇有他自己的运筹想法：这个世界，最骗人的鬼话就是人多力量大。事实上，人多“阻力”大。监督到位了，力量才大。四两拨千斤，万夫不当之勇，全凭执行力。真正的胜利，靠的不是人海战术，而要“相互盯着发力”。相互不盯，包藏祸心，培养野心！而此番又为什么要安排杜问策？那是因为在离愁海所有的“军师”当中，也只有杜问策怀疑一切。这杜问策最擅长的就是大胆否定、小心求证，长袖善舞、短中取长。正是杜问策对姚二妹有太多的质疑、太多的否定、太多的长短取舍，这才赢得了尤二勇的信任。尤二勇让他跟着姚二妹“走一趟”的另一目的，就是“掺沙子”“使绊子”，探看姚二妹有无“背叛组织”的行为。事实上，尤二勇的这种做法，是要他们彼此成为“岗哨人”。眼里带锁，把对方锁死、盯牢，不可有任何差池。多年来，离愁海固若金汤，未生变故，靠的依然是忠心。但是，当杜问策得知有此任务时，却一再推辞。说自己身体不好，禁不住折腾。他说：“我现在最适合的工种，就是当一个男保姆，跟‘工作人员’一道，轮流看护贝贝。这样大的小孩子，正需人手的呢！”尤二勇说：“你这点小算盘，花花肠子还是收起来，怕吃苦，躲清闲！我说哇，还是给左存根一点休整时间吧。在离愁海，大局观就是海洋意识！”

就这样，左存根留在了离愁海。陪着姚二妹再度北上的，换成了杜问策。那杜问策心想：商战，最好是兵不血刃！此等实战，还没有演习耗神。没有伤亡可言，也无风险可防，我也权且拿它操练驾驭技术罢了！

北上途中，姚二妹问杜问策：“问你一个问题，假如有劫匪拦住这台车，我们遭遇抢劫了，你该怎么办？”正在养神的杜问策说：“你落伍了，啥时代了，还拦路抢劫呢。这年头，大多都是高科技犯罪。那种没有技术含量的抢劫，概率可以忽略不计。当然，即使发生了，我也得首先保护女士。大火袭来，我就是体无完肤，也要让你毫发无损。你说对不对？”姚二妹说：“有你这话，看得出是条汉子！不过，从尊重女士出发，你得让我先回滨江，再‘北上抗日’！”杜问策说：“这哪行，这跟处理遭遇抢劫的方式纯属两码事哈，从线路上讲，你得服从最远的地方。我是广宁人，直达广宁再说。回头南下时，再到滨江，这样如何？”杜问策回家心切，广宁有他最原始和刻进灵魂的东西。在离愁海待久了，不愁也愁，他觉得分秒必争。姚二妹见他坚持不让，便来了一个“折中办法”，提出，“那就在滨江和广宁之间的狼牙口住上一晚，那个地方有我一位表哥让我捎带东西。见了表哥，也算是对家有了一个交代！”杜问策哼了一声，心想，“你那点小心事，真是煞有介事。我不过就是佯装无事，敷衍了事！”杜问策勉强同意了。

到了狼牙口，别想吊胃口。记住一条：是非只为多开口。

晚上，姚二妹找到尤二勇指定的店家，朝那老板做了个莲花手势，对上暗号，便在客栈住了下来。那杜问策见此，只能装聋作哑。山谷的风陪伴了姚二妹的上半夜。下半夜，她睡不安稳了，她悄悄起床将“货物”转给了店家，并检查了车辆刹车板下面的“膏药”是否还在，然后又重新上床睡觉。下半夜陪伴的还是山谷的风，隐隐听到悠悠驼铃声进入梦乡。

次日，他们将“沙漠王子”开到广宁的海子汽修厂。姚二妹趁杜问策下车搬箱，顺手撕下刹车板下的“药膏”，将钥匙扔给一个小工，交代一句：“几千公里了，给它洗个澡，该滋养的地方，用进口的，全面养护后，满箱加油！”姚二妹去了宾馆，杜问策则回了广宁市老家。杜问策疑惑：这女人没有不会的？

接下来，姚二妹与杨兰兰联系，杜问策则与雷云飞联系。这二人，背靠着背，各司其职，超然物外，干着“向组织单线汇报”的事儿。这正是隐蔽战线最神秘、最缜密、最紧要的地方。单线联系，如果唯一的接头人死去，他们的信息再可靠，也将不再被组织所采信。

杜问策在向雷云飞的汇报中讲道：“说来也算是一桩奇事。那尤二勇原本想找个人质，以便有人心甘情愿地为他卖命挟‘货’。可万万没想到，竟找了一个当年的恩人和债主，这情况一下变得蹊跷起来。一见面，斗智斗勇打不完的心理战，最后彼此达成默契，互信互认，整成合作模式了。我蹲在厕所里，录下了他们对话的全过程，你们可以做进一步的语音分析。我认为，这些工作能否做下去，取决于姚二妹能否把尤二勇那一竿子人拉回国内来。否则，异国他乡，法外之法，再怎么绕道行事，都是犯忌的。说的是这趟要挟‘货’，至于姚二妹挟没挟，我也不敢细问。这趟回来，我的工作，就是盯姚二妹的梢，是安在她身边的‘行车记录仪’。这是尤二勇给我交代的秘密任务。你看看，那尤二勇哪里是一盏省油的灯呀！他用尽了各种各样的攻防之术！”

接着，杜问策呈上了离愁海一百三十名成员的花名册。其中，风险评判组十二人、路线勘查组二十三人、掩护行动组三十四人、马仔运送组四十五人、决策指挥组十六人。他们的籍贯、年龄、履职时间，全部记录在案，涉及全国十二个省、自治区、直辖市。雷云飞说：“组织上会给你记头功！”杜问策说：“别说功不功的，尽快结束吧。日子真的不好熬，我都快成‘离愁人’了！”雷云飞说：“是啊，都不好熬！咱又不是石头生的，可偏偏却进了炼丹炉！”

姚二妹在宾馆安顿下来，杨兰兰也从滨江赶到了广宁。二人就在宾馆相会。姚二妹在汇报中讲道：“这个世界咋就这么巧，说起来你根本就不相信，那尤二勇就是偷我家奔驰汽车的那个小偷。这人还给铁盖王开过几天车，是铁盖王为他打掩护、对他开脱，这才跑出来做了离愁海这份事业。见了我，他很吃惊，充满了负罪感、内疚感，同时，对我还有一种依赖感和责任感，待我如恩人一般，你说怪不怪？这趟回来，他让我带来了‘货’，已交给了他指定的代理人。你问贝贝？哦，这你就放心了，小家伙在那里很好，就是不认得我了。没办法，这账总得要还的，慢慢来吧！”

“最好不要欠账，让人感到挺伤感的。”杨兰兰激动地说。

姚二妹问：“那药膏还用不用？”

杨兰兰说：“再好的东西，只能用一次。不能再用了，那东西容易暴露。现在，有你手机就足以办理一切！”

“明白了。”姚二妹说。

杜问策是广宁公安的正式民警，必须保证绝对安全。姚二妹是滨江公安发展的重要内线，同样需要掩护和伪装。两个渠道的信息，互为印证，都很关键。公安机关对离愁海的行动只是抓了一个尤三贵，与杜问策提供的“花名册”相比，实在有些微不足道。离全面胜利、决定性战果，还很遥远。如何拿下案子，全部入网，这是一个艰苦漫长的过程。长期在隐蔽战线工作，都懂得可以多线多点，但绝对不能交叉露点。杜问策与姚二妹都有各自的单线联系机制，他们同样知道一旦越线，便是人命关天的大事，所有工作将前功尽弃。滨江、广宁两地公安看出了个中问题的严重性。他们将相关情况向省厅禁毒总队作了汇报。省厅决定组织专案组统领此案。所作出的第一步决策是：放了尤三贵。责成广宁公安做通尤三贵工作，让其成为离愁海成员入境的重要拉动力量。杜问策由雷云飞单线联系，姚二妹则继续由杨兰兰经营。一切如同没有发生。

杨兰兰作为经侦干部去经营禁毒内线，两边不抽身，觉得别扭。她学的是经侦而非禁毒。她找到梁剑副局长诉苦，说：“我这算啥呀？耕了别人的田，荒了自己的地。到年底，经侦如何为我的工作考评打分？经侦工作出了纰漏，我杨兰兰浑身有嘴也说不清楚。”梁剑说：“你真荒唐，经侦、禁毒都是由我分管，我知道孰重孰轻，你咋怕成这样子呀？这不像你的作风。离愁海这边，你明的、暗的干了大量工作，组织上最清楚，谁能抹去呀？”杨兰兰说：“我总得交出去一块工作，最好把禁毒交出去，它不是我的专业。”梁剑说：“你看看，这才是要害。我还看不透你的心思？你要是把这块交出去，不等于要了我的命呀？我知道，你怕人说闲话，老公张广友是禁毒支队长，担心有人说你们开夫妻店！我告诉你，这个店也只有你们开得下去？换了谁，没法开！既然开了，就不能关上。关了夫妻店，很多人都会‘闷死’在里面。就算不被‘闷死’，那也会暴露在犯罪嫌疑人的枪口之下，这个责任，你担当得起呀？”杨兰兰听到这话，浑身打了一个寒战，不再往下说了。

按计划，姚二妹与杜问策在第七日南下滇南边境。

二人开着“沙漠王子”，翻山越岭再次来到离愁海园区。园区还是先前那个园区。这一回，姚二妹感到最大的变化是贝贝已有三个人照顾了。其中一个，就是她的亲舅舅左存根，姚二妹觉得挺新鲜的。据说，她返回国内期间，尤二勇安排左存根照管贝贝，左存根还闹过别扭，推脱自己与小孩亲不起来。尤二勇指着鼻子骂他：“一个冷血动物，天底下连亲情都不顾的人，对我献任何忠心都让人觉得恶心！”由此及彼地认知推演，唤醒了这个狠舅的良知。只好乖乖地帮姚二妹履行着照料外甥之责。此时，姚二妹正好碰到贝贝骑在舅舅左存根脖子上。此种看护，也许算是一种真情补偿。但姚二妹很快收住了幻想。那左存根如此亲近贝贝，不能不说有演戏成分！

“富贵险中求。我们这个行当的魔力仍然存在。三年不开张，开张吃三年。再有几单，就可收工了。”尤二勇在自己的会客室里兴奋得有些嚣张了。他对姚二妹讲道：“立险隘之功，享凤头之福！”

“我之无福。尤总谋的都是大事，我不懂得。但我知道你兄弟尤三贵已经出来了。他在里面待了一年多，被作为证据不足的嫌疑人，被释放出来。据说，眼下日子也不好过，我呀，建议还是让他到这边来吧！”姚二妹说。

“会不会是放长线？”尤二勇若有所思。

“放什么线，我不懂。但我认为，出来了就是好事——待在里面，怎么讲都是命悬一线。而在外面的人，守望着的，还是生存一线。最好的结果，就是尤三贵到了离愁海，形成强大的统一战线！”姚二妹说。

“我何尝不想统一战线啊。但一旦是放长线，大多还是死亡之线。‘认识自己’，是一种宝贵的觉醒。做到太难！古希腊人把这句话刻成匾挂在城门上。看不透自己，你就会引鬼上门。这一点，以后你会懂的。他们放出来的，不是尤三贵，而是一只羊。它使野兽更加野兽，使猎人更加猎人。尤三贵并不昂贵，但他有站着的标价，也有跪着的轻贱。关键是，他必然会招惹大量‘谋士’来做局。他们会制造一些假象，让我们失去警惕，然后，一网把我们干掉。历史总是这般重演着的。你说，我会愿意成为里面的角色吗？你觉得我们会上这个当吗？哎，我还想问你一件事，这一趟来回，你算是与杜问策合作了一把，相信合作愉快。但我想，你们二人相处，女人的直觉最敏感、最真实，你觉得杜……这人如何？”尤二勇问道。

“舵手大人，你这是介绍对象呀？要是介绍对象，我只能告诉你，本人在这方面已欠费，不充电、不续费，彻底死机！”姚二妹说的虽是隐语，但表达的态度却很坚决。

“我不是这个意思！”尤二勇说。

“还有别的意思？我与杜问策，只能算是同车人。而且，最多算是方向盘前的木头人。不可带有个人杂念。不过，他倒是对你有些感觉，一路上，他总在念叨你的好！”姚二妹说。

“好什么呀好，杜问策是个孤儿。听说他自己又认领了两个孤儿。此人是‘民间助孤者’。我是顺水推舟，只好‘为助孤者助孤’‘为孤苦者买单’——无非就是‘喜从天降’，给那两个小家伙不时带去‘小惊喜’。至今，我还不知道那俩小孩是啥模样呢。我呀，根本就没有回广宁的机会！我们这样的人，是有‘地界红线’的。上了‘黑名单’，就自然成为别人的‘提货单’。一脚在国门，一脚在牢门。都看出来了，只需一动，就出问题。有无数双眼睛盯着你呢，有肉眼，也有天眼！”尤二勇讲道。

姚二妹转动诡谲的眼睛：“是挺麻烦的！不像我们，一张白纸！”

“你也不是一张白纸！”尤二勇说。

“舵手怀疑我什么？”姚二妹问。

“有人这么讲，但我从未有过怀疑。”

“最好是佛眼相看！”

二人打着闷葫芦，就这样结束了谈话。

接着，尤二勇叫来杜问策，问道：“平时，就数你杜问策有说不尽的疑问挂在嘴上，认为那姚二妹是‘双料’货色，警惕性强于预判性。”尤二勇压低声音，诡秘地问：“你说说，这次回去，发现点蛛丝马迹没有呀？那姚二妹自称单纯，一张白纸，我也不清楚，她的后面到底有多少烂事。她口口声声说入伙挣钱，她那种家庭背景，瘦死的骆驼比马大，‘百足之虫、死而不僵’。我认为，孔方兄依然是她最不愁的兄弟伙。目前，我最怀疑的是，她这一趟来回，跟警方、官方都有往来！”

尤二勇这番话不免有些单刀直入。

杜问策要是不能自圆其说，他的命运将会很惨。他这样讲道：“怀疑，是我们最珍贵的禀赋。怀疑是为了更好地确信。怀疑使我们的选择更具靶向性。我过去对姚二妹提出过大量的疑点，我不能释然，你也不能破解，那也是深度分析后圈点出来的。这一趟来回，真的还没发现她有‘不轨’的迹象。当然，我们虽说在同一车内，但也有互相不见面的时候啊。毕竟男女有别，比如上个厕所、在狼牙口住宿、到广宁我去看那两个孤儿期间等，彼此都有各自的空间。锁定一个人，真正管用的，是锁定他的灵魂。最不可取的就是管制人身。把人盯死，只能推向心死。心死了，这工作就没法做下去。整个行程，我没发现这个女人有什么异常情况！”

“你做得对！哀莫大于心死，悲莫大于无声。让姚二妹心死了，你们也活不下去。无声悲剧真的就难以避免了！”尤二勇说到这里，突然想起了什么，问：“你有那两个孤儿的照片吗？”尤二勇问。

“有！看吧，他们住校了。”杜问策早就准备了这一手。

他拿出手机，就在尤二勇眼前翻动起来。

尤二勇略瞥几眼，说了一句："心死是一件可怕的事情！我累了，你也该休息了！"

一路上有你，苦一点也愿意。姚二妹与杜问策期待再次合作。觉得这种搭配，没有让彼此太累。这正合左存根之意，那左存根最不愿意在路上来回折腾，更痛恨当风餐露宿的"山大王"。虽说沿途有"专人评估"，可几千公里，再怎么防范，始终存有翻船的风险隐患。左存根暗地偷起懒来。别人干活，也不影响他的收获。那段时间，离愁海吃的还真是"大锅饭"！

开会是用来开局的。开局就得有牛人开路。

滨江的张广友与广宁的阿查副局长同赴省城开会。这是一次难得的全省禁毒缉毒工作会议。参会的，全是此项工作的开局者、开路人。他们身边跟着的人，无一不是全天候应变神手。这个会议分三个部分：一是参观近年来全省禁毒缉毒实物展；二是滨江、广宁两地公安就巩固禁毒缉毒成果、守护脱贫攻坚战绩进行十分钟视频经验介绍；三是省厅主要领导半个小时讲话，分析禁毒缉毒面临形势，提出工作要求。张广友带的是陈夫可，阿查副局长带的是雷云飞。开完会，他们相约兰亭茶庄。自由摆谈，纵横捭阖。那陈夫可见到阿查副局长，眼前很快就重现了许多有趣的往事。

陈夫可说："见到阿查副局长，别有一番滋味在心头。记得你还是政治部主任时，开的那个'诉苦会'，现场空气里全都弥漫着苦味。两名新警咽不下去，当场就动摇了，不干了，将那入警通知书往桌上一放，就拜拜了！”

这是阿查抓政工的得意之作。他说：“那种‘诉苦会’，已成固定节目，现在还搞，是一道验证初心的门槛。而且，每次都会出现相同的情形——会没过半，苦没诉完，马上就有人举手当‘逃兵’了。‘诉苦会’是一味药、清醒剂，你不把当地的苦诉说清楚，新警就没有心理准备。干几天，就不来了，认为上当了，受骗了，你说怎么办？真还不如让意志不坚定者趁早离开呀。要知道，在我们那里，老百姓脱了贫，可公安却还很苦，而且这‘苦’，总是同老百姓的平安和幸福指数成反比的。再说了，不要以为人民群众都会看重这种脱贫后的新生活，他们也有一个适应过程。一段时间过去，假如新的生活方式运行出现堵点，形成逆流，旧的生活习惯、旧的思想观念，同样会把他们的生活打回原形。如果出现这种情况，怎么办？我们的任务会更艰巨！老百姓新生活的持续性、安全性，需要公安在他们身后默默守护。想要人民群众在不知不觉中去适应、去习惯，我们就应当在不声不响中去作为、去付出。你如果知道这条路有多漫长，你就应当知道公安会吃多久的苦！”

陈夫可说：“我呀，又一次受到教育了！”

雷云飞说：“我们这里有两个节，是闹翻天的‘欢乐颂’：泼水节敬佛爱水，火把节热情似火，都会把我们推向幸福的沸点和高潮，可是就在狂欢的背后，都应记住，如果没有许多战友在刀尖上行走、在枪口下搏击，没有几人能够参加这种‘欢乐颂’。一个个蔫巴巴地，想要泼起来、跳起来，做梦吧！这不是本人危言耸听，是国际专家的判断。只要有人用那东西让

‘灵魂快活’，我们就快活不起来，这就是现实！”

张广友问阿查副局长：“很多年了，一些悲情成为新闻。一些不堪话题，都采自你们那里。因毒致贫、因毒致孤、因毒致困的种种凄惨场景，让国人无数次为其流泪、为其牵肠挂肚。都担心，你们会不会在脱贫攻坚中拖全国的后腿。这两年，又有大量的媒体涌向你们那里，向外界报道着你们的传奇。在欢欣鼓舞之后，人们也有许多质疑呀！”

阿查想了想，说：“我说兄弟，的确有些难言之隐啊——实话告诉你，我们现在面临的是‘三愁’：一愁找不到一件像样的贩毒案子，各地打得太干净了，急呀，这样下去，手中没活了，咋办？现在的情况是，我们寄希望于把国外的毒贩拉回来打。只有这样，我们才觉得过瘾。假如哪天国外的这部分也弄干净了，禁毒工作也就只能拿着空碗，四处讨饭吃了。二愁找不到一个管控之外的瘾君子，整个广宁市，各个社区戒毒康复执行率达百分之百，社会面吸毒人员管控率也在百分之百，这也让我们有一种不适应呀。三愁找不到宣传的死角呀，老百姓知道远离毒品是为了他们的健康，我们觉得要是再讲下去，他们就烦了！你说这个情况，咋整？”

张广友一脸诡谲，眼球渐渐泛白，说：“我说呀，你这样大的领导，也玩我们，‘三喜’报成‘三愁’，不厚道哇！你是自我表扬、自我陶醉，你们也别忘了，打你们那里的‘攻坚战’，还有好多‘盟军’、好多‘敢死队’一块冲锋陷阵呢。就拿我们滨江禁毒队伍来说，我们还包了你们那里十八个‘因毒致孤’的儿童读书上学！”

阿查说："百姓脱了贫，大家脱层皮！把目标定在月亮之上，就算得不到月亮，也能和星星站在一起。"

张广友说："所以说，现在工作方向变了，离愁海才是我们要'愁'的事情！"

阿查问雷云飞："估计他们还会北上多少趟？他们上次那批货都到了什么地方？"

雷云飞说："可以给各位领导通告一下。第一，凡是把货弄到狼牙口的，一般都进了溶洞，没有出去。在过去，凡是到了海子汽修厂的，都会及时'化整为零'，全部消化掉。汽修厂，几辆说不清道不明的故障车，就能掩护他们的交易活动。但是，截至目前，没有一丁点货到过汽修厂。我们分析，离愁海也在等待时机。第二，下一步省厅专案组可能会有大的动作，放了尤三贵，就是一个强烈信号。尤三贵是一个够大的毒贩了，竟然把他放了，说明后面还有大戏。第三，省厅一再强调滨江和广宁两地的国外'人头经营'问题，要求绝对不能换人，不能有丁点差失。女一号、男一号，都要对组织肝胆相照。要天衣无缝，按时足额保障，不能有任何延误，现在正是节骨眼上！"

阿查说："我也不清楚女一号、男一号，这个情况不能细问。省厅把很多指令直接下到一线，原本就是工作纪律，是为了确保内线和大家的人身安全。单线联系，地下交接，那是一个安全体系，是严密的工作机制，这不是我们所要知晓的范畴。我只是坚守一条，那就是干好属于我们这个层级的工作，按照上级组织的要求捅堵点、排难点！"

张广友问："下一步将有什么新动作？"

阿查说：“这个问题，处在核心环节的杨兰兰，打死她，也不会告诉你的！”

张广友说：“愁死我了，若隐若现！”

雷云飞说：“那就对了！不该你知道的你绝对不要知道。”

无主题会商，有纪律离开。这就是隐蔽战线的工作。

几天后，姚二妹与杜问策再度北上，依然开的是那台“沙漠王子”。

尤二勇交代给姚二妹一项重要使命，就是重新勘察地形，选择路线。意在指定时间、指定地点、指定方式与尤三贵接头，规劝尤三贵南下离愁海。兄弟情深，此策只为尤三贵免遭“二进宫”的不幸厄运。所有准备，无懈可击！这天，尤二勇找来姚二妹商议接头事宜，问道：“你到广宁跑了无数趟，若要与尤老三接头，在哪个地点最安全呀？”那姚二妹不假思索，直接回话：“你说安全呀？在最不安全的地方就最安全！”尤二勇手托下腭，顿时眼前一亮：“高见，真的是高见！我看那还是选在狼牙口的某个客栈或茶楼！那片山野之地，据说早已被官方打过许多回了，打出了名气，打出了官方的霸气。好得很，打过之后，政府反而再不过问那个地方了。正是这样，我们有一帮兄弟才在那里‘练摊’，做一些生活营生什么的！”姚二妹说：“哦，是这样呀。不过，我去跟尤老三接头没问题，但有必要请杜问策一道配合，他嘴皮子功夫好，以言化人，他很有一套。劝言就是要说通事理，通了事理，尤老三才会主动上路！”这话与尤二勇想法一致。但尤二勇说：“原本此趟让左存根与你一道北上。既然你提出了杜问策，这也蛮好，征途艰险，情况难料，关键时候，杜问策有的是万全之策。这方面，他比左存根更靠谱一些。有了他，你会轻松很多！”

姚二妹担心见了尤三贵完不成“劝说”任务。她自己也不情愿势单力薄去拉人南下离愁海。车已行驶过半，她才对杜问策讲道：“有一件事，我一直憋在心里未讲。舵手有一个兄弟，叫尤三贵，前两年因贩毒嫌疑被广宁公安抓去，关了一年多时间，现在放出来了。舵手的意思是劝说他到离愁海来。这事啊，真有些难办呢！”

杜问策懒洋洋地哼了一声，他在车上似睡非睡，想着该如何回应这事。好半天才说：“我要说，劝说容易，保障他平安到达离愁海，那风险就很大了！”

姚二妹也哼了一声，讲道：“恰恰相反，弄到离愁海容易，劝说很难！我感到，那尤三贵怕是被审成缩头乌龟了。多一句话生畏，多一步路加罪。谁去劝说，恐怕也都是油盐不进！”

杜问策说：“那倒不一定！乌龟缩头，并不是都怕事。咬了人缩进去，打死不松口的乌龟也是蛮多的。我觉得，为了实现‘舵手’的目的，我负责劝说尤三贵，让他坚定南下离愁海的信心；你负责他平安抵达离愁海，想办法规避路上可能出现的追逃问题！”

姚二妹说：“你就这点本事呀？那就一言为定，我就做你认为最困难的事情！”

到狼牙口，天刚擦黑。不得不服尤二勇的地下联络能力。“沙漠王子”一刹住，那尤三贵就立于车旁。他那举动把车内二人倒是吓了一大跳。路边明亮的灯光下，姚、杜二人分明发现车边站着的那人就是尤二勇。他们疑惑，那“舵手”就是变成魂，也飞不了这么快呀。下得车来，打过照面，才知是尤三贵。说了几句见面话，三人一前一后进了路边一家客栈。

姚二妹进了一个房间，打趣地说：

“刚才，我还以为是‘舵手’提前赶到了，差点把人整蒙了！你们俩兄弟，简直是一个模型浇出来的！”

“我告诉你，我差点跑掉，以为有鬼，假托我们的‘舵手’出现在这里呢！”杜问策说。

“瞧你们那点眼水，在离愁海白干了！我们俩是双胞胎呀！”尤三贵说。

“哦呀，是这样的啊！”杜问策、姚二妹双双释然。

在惊魂中接上了头。剩下的“劝说工程”，就是他杜问策的事了。姚二妹提出要离开，杜问策拦住说：“你怎么能这样？不许走，我们一块聊！”

“不行，各司其职，我们是分了工的！”一路上，姚二妹总是把谁的任务界定得泾渭分明，已经到了斤斤计较的程度。

杜问策说：“你的‘工’也不可能马上开。见到尤老三，看到‘舵手’的面子，你也该坐下喝一会儿茶呀！”

“那好，只喝茶！”姚二妹不愿耽搁睡眠，对杜问策几近吝啬。

客栈隔壁就是茶馆。一看就知道是尤三贵事先预订好的。这三人进了一个包间。服务员送来水，泡上茶，垂手立于一旁。姚二妹对服务员说：“妹子，有茶有水，这个包间就没你的事了。你离开，请把门带上。需要时，再叫你，好？”

房间里只有他们三人了。那尤三贵身无他物，单有一部手机在身。他率先拿出来“亮”给二位异国回来的客人。当着他们的面直接关了机，并说：“我只有一部手机！”姚二妹、杜问策相望无语，懂了，异口同声说：“都只有一部！”说着，二人也将手机拿出来，当着尤三贵的面关了机。

接下来，尤三贵喧宾夺主起来，直接问他们二人：“离愁海这边断了北上的货，这都快两年了，难道就没有拓展别的生意呀？”

杜问策说：“有。开采玉矿所需各种机械，我们正筹划建设厂房呢。不过，北上通道是从未放弃的事业。三年不开张，那是因为三年前开过张了。现在，能下点毛毛雨，也不过是润物细无声，把种子下好。好在离愁海家底厚实，向其他机构放点贷，也能把日子滚得走。一百多号人，维持十年、八年，根本不用愁！”

尤三贵说：“做得好，这是王霸之策、存亡之术啊！难怪呀，离愁海长期受警方跟踪，原来不枯之海有永不断流的百川注入，这叫造血功能。以往，我只是认为他们有‘土遁的货’，哪想它的背后竟有‘隐形的钱’！”尤三贵陷入沉思。突然又摇起头来，说：“算了，今生，我与离愁海也无缘分！”

杜问策说：“你泄啥气呀，心有多高，命就有多大！”

尤三贵说：“我这命，不取决于心，而是受制于法。我不能出省，一出省，那是要向公安机关报备。即使去报备，也不一定获准。一旦触犯某一条，都将回到看守所，一切从头再来。

那日子，够了，真的后怕死了！”

姚二妹说：“这种情况，的确是个问题。不过，我倒要问问，对你的这项禁令是谁规定的？”

尤三贵说：“只有广宁禁毒支队才玩这种‘圈界’。他们是从孙悟空那里学来的，叫‘结界’。画地为牢。按那神猴的说法，这个‘圈’凭它虎豹狼虫，俱莫敢进，但出了‘圈’，定遭毒手！他们这样做，全是为了守护我的安全。旁的地方，没有这里这么严格！他们明确告诉我，只要一离省，相关网络就会自动报警，你说这有多可怕！”

杜问策用手抓了抓头，眉头紧皱，说：“是有一些麻烦啊。不过，你老在省内待着，也不自由呀。这种生活状态，是一种不是监管的监管，不是宣判的宣判，活得也没劲儿呀！”

尤三贵说：“谁说不是？我走到哪里，就像有人把你盯着一样，诚惶诚恐地！”

杜问策神秘地说：“我说呀，只要你安心投进离愁海，这道难题，姚二妹可解！她能把你平安送到离愁海！”

姚二妹对杜问策撇了撇嘴，很不高兴地说：“早知如此，我们就不该分工！”

尤三贵一阵诧异，问道：“什么分工呀？”

杜问策急忙解释说：“她累了！分工她开车，此时她该休息。我管生活不管开车。其实，出门在外，哪能那样较真，一路上我也开车呀！”

尤三贵说：“好像她说的不是这个意思！”

姚二妹：“好了，不说这个。接下来怎么做？尤老三如何出得去？这还真是个问题。尤老二，我问你一个问题，你现在几天向派出所报告一次自己的位置？”

尤三贵说：“七天。”

姚二妹说：“七天？用不了这么长时间，三天就到了离愁海，禁毒支队也来不及念那个‘紧箍咒’。天遥地远的，念也不灵了！”

按照“三个指定”的要求，姚二妹该到一个指定地点见她的“表哥”了。那离愁海既然挂图作战，就必然制定了考核指标。姚二妹得认真履职，赶考达标，书写答卷。但见姚二妹以闪电般的动作，把一包东西交了出去，很快又回到茶楼，像什么也没发生。三人分手时，约定三日后在海子汽修厂见面。尤三贵随即消失在枯藤掩盖的古道深处。一切缜密无隙，皆因离愁海谋动严密。姚二妹确非等闲之辈，每个环节都向尤二勇传递着她是一个完美可靠、贴心持重之人，皆可打满分。至深夜，姚、杜同时想到一个问题，那尤三贵消失的地方是一段残留的古道，野兽出没，此兄岂不是深居狼窝虎穴？杜问策说：“我知道你在担心什么？这里原本是尤氏族地，一草一木、一阶一梯，没有尤三贵不熟悉的。”姚二妹说：“此兄要是遭遇不测，我们会成为舵手的怀疑对象，罪可致死！”杜问策说：“这你就多虑了！”

他们各自进了客栈房间，一夜梦好。

次日一早，姚二妹、杜问策直接把“沙漠王子”开进海子汽修厂。姚二妹照例把钥匙交给小工，无须多言。然后，拖着拉杆箱到了预订宾馆。杜问策则说要去学校见两个孤儿。二人互告一声“拜拜”，就进了不同的网约车。各奔各的天地，各管各的事业。

进了宾馆，姚二妹再次与杨兰兰见面。二人没有太更多的寒暄。杨兰兰首次拥抱了姚二妹。她真诚道了一声：“旅途劳顿，您辛苦了！”姚二妹说：“是有些苦，拐不完的弯，看不够的山！不说了，咱们讲正事。尤二勇要求我们这次回来，一项重要任务就是将尤三贵平安送抵离愁海。我们跟尤三贵在狼牙口碰了头，做了沟通。之前，我们以为要磨很多嘴皮子，结果一探问，那尤老三去离愁海的愿望比尤老二还迫切，用不着我们去做动员工作！那尤老三深知自己处境是咋回事，虽说出了看守所，但未能摆脱网眼。他懂得，超越了自由度，就会挨‘飞镖’！”

杨兰兰说：“这个情况很重要！不过，这次还有挟货吗？”

姚二妹说：“有，挟至狼牙口！”

“看来，狼牙口的警察该撤回了！”杨兰兰说。

“为什么？”

“腾地方，不打扰你们筑巢！”

杨兰兰与姚二妹拥抱告别。

这边，广宁广济中学，下课铃声响过，学生们从不同班级门口奔出，他们三三两两到操场外嬉戏蹦跳。杜问策探视他认领的两个孤儿后，就进了一个老师的宿舍。雷云飞在那里等着他。二人见了面，杜问策说：“我之所以要一再强调在这里接头，是因为尤二勇知道这里，他资助过在这里上学的两个孤儿。更重要的是，这里还有他的其他骨干！”雷云飞说：“懂了！”

杜问策又讲：“以后就在这里说事，离愁海不消失，我这个‘孤儿’就没有回家的理由，更没有回公安机关的理由！”雷云飞说：“我也得化装来此？”杜问策说：“必须的！大家要把我忘记，干净彻底忘记。我还想告诉你，我怀疑姚二妹是公安上的人，这是猜测！现在有三种情况：第一，尤二勇期待尤三贵到离愁海，尤三贵也有这个愿望。这对孪生兄弟始终保持着非凡的地下联系。这是不可想象的！第二，姚二妹在离愁海地位显贵，甚至舵手对我交代的事情也由她转告，可见对她信任、倚重。这趟回来，我们对尤三贵的工作有分工：她负责送达，我承担劝说。这是她提出来的。如此机密，尤二勇从未对我提过。也恰好证明姚二妹已经进入了核心圈。第三，我还有一个直觉，是否有专门力量在指导姚二妹？”

雷云飞说：“第三个问题就不说了，敲锣卖糖，各干一行。好多事情，跨界了，就死定了！当你闭上嘴巴，苍蝇就永远飞不进来。管好自己吧，与姚二妹有配合，也要有距离！”

杜问策说：“那我只把锣敲好就行了！”

雷云飞说：“那锣也不能敲得太响，太响了，就叫欲盖弥彰！”

杜问策表情呆滞，血流都凝固了，不再吱声。

省厅专案组成立后，各路“神仙”多次对广宁、滨江两地禁毒情报进行综合分析。“神仙会”一个接一个，最终作出决定：姚二妹、杜问策原地待命，暂不南下，最大努力在内地“耗时间”。等待另一项工作成熟后，再回离愁海。同时，安排梁剑副局长带支队长张广友等六人，通过外交途径火速进入缅甸。

与缅甸警方交涉，重提“跨境警务合作协议”。但几天过去了，双方联手打击离愁海贩毒集团工作进展得非常不顺。缅甸警方一再否认“离愁海贩毒集团”的存在，说那是一个生产挖矿小工具的加工厂，又在地方武装非常复杂的区域，不用过多关注和生疑。他们还称，毒品早已不是缅北的主要问题，如果怀疑仍有毒品从缅甸流出，缅甸原本糟糕的国际形象将会受到国际社会强烈谴责。缅方不愿以清理毒贩之名清理这个组织。这就是缅甸警方极力“捂”住真情的动机，他们不愿配合行动。不日，张广友带队，直接到了缅北这个孙悟空都不敢去的地方。他们穿过“军阀混战”的战火区，深入离愁海园区，录到了大量人证、物证信息，带到谈判桌上，终于说服缅甸警方同意以打击毒贩的名义开展工作，并签署了清理离愁海贩毒集团的合作事宜。双方经过共同研究，很快拿出了“协同作战”预案，包括人员配置、火力配系、战术要领、关押场地、交通运输保障等，甚至联系了专机。梁剑及时向省厅报告了“作战方案”和“实施时间表”。

离愁海所有成员集会，全员在场，一个不落，这样的情况到底有没有？据杜问策的分析表明，“离愁人”最齐的时候，大多还是他们最热衷的“庆功会”。这样的会议，比春节“团拜会”更可堪称全员，更能见到热烈。如果将尤三贵引进离愁海，这将是一大喜事，肯定要组织“庆功宴会”。省厅专案组决定：同意姚二妹、杜问策二人“护驾”尤三贵到离愁海！一方面，把风放出去，禁止尤三贵出境。另一方面，在国内线路上制造“波澜不惊”的险情，以此凸显姚二妹和杜问策在护送尤二勇过程中的“艰辛”和“功劳”。

梁剑分析：“等待缅甸警方出警，必须四个时机同时具备：一是正好碰到某一天某一时刻‘军阀’之间停战了；二是缅甸警方的态度没有反复，同意出警了；三是尤三贵被安全送到离愁海；四是确认离愁海要召开‘庆功宴会’，所有‘离愁海家族’各路诸侯全部到齐。只有这四种条件同时具备，才有可能把离愁海一网打尽！否则，枪一响，鸟飞尽，前功尽弃！”

梁剑、张广友在缅甸期间，组织中方警察同缅甸警方进行了多次联合预演。他们让姚二妹、杜问策带着尤三贵等候在边境。所有事项成熟后，才让他们过境。此着也告诉尤二勇：尤三贵跨境这一步，何其艰难，姚二妹、杜问策不得不经历过境的“煎熬”。等到中国警察与缅甸警察联合演习炉火纯青，省厅才决定让姚二妹、杜问策带上尤三贵跨境进入离愁海园区。

在这个精致的园区里，尤氏两兄弟相拥而泣。尤二勇果断决定，通知组织“庆功宴会”。

杜问策把此会的时间告诉给了雷云飞。梁剑、张广友很快获得信息，并通告缅甸警方的行动时间。

中国警方做通了几个“军阀”的工作，腾出打击“离愁海贩毒集团”的空间和时间。战机对表，瞬间打响。数百名缅甸警察荷枪实弹，秘密将离愁海园区团团围住。先遣队一进入，园区竟无一个看守的人，作战队员一片哗然。原来，离愁海演了一出“空城计”。原来，就在前一日，缅甸警方走漏了风声，离愁海提前换了园区，错失了战机。

几天后，尤二勇来了犟脾气，坚持要搞“庆功会”，说是择了黄道吉日。他对身边的谋士说："兄弟见面，都想喝杯庆功酒哇，这个规矩怎能废弛！不能说警方袭击了园区，就把这喜事儿给忘了。老弟排险而至，与我共赴余生，其情其谊，全可解锁彼此真心。再说了，喜事不祝，百事难欢。为了分散警方注意力，搞三个宴会场，同时召开庆功会！"

离愁海的执行者体现了强大的执行力，他们千方百计突出一个"喜"字摆宴会。

虽然缅甸警方空手而归，但四百警力并未解散。他们紧盯战机。指挥层把对中方的歉意作为"污点"，写入了"警事合作备忘录"。中方表示，成于密而败于泄，行动的时间、地点、方式等，将不再提前告诉对方，并明确带队指挥员更换为中方警察，实施行动仍为缅警。

时机已到，离愁海三地园区"迎接尤老三庆功会"同时召开。这三地各有一支舞狮队伍助兴。伴随阵阵锣鼓，舞狮者如蛟龙出海，穿梭前行，奔腾争跃，喜气洋洋。姚二妹盛装出席。尤二勇眼一亮，说："你是功臣！这种喜庆场面，你这样的主角，高兴的话，就与大家同乐呀！你学舞蹈专业，是不是都忘了？"姚二妹说："忘不了！形体记忆，往往是终身的——新疆的颈子，内蒙古的肩，西藏的手臂甩圈圈！"龙二勇哈哈一笑，说："哦，路数分明啊！我们不一样，高兴了，就乱疯癫，闭上眼睛转圈圈，哪个知道跳的啥呀！"就在这时，数百缅警三股力量分头行动，将三个庆功宴会围成了铁桶。

杜问策也被拿住了，他问身边一个缅警："咋不见中国警察？"对方熟悉汉语："你要是不老实，就罪加一等！"语气严厉。张广友跨前一步：“我是中国警察！”杜问策一看，此人通体迷彩，眼球一下凝固了。迷彩不分国籍，全球通用。杜问策问：“你是谁？”回答说：“张广友，滨江的！”杜问策再问：“咋不见广宁警察？”雷云飞跛着脚，跻身向前，他也是通体迷彩。这“三缺雷神爷”上前咬着杜问策的耳根，说：“给我闭嘴！先委屈一下！”杜问策喜出望外：“天哪！我不能再委屈了！”杜问策说：“快，姚二妹母子在二号园区，离这很远。”雷云飞迅速解开杜问策手上的警绳。看到弃在路边一台“沙漠王子”，上前一把抓开车门。点火启动。二人火速赶了过去。只见梁剑、阿查、梁靖江也在二号园区。杨兰兰、陈妙来与姚二妹、贝贝等人，正嘻嘻哈哈地谈论着什么。胜利了！杜问策控制不住自己，扭头悄悄走开，弹去眼里一滴隐泪。他见到，张广友也气喘吁吁跑来了，站定，向梁剑报告：“四台巴士到位，一百三十人全部拉走？”梁剑摆摆下巴：“按计划执行，包机回国！”

飞机撕扯着空气，昂头刺破彩云。背负青天朝下看，山川河流加速排列组合，很快变成悬于苍穹的巨型沙盘。壮观，震撼！沙盘，作战的舞台。谋而后动，还有大戏！它是沙盘，也是棋盘。

两小时过去，飞机掠过大西山，大家看清了普渡寺，红红的一片，煞是壮观。很快，太子山一闪而过，但大家还是认出了那是大神庙，有人看清了云雾崖，心里便疑惑起来：怎么见不到一只仙鹤呀？它们在哪里呢？

第十章　又闻尾声

只有凌空才能看清大西山、太子山这些地方全貌。其实，云雾崖的仙鹤是有使命的，它们不会轻易出现在人们的视野。平时，这些云中君会觅食在林莽下的一个个小池塘里。它们静静地待着，你以为是在打瞌睡？不，它们是在等小鱼儿从眼前游过。

都说副市长陈大善犯了大神庙的杀忌，这才将人生草草落幕的。还有人说，陈大善一遇麻烦就上大神庙，完全是为了求得诸神宽恕。当年他打着爱民书记的旗号，亏民、伤民、害民，灵魂得不到安稳。最让人不能容忍的是，陈大善的父亲陈令人是在听说姚二妹“抱子认爹”的次日，被活活气死的。虽说他在城里故去，但因请过十二仙鹤接引父亲陈宪章之灵，等到他挥别人间的时候，他的老屋到底还是来了三只仙鹤接引了他。陈大宽获得宽大处理后，回味这些扎心事件，难免有些忐忑不安。他想起“进派出所还是进女厕所”这种要挟人贩子的事，想起接应转移贝贝的事、想起搭建和买卖“天线”的事……良心有了发现，灵魂受到谴责，他也想请诸神能够宽恕自己，于是决定上大神庙。他还想，如果在山上能再次碰到梁滚刀就更好了，他一定要当面告诉这位刀哥：现在，可以向“妥神”动刀了，但最好不要伤害陈大宽，因为陈大宽已向“妥神”告别！

刀哥不是那么想碰就能碰到的。不过，大神庙，一个“过化存神”之地，它在太子山下的百姓心里，仿佛就高悬在只有仰望才能见到的天宫。那枚棋子的神秘感，远远超出了任何神话传说，正是这样，拜大神庙比拜官老爷心里要好受得多，也容易得多。大神庙的三大传奇，陈大宽至少亲见了十二仙鹤接灵的传奇。至于大神庙拜神求雨、路僧拦人说运、飞来石高僧开示，虽说都是听来的，有的甚至是他偷听来的，但他根本不敢武断否认。他说：有了“仙鹤接灵”这样的事件，这就足够了，其他传下来的隐秘传奇，老子宁可怀疑人生，也坚决不会怀疑这些先知先觉之人！前面有坑，有人提前告诉你，这有什么不好！

那天，陈大宽决定拜神。他翻过太子山，来到大神庙的山门前，谁料竟被一只流浪狗狂吠着拦住去路，怎么也不放行他。他恼怒起来，捡起一根竹棍就是一阵狂打，赶走了挡道狗。陈大宽闯了大关似的舒了一口气，上了山。他从配殿拜起。他看到一个配殿墙上，贴了很多来庙里做义工的照片，他们都是景区平安的守护者，其中就有陈妙来。他心里一阵愧疚，嗵的一声下起跪来，口中念道：“千不该万不该，不该拿你做筹码，到女厕所里诈钱，丢人啊！”接着，他又走进了放灵位的配殿，发现竟然还有陈大善，他只是说了句：“一辈子心术不正，但愿各路神仙能够保佑你！”甩手就走了。然后，又见到了马大哈的灵位，他也说了句：“‘妥神’之名，就是你小子给我取的！你也真是，我能称神，简直笑掉大牙！”说着，也甩手离开了。陈大宽怎么也想不通，已故那么多德高望重的亲人，在这里居然没有谁给安放个灵位什么的，而这些有争议的人物却偏偏需要有道士来诵经超度，不敢想象！正百思不得其解，陈大宽又步入大殿，燃上香，行起了大跪之礼。

接下来，就想专程到那枚棋子下面了却一个心愿。令他兴奋的是，那高僧竟然还端坐在那里，不知高寿几何。物换星移，当年的路僧已是鹤发鸡皮，据说，他只是偶尔在此守候着什么，而在今日，仿佛就是专门等陈大宽的。陈大宽站定，那高僧望了他一眼，问："施主想问点什么？"

陈大宽说："想问大师，下一步，我该怎么走？"

那高僧说："告诉施主：心堵了，是头上的原因；心死了，是脚下的原因。心堵了，换个发型；心死了，换种步伐！"

陈大宽听了这话，也觉得这原因找得离奇，这换法也很怪异。但陈大宽没有再问下去的想法，因为他突然记起有人对他讲过，陈大善的母亲艾碧篱就是被这里一位路僧给算没了的。儿奔生来娘奔死，一语点破生与死。有时活得糊涂一点，反而还是件好事，得过且过也是对自己的一种放过。就是命换命、人换人，那又怎么样呢？比如，把我换成马大哈，我也会把"妥神"给供出来。至于换步伐，哼，只要不步马大哈的后尘，就是最好的步伐。陈大宽这么一想，转身走了。

因为陈大宽想象得出，那马大哈被江水浸泡过后是如何发白、膨胀得吓人的样子，所以他已经感受到了超越死亡的恐惧是什么。活着才是真谛，其他都是游戏。

陈大宽离开那位高僧，远远拜别那枚上天遗落的棋子，便钻入云雾崖。那崖险峻无比，天堑石栈相勾连，常年云雾缭绕。有人说，这里绮丽的风景，让很多人都有飞翔的冲动。崖下落入眼帘的，尽是层峦叠嶂，山海峰浪，一望无际。遇上了人生不愉快，很容易在这里选择一条不归路，断除尘世烦恼。不过，谁也没有见到陈大宽纵身一跃的一瞬。只是当时有不少游人发现了一个奇观，这个奇观让所有人惊恐地瞪大了眼睛：只见有人钻进云雾后，就再也没有出来，顷刻之间，便飞起了上千只仙鹤，久久徘徊，不肯歇下。那群仙鹤像是经过排练过似的，在烟霞中进入，在白雾中钻出。如此壮观的画面，人们只会把它与仙鹤的“接引使命”联系在一起。

果然，半个月后，一群采灵芝的“猴人”在深谷发现了一具尸体，并向就近的天棋派出所报了案。尸检之后，确认这人就是陈大宽。

陈妙来是在“三江警情”公众号上看到陈大宽殒命云雾崖信息的。一个领她到外面闯荡的人，就这样凌空挥别了。她非常震惊和沉重。她给陈大年打电话，让他替她送个花圈，那上面一定要写上——化鹤归来。陈大年知道陈妙来想要说什么，她想跟她认识的人都是纯洁的人、高尚的人。而陈大年想的则不一样，他似乎更了解这个一直未婚的陈大宽想要什么，当年马大哈想在浪情运动馆要给这个“妥神”找一个女服务员过日子的，却被吃独食的铁盖王给阻止了，说马大哈挖墙脚，这事儿让马大哈差点在铁盖王这里丢了饭碗，不知过了多长时间才修复了铁盖王对马大哈的信任。陈大年认为，不管怎样，大哥最需要的还是女人。他到省城买了一大堆不同版本的春宫画册。

他认为，没真女人就用假女人代替，只要是女人，就一定能填补大哥人生的残缺和遗憾。那天，陈大年在陈大宽坟前烧了整整四个小时的美人图和冥钱，洒了整整四瓶酒，直到被戴红袖章的“蓝天卫士”发现并驱赶，陈大年才辞别老家的坟山。

小说写到这里，又该差不多了。但我发现，小说中又有好些人物只是讲了他们人生的上半场，有的刚刚出场，就闪转了。他们也许真的还有故事。更重要的是，一些朋友看了《底线之上》（第二部）初稿后，说了一些杂感，考虑到雪亮的群众眼睛是可以用来寻找光明的，我便重视了起来。什么是光明？光明是灵魂的投射，只有灵魂中的光才有穿透力！是的，雪亮的眼睛总是带给我们雪亮的观点——

观点之一：故事讲了许多家庭，全是为了烘托梁家命运。梁家才是主线，从爷爷写到孙子，灵魂、精神等全都照应着不断的血脉。人们终于懂了，“脉”字旁边为啥需要有一个“永”字，就是想要告诉我们：天地无极，乾坤无私，血脉相通，方可言“永”，一脉相承才叫“永”，风光共流转，相赏莫相违！

观点之二：道尽山和湾，透视神和仙，几多唏嘘寡言，咽下须臾悲欢。可是悬壶楼的茶客也有不少闲聊，他们说，老兄写这些不外乎是要回答几个社会关键矛盾：民和官先救谁？情与法让着谁？人与鬼谁怕谁？生活哲理、人生彻悟等都离不开人间烟火，足寒伤心，民寒伤国。心寒了，就再也捂不热了！

观点之三：读懂人物，看透人生。用棋子点睛，录下神庙之神；借得普渡之渡，托出营盘之盘。让生活观照信仰，将个人融于大众。相袭相连的文化，寻常、日常，平平常常，却让很多人偏偏祸福无常！上天的棋子，忘了的棋子。世象如棋，人生如棋！

观点之四：这是第二部，人物故事还没有完全到聚焦的时候。对待故事没有完全聚焦的态度，只有把它当作开篇来看！

我对他们说：这是文学。文学还是要讲“藏”的艺术！

我还对他们说，一些人物，没法再写。铁盖王死了，因为很多人叫我不要再提此人。陈大宽殒命云雾崖，上千只仙鹤是否是接引他，说法很多。有人说：接灵？哪里用得着那么多仙鹤出场。如此规模，只能说明这是一次“公审大会”——那是来自仙界的诛伐，仙鹤是来睹惨的，是来接受教育的！陈大年是那种开心一年算一年的人，在他顺利接管“手拉手”公司后，为了“快活”需要，被指挪用公款，不久后就被判了刑。做事超出常理，再写也没劲儿了。不过，陈大年这个“预言大师”也测准了一些人的命运。陈妙香嫁给一个承包荒山的土豪，叫杉圣地，此人接近陈大年暗示的“山神大帝”之说。新区区委书记侍启的老婆是个“大肚婆”。这天，她在上班路上破了羊水，倒在大街上。陈妙季开车将其送到医院。当地医疗水平差，难产，母子性命均未保住。陈妙季这一“送”也把自己给送了出去。侍启书记娶她为妻。这事儿同样让陈大年给“言中”了。陈妙来嫁给梁靖江，将终身大事托付给了官员之后，这更是一语成谶。有人说，不能把陈妙来拉到陈氏家族说事。她不算陈氏家族的人，是阿查的“九妹”。仔细想来，这陈大年沉迷预测，竟忘了测测自己，为啥会领刑入狱！这天，梁剑邀请阿查到悬壶楼喝闲茶，望着滔滔江水，渺渺烟波，他对阿查说：“要是把你们家的故事讲给作家毛卓听听，肯定能整出一部很有意思的小说来！”阿查一怔，说：“刀哥，你想都别想！咋可能透露给他呀？截至目前，陈妙来根本不知还有一个‘九妹’。守住这个秘密，恐怕要耗去一生的时间！”